读客悬疑文库

认准读客读悬疑,本本都是大师级。

黑暗中飘香的谎言

[日] 下村敦史　著　　徐建雄　译

闇に香る嘘
しもむらあつし

文汇出版社

图书在版编目（CIP）数据

黑暗中飘香的谎言 /（日）下村敦史著；徐建雄译. -- 上海：文汇出版社，2025.6. -- ISBN 978-7-5496-4516-9

Ⅰ. I313.45

中国国家版本馆 CIP 数据核字第 2025KS9182 号

《YAMI NI KAORU USO》
©Atsushi Shimomura 2016
All rights reserved.
Original Japanese edition published by KODANSHA LTD.
Publication rights for Simplified Chinese character edition arranged with KODANSHA LTD.
through Kodansha Beijing Culture Co., Ltd. Beijing, China.

本书由日本讲谈社正式授权，版权所有，未经书面同意，不得以任何方式做全面或局部翻印、仿制或转载。
中文版权 © 2025 读客文化股份有限公司
经授权，读客文化股份有限公司拥有本书的中文（简体）版权
著作权合同登记号：09-2025-0295

黑暗中飘香的谎言

作　　者	/	[日]下村敦史
译　　者	/	徐建雄
责任编辑	/	徐曙蕾
特约编辑	/	张　齐　　李颖荷　　毛雅葳
封面设计	/	李子琪
出版发行	/	文汇出版社 上海市威海路 755 号 （邮政编码 200041）
经　　销	/	全国新华书店
印刷装订	/	三河市龙大印装有限公司
版　　次	/	2025 年 6 月第 1 版
印　　次	/	2025 年 6 月第 1 次印刷
开　　本	/	880mm×1230mm　1/32
字　　数	/	234 千字
印　　张	/	12

ISBN 978-7-5496-4516-9
定　　价 / 59.90 元

侵权必究
装订质量问题，请致电 010-87681002（免费更换，邮寄到付）

中国の読者の
　　　皆様へ
日本と中国を舞台にした
デビュー作の「闇に香る嘘」が
中国でも楽しんでいただけるよう
願っています。
　　　下村敦史

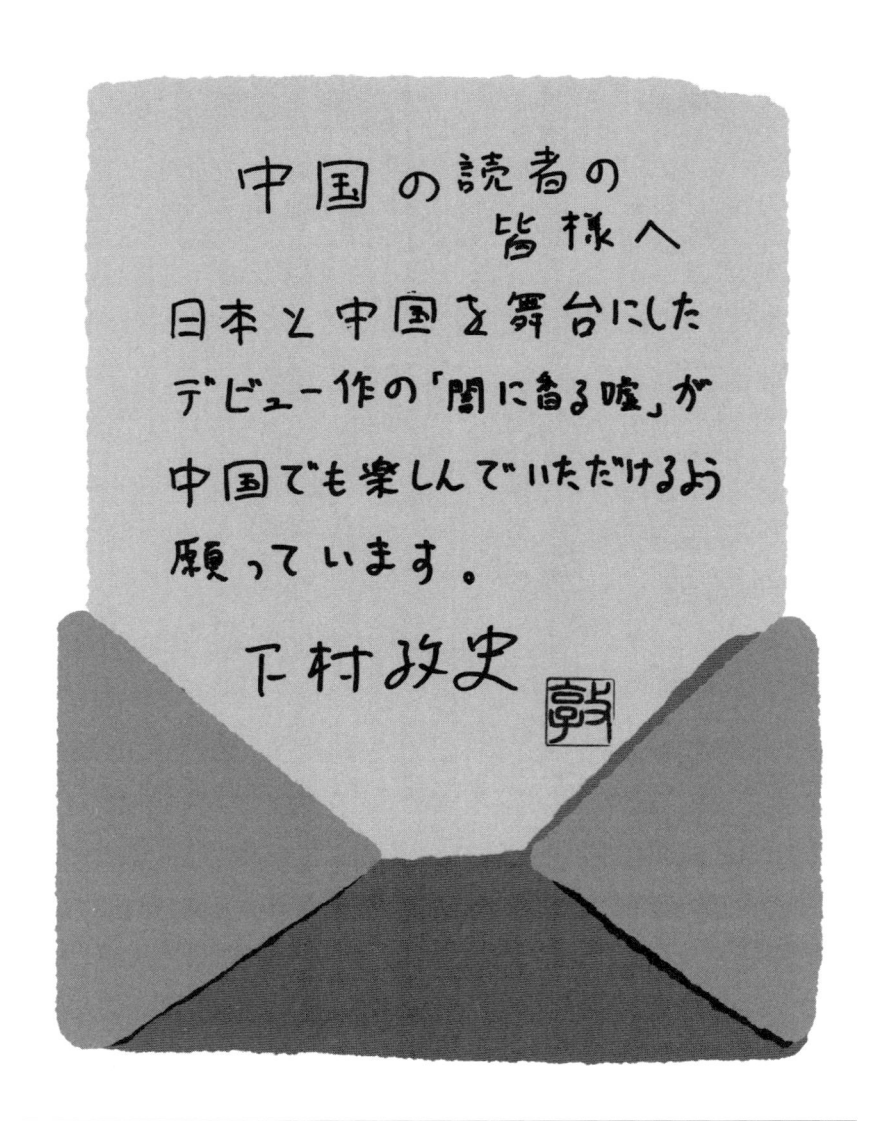

致各位中国读者：

　　希望我这本以日本和中国为背景的出道作《黑暗中飘香的谎言》，在中国也能受到各位的喜欢。

下村敦史

目 录

序　章	001
第一章	010
第二章	020
第三章	030
第四章	064
第五章	072
第六章	092
第七章	112
第八章	131
第九章	147
第十章	170
第十一章	181
第十二章	193

第十三章	208
第十四章	219
第十五章	227
第十六章	240
第十七章	258
第十八章	264
第十九章	281
第二十章	287
第二十一章	294
第二十二章	316
第二十三章	330
第二十四章	337
第二十五章	341
第二十六章	349
第二十七章	361
终　章	372

序　章

日本近海

狂风肆虐，大雨滂沱。一条全集装箱船[1]正饱受着几乎是横向袭来的暴风雨的折磨。海面上波涛汹涌。海浪时而如高山般耸立，时而崩塌为深深的洞穴，一如行星表面的陨星坑。骇人的闪电划破夜空，将原本漆黑一片的海面照得刷白。

"挺住！"大副乡田扯开嗓门，对着水手们吼叫着，"横滨港近在眼前了！"

然而，狂风暴雨不仅吹散了他的吼叫声，也将他的身体冲得东倒西歪。他已浑身湿透，就跟穿着甲板工作服在海里游过泳似的。

白色的巨浪兜头扑来，简直跟可怕的雪崩没什么两样。每当

---

[1] 集装箱船的一种，是装运集装箱的专用船舶。除此之外，还有部分集装箱船和可变换集装箱船。——译者注（本书注释若无特别说明，均为译者注）

巨浪涌起，集装箱船就好像被抛上了天空。原本能令横摇减缓一半以上的舭龙骨，此刻也全然失效了。船舶就像遭受着来自四面八方的蓝鲸的冲撞一般。海水排山倒海般扑来，冲刷过整个船体之后，又如同瀑布一般飞流直下。

"我去看下货物！"

乡田踩着积水朝船尾跑去，湿漉漉的甲板差点儿令他滑倒。咋了下舌，重新站稳后，他抬头朝堆得高高的集装箱望去。叠了三层的集装箱，每个都用四根钢缆以双十字方式呈X状固定着。

"啊！那根固定钢缆——！"身旁的一名水手突然大叫了起来。

乡田定睛一看，只见一根带着固定件的钢缆崩脱，正在暴风雨中上下翻飞着。一旦靠近，别说是甲板工作服了，就连身体也会被它抽得皮开肉绽吧。

"浑蛋！"乡田挥舞双臂，恶狠狠地骂道，"捆固定钢缆的是谁？！真是个废物！"

他将下嘴唇咬得紧紧的，因为装货及其管理是他负责的。虽说那些钢缆的固定作业是港口的临时工干的，可一旦集装箱崩塌，责任还是会落到他头上。

乡田死死地盯着那根如同鞭子一般抽打着集装箱的钢缆。虽说集装箱都用钢制锥销上下连接在一起了，断了一根钢缆也不见得会崩塌，可万一出事，事态就不堪设想了。

"不是'散货'，对吧？"那名水手说道，"应该没事的。"

货船在恶劣天气里倾覆，多半是"散货"——谷物、矿石之类——的移动造成的。根据英国劳埃德船级社[1]的调查，船体只要倾斜十五度，所装载的散货就会发生移动。所幸的是，这组集装箱里装的是进口家具之类的，并非散货。

只是……

其中有一只——只有一只——集装箱里装的货比"散货"更不安分。

恰在此时，一个巨浪涌来，船体被高高举起，可紧接着又像是要将船头扎入海面似的，重重落下了。甲板或前或后、或左或右地大幅倾斜着。此刻的集装箱船，简直成了一口被暴风雨肆意玩弄的巨大的黑棺材。要是翻船，与其让部分货物漂浮在海面上，还不如让它们通通沉入海底，沉入谁都无法打捞的海底。不然的话……

乡田朝船头跑去。气泡与飞沫让前方变成一片雪白。集装箱船正在撞破巨浪之壁，艰难地行进着。环视四周，除了漆黑的大海和顶着白色飞沫的巨浪，什么都看不到。形如巨兽獠牙的惊涛骇浪，一次次地咬向船身，企图颠覆它。

雨借风势，倾泻如注，使人的视野不足数米。笼罩在暴风雨之中的大海，像是永无宁日了似的。

终于，在雷电交加的夜空底部，影影绰绰地露出了横滨港的身影。成排的钠灯在夜幕中透出橙色的光，整个港口仿佛都在燃

---

[1] 英国著名船级社。船级社又称验船协会，主要职能为船舶检验、船舶定级等。

烧着。水手们手忙脚乱地做起了靠港的准备工作。

在暴雨的鞭打之下，巨大的门式起重机在坚固的码头岸肩上缓缓移动着。它伸出钢铁臂膀，将吊具上的固定销插入集装箱上方的四个小孔内。

身穿橙色工作服、头戴白色头盔的工人们，正站在甲板上的脚手架上，解开固定货物的缆索。码头上，验箱员拿着舱单，正在核对集装箱的编号和外观。

当起重机吊起编号为OSLU9841821的集装箱时，乡田不禁觉得自己的心脏和胃部阵阵绞痛。

"喂！小心点儿！"他吼道，"开吊车的家伙是外行吗？箱子都斜了！"

"这可不关吊车司机的事。"身为装卸总负责人的工头回骂道，"这是吃水差闹的！"

吃水差，是指因船头与船尾吃水深度不同而产生的倾角。

"怪我们的船吗？！"

这时，一道青白色的闪电划开了暴雨中的夜空。闪电横扫下来，差点儿击中那个最重要的集装箱。

"喂！喂！吊车还扛得住吧？"

乡田被吓得心里七上八下的。因为，电脑里的半导体是受不了雷电所造成的瞬态电压的。要是那只集装箱掉下来的话……

那个铝制的、巨大的长方形箱子承受着横向袭来的暴风雨，在夜空下晃荡着。这样的风速,快到禁止吊车作业的标准了吧。

"喂!吊车还正常吧?!"

"你以为我们的吊车没经过安装验收吗?刚做过性能检查呢。"

过了一会儿,那个最重要的集装箱终于被平平安安地放到了港口的地面上。乡田长出了一口气。他感到紧握着的拳头里面湿漉漉的,这可不全是他站在大雨中的缘故。

验箱员拿着舱单跑了过来,开始核对集装箱编号。不料,他那交替看着舱单和集装箱的脸突然停止了转动,他慢慢地朝集装箱走去。

"喂——喂!里面有动静!"

验箱员十分紧张地叫了起来。工人们的视线一下子全集中到了那只集装箱上。

完了!

乡田差点儿瘫坐在地上。

工头立刻用手机报了警。

接下来的一小段时间让乡田觉得长似永恒。几辆警察巡逻车和机动队[1]的警车一路播撒着警灯的血红色上场了。紧接着神奈川县警察本部的侦查员、机动队员们纷纷跳下了车。几名乘坐

---

[1] 警察机动队的简称。可不受辖地限制地应对群体事件、各种灾害,以及担任政要警卫等工作。

紧急车辆[1]的东京入境管理局职员也赶到了。海上保安厅没派人来，兴许是暴风雨导致海难事故多发而忙不过来的缘故吧。

二十多名相关人员到齐后，就迅速展开了行动。烟雨迷蒙之中，机动队员在防弹背心和头盔的防护下，将那只集装箱团团围住。他们的手中还提着透明的防暴盾牌。

乡田懊恼万分，不由自主地咬紧了牙关。其实他早就安排妥了，只要卸货时不暴露，完全可以让所有人在集装箱运入海关的检查中心前溜之大吉。可是，现在一切都完了。剩下的就只有束手就擒这么一条道了。

一名机动队员松开了集装箱的紧固栓，停了一拍之后，才猛地打开了箱门。一股腐臭味喷涌而出，就连远远观望着的乡田也觉得臭不可闻。然而，这只集装箱长达十二米，故而一时还难以看清里面的情形。

机动队员用灯朝集装箱内部照去。但见浮现在金黄色的灯光中的，竟是层层累积的人体——一动也不动！见此情形，在场所有人全都倒吸了一口凉气。乡田则出于本能，倒退了几步。

死了！一个不剩，全都死了！

乡田想起了两年前发生过的惨案。在从缅甸偷渡至泰国的过程中，有五十四人死在了集装箱里。也就是说，总人数一百二十一人中，约有半数因脱水与缺氧而断了气。调查结果表

---

[1] 享受与消防车、警车、救护车等同等特权的紧急公务用车。

明，由于所用的冷藏用集装箱的密封性太好，偷渡客被关进去才一小时，悲剧就发生了。

怎么可能呢？这次不仅准备了充分的水和食物，还在集装箱的顶部和底部都开了透气孔啊。怎么可能出事呢？

骤雨敲打在集装箱上，发出机枪扫射般的声响。面对如此惨状，没有一人吭声。

很快，就有年轻的入境管理局职员和侦查员捂着嘴转身离去了。他们在离现场稍远的地方呕吐了起来。而那些嘴里嘟囔着"丢人现眼！"并连连摇头的资深人员也纷纷后退，与那个喷吐着尸臭味的集装箱拉开了距离。或许是与紧握手枪的偷渡客大战一场的预料落空了的缘故吧，机动队员们现在反倒不那么紧张了。

一名入境管理局职员铁青着脸走近乡田。

"看样子，必须得请您解释一下了。这事，是有人自己瞎搞的呢，还是大和田海运的业务之一？"

"我们……"乡田勉强从喉咙里挤出声音来，"什么都不知道啊！谁会料到集装箱里还藏着人呢？"

进口生意现在很难做。即便每趟运的货都快要超过最大装载量了，也难以摆脱亏损。但是，只要成功做几趟偷渡的活儿，就能让公司东山再起。

"这可不是一口咬定'不知道'便可了事的，是吧？"

"那边负责集装箱的搬运和装船的，可都是他们国家的人哪。我们都以为那里面装的是家具，真的！"

这是早就预备好了的万一出事后的遁词。可令人惊讶的是，一旦真的说出了口，却连自己都觉得那么苍白无力。

这时，一名绕着集装箱四处查看的入境管理局职员大叫了起来："透气孔全都被堵上了！"

乡田目瞪口呆，猛地回头望去。为什么？谁干的？一个个疑问在他脑海里飞速掠过，他连话都说不出来了。

"……看来这事还真不简单哪。"

那个铁青着脸的入境管理局职员说完这句话，就对他的同事们大喊了一声"喂！"，并用手指了指大和田海运的全集装箱船。入境管理局职员们点了点头，领着十多名侦查员和机动队员一起朝货轮跑去了。他们的身影很快就消失在银色的雨幕之中。这是理所当然的，既然涉嫌偷渡，自然全体船员都必须接受审讯了。

集装箱前，就剩下乡田与那个脸色铁青的入境管理局职员了。

先于隆隆的雷声，一道闪电唰地划过。也不知为何——兴许是出于本能吧——乡田将目光投向了集装箱内。耀眼的白光中，尸山晃动了起来，有一个人爬了出来。想必是瞅准了这个警戒松懈的时机，这个浑身浸透了尸臭的男人，居然在此刻跑了出来。

乡田条件反射似的将双手穿过入境管理局职员的腋下，卡住了他的脖颈。入境管理局职员怒吼着呼唤支援。奈何他的吼声一出口就被暴风雨抹掉了，根本传不到正跑向集装箱船的侦查员们的耳中。

既然已经暴露,就只能指望这个多少知道点儿内情的幸存者侥幸逃脱了。

那家伙摇摇晃晃,脚步踉跄地横穿过码头,消失在黑暗之中。

可是,没等乡田松一口气,集装箱中又传来了呻吟之声。

还有能喘气的呢?!

乡田惊愕不已,呆呆地望着集装箱。

第一章

东京

因床太硬而醒来后,我就在一片漆黑之中闻到了消毒液的气味。刹那间,我产生了一种错觉,以为自己被隔离于活人的世界之外了。

"哦——"近旁传来了粗声粗气的说话声,"你醒了吗?我是今天早上才住进来的。"

"你好!我是村上……"说着,我朝声音传来的方向点了点头。

"你做噩梦了,不要紧吧?"

"哦,没事。"

"被关在陌生的病房里,谁都会心慌的。我的心脏不好……"

这位新住院的患者兴许是闲得无聊了吧,竟在黑暗中自顾自滔滔不绝地说了起来。走廊上传来了护士来回走动时的脚步声、拖拽着沉重躯体的患者的走路声、腋下拐杖敲打地板的声音，还有不知是什么仪器设备所发出的电子噪声。这些声音全都混在了一起。

我用手按住了腹部。

拜托！可得保持健康啊……

"怎么，你的内脏出毛病了吗？"

"正在等检查结果呢。"

"这样啊。还得是健健康康的才好啊。医院这种地方，真是连一天也待不住。"

"……要是健康的话，我就要住院了。"

"哎？"

我随即终止了交谈。

"村上先生，村上和久先生。请上诊疗室去。"

这时，传来了一个柔声细气的女性声音。我抑制住内心的紧张，支起了上半身。将双脚垂下后，我就用右手往病床的右侧摸了过去。

"啊，我来帮您拿。"

护士鞋发出的声音靠近了，不一会儿，我的右手手掌心碰到了一个棍状的东西——一根导盲杖。

紧握着导盲杖，我站起身来。

"这边请。"左手接触到了柔软的手指。我的左手从女护士的手指、手腕、小臂一路往上移，最后轻轻地握住了她的胳膊肘。

女护士将左胳膊肘弯成直角,站在前方离我半步远的位置。

随后,我就左右摆动起导盲杖,用杖头敲打着地板,在女护士的引导下,沿着走廊朝前走去了。医院可不同于图书馆之类的地方,导盲杖敲击地板所发出的声响,是不会给任何人来带麻烦的。因为这儿不仅有膝盖疼痛的老人挂拐发出的声音和骨折病人的腋下拐所发出的声音,还有轮椅和担架床被推过时发出的声响。

有个男孩的咳嗽声从我膝盖高度处飘过去了。我走了约五分钟,拐了三次弯,听到纸拉门滑动的声音后又往前走了几步,耳边传来了女护士的声音:"这是一张靠背椅。"

女护士将我的手引导到一个板状的坚硬物体上。我摸了摸,确认其形状后坐了下来。

"爸,听说结果出来了。"

右边近旁传来了女儿——由香里的说话声。她的声音听起来十分紧张,叫人联想起绷得紧紧的钢琴琴弦。

"外公,你会救我的,是吧?"

这个交织着期待与惶恐的声音,出自夏帆之口。

"外公"——这样的称呼让我觉得有些不自在。自从四十一岁双目失明以来,我从未见过自己老去后的模样。变稀薄了的头发也好,与日俱增的皱纹也罢,都只来自手的触觉,并没有多少真实感。留在记忆中的我,仍是精力充沛,一手提溜着单反相机全日本四处乱跑的模样。

"外公，你懂足球吗？我可是'边锋'哦。"

这是个颇为陌生的专业术语。我年轻那会儿，娱乐活动只有棒球和摄影。

"夏帆，你是跟男孩子一起玩的吗？"

"不是玩，是比赛呀。女孩子就只有我跟奈奈两个。我们俩正竞争着呢，看到底谁能先当上正式队员……"说着说着，夏帆的声音就阴沉下来了，"可是，我现在不能上场比赛了。因为做完透析就已经累得不行了，就跟上了一整天体育课似的。"

人的肾脏位于腰部的左右两侧，起着排出体内代谢废物的作用。肾功能衰竭后，该功能自然受到损坏，毒素也就在血液中积累起来了。因此，必须进行血液透析，即通过引流管将血液抽到体外，用透析器清除代谢废物后，再让血液重新返回体内，从而维持健康。为此，还是小学生的夏帆每周有三天都要被绑在病床上，每次长达五小时。而且，除非接受肾脏移植，否则这样的治疗将伴其终身。

"医生马上就来了。"由香里说道，"之后的事情，就全靠爸爸您了……"

最后那句话，听着就跟在祈祷似的。

其实，由香里已经给夏帆捐了一个肾脏了。据说她是在参加NPO[1]主办的肾脏移植学习会，听了经验介绍和讲解后才下定决

1　"非营利组织"的简称。

心的。她的左右两个肾一大一小，在这种情况下，据说通常是移植小的那个。

"请把大的那个给夏帆，拜托了！"在她的强烈要求下，医生也只得照办。

然而，那个肾也只管用了一年半。之后，夏帆的体重日益增加，尿量反倒减少了。没过多久，她就开始嚷嚷"我的肾好烫"了。因为移植来的肾基本上就等同于异物，身体是要将其赶出去的。这就是所谓的"排异反应"。遗憾的是，即便服用了最新的免疫抑制剂，也依旧难以抑制排异。

听医生说，接受透析治疗的患者每年增加约一万人，现在已多达三十万人了。而在希望做器官移植的病人中，需要肾脏的又是最多的，登记人数已达一万两千人。其中，能从死者那儿获取肾脏，即接受"尸体肾移植"的患者仅有两百来人，这个办法显然是指望不上的。

而从活人身上获取肾脏的"活体肾移植"，捐赠者又仅限于六等血亲和三等姻亲。由香里的前未婚夫，即夏帆的父亲，已经跟别人结了婚，所以不能成为捐赠者了。

为此，由香里情急之下，甚至都打算找个肯捐赠肾脏的男人结婚了。

"我跟医生隐隐约约地透露了这层意思后，医生说这可不行，结婚后马上让人家提供肾脏，会被看作是以器官移植为目的的骗婚。"

万般无奈之下，女儿最后向我提出了要求。

为了确认捐赠器官是否出于不求回报的善意，捐赠者必须同医院里的精神科医生以及临床心理咨询师面谈。他们问了我家庭环境、家庭成员之间的关系，还有决定肾脏移植的前后经过等问题。为了确认我的捐赠意愿，他们还翻来覆去地对器官移植作了相关说明。

在此过程中，我隐瞒了长期服用镇静剂的事。因为一旦说了这个，他们就会以为我有精神疾病，并因此怀疑我的捐赠是否出于自由意志了。

不求回报的捐赠。果真如此吗？要是说出我是为了消除与女儿之间长约十年的隔阂这一动机，恐怕我就不合格了吧。如果我给夏帆提供了肾脏，女儿就欠了我的人情，或许这样就能让我重新获得女儿的亲情了吧？——这样的小心思，是否多少有点儿狡诈呢？

女儿小的时候，我经常让她坐在我的大腿上，一边给她看我拍摄的照片，一边兴致勃勃地给她讲拍摄时的情形。双目失明之后，她就成了我的眼睛，给我讲述这个世界上的五彩缤纷。可事到如今，这一切竟如同梦幻一般了。

"夏帆她呀——"耳边又响起了女儿由香里的声音，"才移植了我的肾那会儿，效果立竿见影，她很快就变得生龙活虎了，还首次射门成功了呢。"

"是啊！"夏帆的说话声充满了活力，就跟弹起的足球似的,"我甩开了隆志,射门成功了。球网一下子就晃荡起来了。我还要射门!外公,手术做完后,我会报答你,给你揉肩膀的。"

"是吗?外公好期待啊。"

"一定!我喜欢外公。因为外公就跟我的小伙伴似的。"

像小伙伴?或许我只是在精神上,在对知识的掌握程度上不够成熟而已吧。再说,我对时代的发展、当今的文化以及流行的事物一无所知。我的长进在四十一岁那年就停止了。我只能阅读"点译"为点字[1]的少数几本书,且总是避免与人交往。

一阵脚步声过后,传来了主治医生的说话声:"让你们久等了。"轮子滚动的声音过后,眼前的黑暗中又响起了嘎吱声。

回过神来,我发觉自己正将两个拳头握得紧紧的。空气异常紧张,仿佛用针一刺就会爆裂似的。我咽了口唾沫,喉头发出咕咚一声。

让我给夏帆捐赠肾脏吧!

我不禁恳求起许久没有恳求过的神明来了。

"检查的结果是——村上先生肾脏的数值不理想,非常遗憾,恐怕是不适合用于移植的。"

听了这话,虽说我那原本就是一片漆黑的视野并未发生什么变化,可身体倾斜了,仿佛有股力量在把我往地板上拽,只要一泄劲,立刻就会瘫倒在地。

---

[1] 指盲文。

"等等！"由香里急不可耐地说道，"血型不对也能移植的，是吧？因为现在的免疫抑制剂已经相当先进了。怎么还会不匹配呢？"

"不是不匹配，是肾脏不好，不能用于移植。"

我觉得自己的肾被人一把揪住了似的。原来问题出在我身上啊！

幸好我看不到女儿的脸色。眼下，由香里在用怎样的眼神看着我呢？失望？愤怒？

主治医生后面的解释我一个字都没听进去。等我又能听到声音的时候，他已经讲完了。我听到的是来自右边的由香里的声音。

"夏帆，我们走吧。"

两个人的脚步声——胶底鞋发出的脚步声和高跟鞋发出的脚步声——正在远去。

"我要是有三个肾就好了。"由香里的声音这么说道，"要是那样，就不用求他了……"

"喂，喂——"

我站起身来，想要回敬她几句。可由香里立刻拦住了我的话头——声音是那么尖锐、锋利。

"即便是对夏帆，你也是毫无用处的，是吧？"

我一句话都说不出来，只能默默地听任她们母女俩的脚步声消失在黑暗之中。随后，又响起了关门声，仿佛我被她们拒于千里之外了。

由于我看不到对方的脸，所以反倒能做到心领神会。从对方所选用的一个个单词、说话时的语调和气息上就可窥见对方的内心。自然而然地，我就看到了。

然而，我唯独不知道默默离去的夏帆当时是一种怎样的心情。她离去时的表情会是怎样的呢？她是被母亲拽着胳膊离去，为与我分别而感到悲哀呢，还是对我这个毫无用处的外公报以了怨恨的一瞥呢？

我只觉得两腿发软。明明想一屁股坐回椅子，却又懒得用手去摸索。于是我就一直这么站着。

女儿的一句话，深深地刺痛了我的心——比料想的更疼。因为，我原本是希望自己对别人还有用的。虽说这无非是消除无能为力感的自我证明而已。

"我送您回病房吧。"耳边响起了女护士的声音。

我在她的搀扶下迈开了脚步。导盲杖的前端敲打在亚麻地板上，发出刺耳的声响。

"您可不要泄气呀。"

"无论是女儿还是外孙女，我都帮不上一点儿忙啊。"

"这可不是您的过错。"

"要是我以前能更加爱护一点儿自己的肾脏……"说到这儿，我不由自主地站定了身躯，因为深深的愧疚正撕裂着我的心肺，"一个人也没有了，我的身边已经连一个人都没有了。"

刹那间,我突然觉得医院里的日常喧嚣通通消失了。事到如今,我就是一条等待被废弃的破旧木船。既无法进入船坞修理,也不能承载什么人,只能默默地从这个世界上消失。如果不靠别的船拖拽,甚至都不能出海。

"没人照顾您了吗?"

"没有。我孤身一人。"

"有导盲犬吗?"

"没有。"

"考虑养一条吗?会有很大帮助的,还能给您解闷呢。"

"全国的导盲犬也就一千来条,排队等着领养的视障人士很多啊。再说……我对狗还有种生理上的厌恶感。"

"您曾被狗咬过吗?"

"或许是印象太深的缘故吧……"我努力拂拭着过去留给我的阴影,说道,"一说到狗,浮现在我眼前的,就是贪婪啃食着死人身体的野狗群。"

第二章

出了便利店后,我没闻到绿叶的清香,闻到的是光秃秃的树木所发出的干燥的气味。于是我就用手去摸了摸树皮。从廉价围巾的缝隙里钻入的三月春风,竟是钻心刺骨般寒冷。

住院检查结束了,出院也已经两天了。我将身体转向右边,迈开了脚步,将导盲杖置于手臂的延长线上,让它在肚脐前,以手腕为中心左右摇摆着。摇摆的幅度比肩膀略宽,摆动一下,就迈出一步。每次迈出的,都是与导盲杖摆动方向相反的那只脚。

导盲杖就是视障人士的第三只手。靠着它,能在身体撞上障碍物之前,凭借其前端传来的触感和声音,获得两步之前的路况信息——招牌、沟盖板、水坑、路面的凹凸不平处、树木、自行车,诸如此类。

就在这时,摆向右侧的杖头弹了起来,并发出了碰到塑料板时的轻巧的声响。那是个便利店前的垃圾箱。就这样,我不断确认着正确的方向,朝前走去。

通常,当杖头碰到什么东西后,我就会停下来,将注意力集中到所发出的声响和反传回来的触感上，并对障碍物的种类做出判断。根据行走的不同场所——人行道、住宅区、商店街——我基本上能做到心知肚明。若遇到停着的车辆，则要注意不能敲打得太厉害，且要绕着走。

汽车行驶的声音不断地从左侧的机动车道上传来。根据这些声音的距离，我能判断出自己的行走路线是否笔直。倘若靠近汽车行驶的声音了，就说明我快要偏离人行道了。

现在，我闻到了烤面包的香味。这说明我已经来到了人行道拐角处的面包店附近。杖头敲在混凝土障碍物上所发出的硬邦邦的声响，表明那是根戳在人行横道前面的电线杆子。于是我便站定了身躯。

独自外出时，确定基准点是至关重要的。确认了具有标志性意义的物体——路缘石、行道树、招牌、自动售货机等，就得时常在心里描绘出一张地图来，以便明确从基准点朝哪个方向走多远就能到达哪儿。视觉正常的人即便不记得路也不要紧，因为随时都能通过观察来判断，而视障人士就必须随时随地记住地理环境和各种物体的分布情况了。

由于我此刻所在的这个十字路口的信号灯不带语音播报功能，所以过马路就不那么容易了。虽说眼前来来往往的只是声音，却都有着毋庸置疑的实体，还都是些重达一吨的铁疙瘩。所以我绝不能有一丝一毫的冒失。

身边响起了两个男孩的说话声。

他们俩开始过马路时，我也跟着迈开了脚步。不料一下子就引发了一片刺耳的喇叭声和刹车声。橡胶烧焦后的恶臭也扑鼻而来。我太大意了。想必那两个男孩是闯红灯的吧。

"眼睛看不见就别出来瞎转悠！"

随着一声破锣嗓子的怒吼，一阵焦躁的引擎声从我身旁绕过，扬长而去。我急忙后退三步，侧耳静听左侧马路上的动静。没有汽车的行驶声了。是遇上红灯了，还是正好没有车通过，我不得而知。

等了一分钟左右，左侧响起了引擎声，也能听到与人行横道平行的汽车行驶声了。站在十字路口时，只要一旁的机动车道是绿灯，那么眼前的人行横道肯定也是绿灯。我留意着是否有车辆拐弯的声音，立刻开始过马路。由于视障人士的步行速度较慢，若不加快脚步，就有可能才走到一半就已经变红灯了。而要是觉得人行横道变长了，则很可能已经斜向走到机动车道上去了。

在不时受到自行车的行驶声和铃声惊吓的同时，我穿行在喧嚣的行人之间。孤独的老人，总还有自己的影子时刻相伴；而在我所处的世界里，连影子都没有。

我走向住宅区，不时用导盲杖敲打着墙壁和路缘石，借以确认自己的行进路线是否笔直。

一声猫叫从我的右侧掠过。

杖头击中路标的铁柱，发出了金属声响。由于拽着电线杆的钢缆是斜向的，导盲杖碰不到，所以很难发觉。为了不让脸撞在钢缆上，我十分小心地避开了。来到自家院门前，我悬着的一颗心终于放了下来。出门行走，实在是一件耗费心力的苦差事啊。

叹了口气后，没能给女儿、外孙女帮上忙的懊恼之情再次涌上了我的心头。消除十年隔阂的好机会，就这么永远地失去了。只要能换回女儿的亲情，我确实是心甘情愿地提供自己身体的某个部分的……

我穿过院门，走上两级台阶，进入自家的屋子，关上大门。一旦隔绝了外界的声音，孤独感便陡然增强了。远离了世人生活中各种各样的声音，我甚至都有了被关进大棺材里的感觉。

沿着熟悉的走廊，我走进了起居室，手掌在墙上摸索着，摸到了凸起物后，按下了电灯开关。

我虽然是全盲，倒也并非完全感觉不到光亮。尽管开灯不开灯对我来说，区别仅在于是深藏青色的黑暗还是漆黑一片的黑暗而已，但这点儿区别就足以给我带来内心的安谧了，所以我还是会开灯的。只不过电灯无法让我的心情也明快起来。与外界不同，屋内是一个没有任何声响的、黑暗的世界……这是一栋木结构的二层建筑，尽管对独居生活来说过于空旷了，可屋里的空气依旧让我憋屈得透不过气来。

将购物袋放在桌上后，我打开了面朝院子的玻璃窗。寒风扑面而来，窗帘鼓胀起来，缠在了我的身上。将其撩开后，我回到屋子里面，在沙发上坐了下来。窗外传来了汽车驶过住宅区的声音，和放学回家来的初、高中学生的交谈声。这多少让我觉得，自己还是与外界相关联的。

我不停地摸索着桌上的一些小物件——对我来说只是一个"球"的小型地球仪、空空如也的编织篮、猫咪造型的陶制摆设。在永恒的黑暗中，就连声音和气味也都是不可靠的，只有肌肤触摸到的东西，才会给人以实体的感觉。然而，只要停止触摸，它们就会立刻被黑暗吞没，甚至叫人怀疑是否真的还在那儿。因此，不时常抚摸些东西，我心里就不踏实。

正当我手里抚摸着小物件，耳朵倾听着外面的动静时，窗外却传来了下雨的声音。我讨厌下雨。因为雨声会遮蔽远处的声音，将我与世界隔绝开来。

现在几点了？我按了一下手表上的按钮。"下午六点三十五分。"手表报时道。按两下按钮后，它又告诉我："三月三日，星期三。"

我关上玻璃窗，扶着墙壁朝玄关走去。

每个周三的傍晚，住在附近的一位朋友都会来跟我下黑白棋[1]。我们所用的是一种视障人士专用的棋子。黑色棋子的表面有凸起的漩涡纹，故而用手指触摸后便可将其与白色棋子区分开来了。下这种棋，还能锻炼记忆力。

我用手摸到了鞋，穿上，然后打开玄关的门。才一会儿的工

---

[1] 又叫奥赛罗棋、反棋、翻转棋等，由黑、白两色的棋子和方格棋盘组成。游戏通过相互翻转对方的棋子进行，最后以棋盘上谁的棋子多来判断胜负。该棋在西方和日本都十分流行，有世界级大赛。

夫，雨势像是已经增强了不少，哗哗的雨声近在咫尺。

我站在那儿，等待朋友前来。通常，他会在下午六点半按响门铃。在孤独感倍增的日子——因无法挽回女儿、外孙女的亲情而饱受无能为力感苛责的日子里，我就特别希望有人做伴。

雨点打在尼龙伞面上的反弹声越来越近了。我探出了身子。雨点的反弹声在我面前的路面上停留片刻后，又远去了。

我谨慎地朝前踏出三步，一点点地将右臂伸向雨声。当肘部的角度舒展到一百二十度左右时，我的手掌刺破了暴雨的帘幕。雨点打在手臂上的感觉是那么强烈，仿佛将手伸进了一道水墙似的。这样的大雨天是无法出门的。他今天不会来了吧。

我关上了玄关的门，回到起居室，重新坐回到沙发上。

一旦失去了生命中重要的人，就只能靠闭上眼睛来追忆其生前的音容笑貌来与之相会了——任谁都一样。而我呢，则是天天如此。我追忆着失明前见过的由香里的容貌，以及仅存在于想象中的夏帆的容貌。事实上，浮现在我眼皮内侧的，仅仅是幻想中的映象而已。

我朝桌上三点钟方向伸出右胳膊，碰到一个光溜溜的东西之后，就用手掌往上探去，捏住了一个像是干瘪的蝴蝶结似的东西。这是附近一位老妇人给我的非洲菊，显然已经枯萎了。都怪我老是忘了给它加水。什么颜色的花，老妇人是跟我说过的吧。不过在只有黑色的世界里待久了，也就想象不出红、黄、蓝之类明艳的颜色了。

我自己就跟插花没什么两样。只生活在"花瓶"这个狭小的空间里,用不了多久,也会枯萎凋零的。

抽出枯萎了的非洲菊,我用手在虚空中划拉着,找到垃圾箱,将它扔了进去。随即,我不免又长叹了一声。

谁都会变老的,无可逃避。老去之后身边还有谁?这就显出他一生的功德了。我的身边应该有人的吧。我结了婚,生下了女儿,女儿又生下了外孙女。可是,如今我身边却连一个人都没有。

我走进厨房,拿起一个杯子,从腰包里取出液体探针。将这个四方形电器插头似的东西在杯口安好后,我将两厘米左右的探针伸入杯中,随后拿过烧酒瓶子,把烧酒一点点地注入杯中。很快,杯中就发出了"噼噼噼"的声响。由于伸入杯中的探针一接触液体就会发出警报,往杯中倒饮料时就不会溢出来了。

我用手摸索着打开了一个三角形的盒子,取出了镇静剂。旁边那个四方形的盒子里装的是安眠药。我现在是靠盒子的形状来辨别药品的。以前,盒子上是贴着写有药名的小纸条的。我女儿会据此辨别不同的药,并将药片递到我的手里。

将两片镇静剂放入口中,再和着烧酒喝下。用酒精服药会引发记忆障碍,我也不想这么做,可这种叠加效果更有利于稳定情绪,所以我还是欲罢不能。

想到了连容貌都不知道的外孙女的病痛后,我不免唏嘘不已。忽然,我心念一动,站起身来,朝隔壁的房间走去,拉开了纸拉门。这个房间如今已变成储藏室了。我摸索着层层堆叠的纸板箱，抽出了一个小盒子；打开盖子，伸手进去一摸，果然摸到了带羽毛的毽子和毽拍。在我很小的时候，妈妈曾教我用拍毽子——一种独自用毽拍往上拍毽子，看谁拍得多的游戏——来祈愿的方式。因为制作毽子的圆形果实汉字写作"无患子[1]"，所以据说这么拍毽子就能祈祷小孩子无病无灾。

我握住了毽拍后，便站起身来。在我的记忆中，我小时候似乎没生过什么大病。这多亏了妈妈"跑百度[2]"似的不断祈愿啊。

于是我便唱着计数歌拍起了毽子。

> 一是最好的第一宫
> 二是日光[3]的东照宫
> 三是佐仓[4]的……

我凭感觉预测着毽子的落点，可只成功了两回，第三回毽拍就拍空了。我听到毽子落到脚边两点钟方向的地毯上弹跳了两次。那声音或左或右地弹了那么两下后，毽子就不知到哪儿去了。

---

1 此指落叶乔木无患子的果核。
2 又被称作"百度参拜"。指为祈祷疾病痊愈等在一定的距离内来回跑100次，每次都要在神佛前跪拜。一般在神社或寺院内举行。
3 日语中"二"与"日"的第一个音相同。
4 日语中"三"与"佐"的第一个音相同。

我跪了下来，双手着地，用手掌往前摸索着。然而，我只摸到地毯那长长的绒毛。毽子掉在哪儿了呢？它明明在两点钟方向的地方蹦跶来着。去哪儿了呢？在哪儿呢？

就在这么摸索着的当儿，我的内心崩溃了。我不仅不能拍毽子为外孙女祈福，还连掉落的毽子都找不到。外孙女深受透析之苦，我却一点儿忙都帮不上。我谁的忙都帮不上，我就是个废物。强烈的孤独感与无能为力感将我彻底淹没，往前摸索着的手也停下了。

就在此时，一阵刺耳的电话铃声打破了可怕的寂静。

我依旧手脚着地地趴着，只将脸扬了起来。随即，我继续用手在地毯上摸索着，寻找那个毽子。然而，刺耳的电话铃声却一刻也没停。

没办法，我只得站起身来。摸到了靠背椅的椅背，搞清楚了自己所在的位置之后，我朝走廊走去。途中，我的脚尖像是踢飞了什么东西。我弯下腰在地毯上一摸，居然就是那个毽子。看来，在两点钟方向弹了两下后，它就跟橄榄球似的跳到了五点钟方向去了。

真是丢人现眼啊，我居然在不相干的地方摸索了半天。

将毽子捡起后，我来到走廊上，将左手的手背贴在墙上往前走，最终在电话铃声前站定身躯，拿起了听筒。

"喂，喂，我是村上。"

"哦，是和久吗？是我。"

是我——透着一股"凭声音你就该听出我是谁"的傲慢。

"有什么事吗……"

对方是比我年长三岁的哥哥。

"好久没听到你的声音了。隔了好多年了吧?"

"也没隔几年。两年……零三个月吧。"

"哦,事情是这样的,在一年半之前,我就搬回老家来住了,跟妈妈一起过。"

我无言以对。

"你不问问妈妈的情况吗?"

"她……还好吗?"

"病倒了。应该是操劳过度了吧。找医生来看过了,总算没什么大碍。"

"哦,是嘛……没事就好啊。"

"你应该更担心老妈一点儿才是吧?"哥哥像是颇为不满,"我说,你也回一趟老家吧。妈妈很想跟你说说话呢。"

"我回去也无事可做啊。"

"喂,你听好了。这可不是'有事''没事'的事,是吧?"

"岩手县太远了。我这里也很够呛啊。再说,女儿、外孙女那边——"

话到嘴边,我又生生地咽了回去。我突然在这个被我忘了——不,是装作忘了的哥哥身上,看到了一丝希望。

六等血亲以内的亲族,能成为活体肾移植的捐赠者。

"好的。"我旋即改口道,"我会带着女儿回去一趟的。"

第三章

岩手

　　身体的正下方仿佛正在施工似的——估计是行驶在崎岖不平的山路上的缘故吧。我身心放松地靠在椅背上，尽情享受着枝叶探入车窗时所发出的刮擦声，以及凉风拂过绿荫后送来的新绿的芳香。

　　车内，老人们聊得热火朝天。与此相反的是，坐在我身边的由香里却始终一声不吭。突然，后背感到了重力。我知道这是长途巴士在爬坡。故乡的山村越来越近了。

　　巴士停了下来。老人们起身时的吆喝声此起彼伏，身前身后，椅子的嘎吱声响成了一片。我握住导盲杖，站起身来。真是一段漫长的旅程啊。女儿伸手来搀扶，被我推开了。

　　"我上下巴士还是不在话下的。"

　　等经过我面前的说话声和脚步声消失之后，我才踏上过道，摸索着椅背上的一个个头枕，朝前方走去。

靠杖头确认了台阶位置后,我用左手握着扶手下了车。一下车,一种回到故乡的感觉就油然而生。与东京的柏油路面不同,从鞋底传来的是踏在杂草和泥土上的柔软触感——虽说并不期待如此,可浓浓的乡愁已升上心头。一股犹如踩烂了某种果实般的浓郁香味,自我脚下蓦然涌起。

"爸,你别老站在巴士这儿呀。"背后传来了由香里的声音,"前面是安全的。"

我往前走了三步,脑海中浮现出了失明前留在记忆中的故乡的模样:以顶端留有残雪的岩手山为背景的广袤的田野,未遭城市开发和水利建设热潮破坏。疏落有致的一户户农家,又有阔叶树等杂木丛错身其间,以一簇簇的翠绿作点缀……如今,故乡是已今非昔比,面目全非了呢,还是风光依旧,保留着昔日的模样?

虽说能把裸露着的自来水管冻裂的严冬已经过去了,可三月里的空气依旧十分凛冽。远处传来了河流冲刷岩石的潺潺水声。我一手抓住女儿的右胳膊肘,一手用导盲杖敲打着前方两侧,迈开了脚步。住院检查时,我都是在护士的帮助下在院内走动的,因此我已经很多年没通过声音以外的手段来实实在在地感知女儿的存在了。

眼下,由香里将夏帆托付给当女护士的室友照料了。据说当初逃离我家后,由香里就跟一位当护士的高中时的朋友住在了一起,两人在分摊费用上利益一致,一直合租到现在。由于职业上的关系，那人对夏帆的病情也十分了解，故而托她照料是完全可以放心的。

来来往往的脚步声，听起来就跟踩在沙袋上似的。跟东京人不同，当地人的步行速度就跟农作物的生长一样缓慢。

"被人盯着看，真不是滋味……"女儿的嘟囔声传入了耳朵。

"别管他们。只是这儿比较闭塞罢了。"

"你当然无所谓了，又感觉不到那些人的目光……"稍停片刻之后，由香里又用略带歉意的声音说道，"对不起。我不该这么说的。"

我无言以对，只能默然心领了。

想必事到如今，由香里也还是没有原谅我吧。说来不可思议，同样是肉眼看不见的东西，关爱与体贴往往难以令人相信，而怨恨与恼怒之类明显的敌意，却一下子就让人感受到了。

"请问，去村上家该怎么走？"

由香里朝左侧发出问路声。好久没有回乡了，许是忘了老家的位置吧。

"你们是外乡人吧？"一个叫人联想起枯稻穗的老婆婆的沙哑嗓音回应道，"去村上家干吗？"

"我是村上家的孙女。"

"哦哦，原来是本村人啊。你早说嘛。"

随即，老婆婆便讲明了我老家的位置。

"路上有石块,小心着点儿啊。"

我们谢过老婆婆之后,就走上了田间小道。来自两侧田地里的芬芳气息随风飘荡着。每当寒风吹过,枝叶的沙沙声便盖过了虫鸣之声。

"爸,到了。"

我做了一个深呼吸。瑞香花醉人的甜香使我的鼻孔发痒。嗅着这花香,我那黑暗的视野里仿佛也开满了手鞠球[1]状的鲜花。

我的老家是一栋曲屋[2]。这是一种形如弯钩的民居。除了正面以外,其他的外墙都是涂了厚厚泥土的土仓式土墙;屋檐很低,像是被巨大的茅草屋顶压塌了似的——我挖掘出了失明前留下的记忆。典型的旧式农家建筑。若是还没枯死的话,屋子南侧栽着的树木应该还能遮蔽日晒。为了防止被积雪压断,想必院子里所有树木的树枝都被捆扎了起来,并用竹子加固了吧。

"有人吗?"

由于没有门铃,女儿只得大声喊道。随着纸拉门被拉开的声响,我听到了哥哥的声音:"哦,来了?我们正等着呢。快进屋吧。"

我用导盲杖的杖头敲了一下门槛,脱下鞋,又将鞋并拢后用晾衣夹子夹住。为的是在穿的时候,不至于跟别人的鞋搞混。

---

[1] 一种在球形棉花芯上缠上多层彩线的玩具。
[2] 即 L 形的房屋,多见于日本岩手县的民房样式。通常在长方形房屋的一端,呈直角,接一间马厩。

将导盲杖交给女儿后，我的左手触碰到一个柔软的东西。

"来，我来带你进去。"

"不用。自己家里嘛，我还是能走的。"

我摸索着往里走——多少有些逞能。我将一条胳膊微微前伸，用手背接触着土墙，另一条胳膊横在胸前，保持着防御姿势。在首次来到的场所或不太熟悉的地方，我都必须沿着墙壁或家具绕上一圈，以此来把握室内的格局。

沿着土墙走了十来步，手指尖触碰到了一个障碍物。我用手一摸，是个木制的台子。那上面的东西——根据其形状可知，是一部电话机。沿着土墙又走了三步，手掌触碰到了柱子的突出部分。再往前，就是纸拉门了。

"来，快进屋，快进屋！"

与哥哥的声音同时响起的，是哗啦一下的开门声。我摸索着门框，走进茶间[1]。一跨过门槛，从我那穿着袜子的脚底，立刻就传来令我倍感亲切的踩在榻榻米上的触感。许是刚刚翻新过的缘故吧，我还闻到了蔺草[2]特有的清香，以及淡淡的线香的香味。

"哦……"耳边传来母亲的声音，沉郁滞重之中透着欣喜欢愉，"你们总算回来了。"

我一步一步地，朝着母亲声音的方向走去。

---

1 日式房屋中用于家人起居闲坐、吃饭的房间，有时也用作客厅，并不专用于喝茶。

2 俗称灯芯草，制作榻榻米席面的材料。

"阿和[1]……"

我在这一声呼唤的正前方站定身躯后,脸颊上立刻传来了被轻柔触摸的感觉。从那压扁了的柿干一般的触感上,我能想象出母亲那满是皱纹的手掌。

"妈,你别这样啊。我已经是快七十的人了,早就不是小孩子了。"

"说什么呢?阿和就是阿和嘛。"

几年前回老家探亲时,母亲是叫我"和久"的。"阿和"是我小时候的爱称。早在上初中那会儿,由于母亲的过度保护令我觉得羞耻,我就不让她这么叫了。如今她突然又这么叫我,不就说明母亲已经回到了几十年前我跟她嘻嘻哈哈、亲密无间的时代了吗?

与我双目失明之前相比,母亲的容貌是否有所改变了,我不得而知。皱纹加深了吗?斑点增多了吗?对于岁月流逝会给人留下什么样的痕迹,我是毫无真切感受的。

我轻轻地松开母亲的手。我所握住的母亲的胳膊,细得就跟一把乌贼干似的。

"由香里也好久没来了,见到你真高兴啊。你们俩都还没吃早饭吧?"

话音刚落,母亲的脚步声就远去了。房门的对面是一间土

---

[1] 主人公村上和久的小名。

间[1]。那儿的墙上涂了灰浆，铺着席子的地面中央，应该还安着个炉子。将屋顶形状暴露无遗的天花板上纵横交错地架着横梁，还打着加固用的斜撑。

我留心着台阶，追着母亲的脚步声。

"喂！危险！"

随着哥哥的一声怒吼，我的手腕被攥住了。

"不好意思。哥。"

"不是伯伯，是我。"背后传来的是由香里略带苦笑的声音，"有台阶，当心点儿。"

"这样啊，谢谢你了。"在女儿的搀扶下，我走下了台阶。隔着袜子，我感觉到了粗糙的草席。

"怎么看都像是要塌的样子……"

听着女儿的话语声，我伸出手掌，抚摸着一根浸透了米糠味的弯柱。这根柱子弯得就跟老人的脊梁骨一般。要是我的眼睛看得见，恐怕瞄上它一眼，心里也会惴惴不安吧。

菜刀斩在砧板上的声音干脆利落，我走上前去。

"阿和，快停下！"母亲的声音像鞭子似的抽打在我身上，"有镰刀！"

母亲的脚步声来到了跟前，紧接着又响起了金属声。

---

[1] 日式房屋内没铺地板的地方，多用作厨房或饭堂。

"要小心！跨过了镰刀，是要被镰鼬[1]伤着的。"

母亲一直都很迷信，对于流传于岩手地区的古老传说全都信以为真，我打小就从她那儿听过了各种各样的传说，也不时受到她的警告。

例如，"不能在家里吹口哨，据说在家里吹口哨会招来穷神""踩了书籍会忘字"……诸如此类。

当我看到了蛇，用手指着大叫"妈妈，蛇！蛇！"的时候，母亲就会"啪"地在我手上打一下，并说道："不许用手指着蛇。手指会烂掉的！"

长大以后，我仍受到母亲的制约。有一次她坚持说"孕妇参加葬礼会难产"，硬是不让我妻子参加伯母的葬礼。据说母亲自己怀孕时，就从未参加过葬礼。

"龙彦，"母亲厉声对哥哥说道，"快把镰刀收好！"

"我明明把它靠在墙角上了嘛，是它自己倒下来的吧。"

看来，我自以为走在土间的正中间，其实却走偏了，偏到墙角那儿去了。

耳边再次传来了菜刀的声响。

"妈，你别累着了。"我说，"做饭这种事，就让由香里来好了。"

---

[1] 日本传说中的妖怪，会乘着旋风伤人，被伤的人身上会出现宛如被利器割伤般的伤口。

"哪能让舟车劳顿,大老远跑来的孙女做饭呢?去吧,你们俩都上那儿待着去吧。"

菜刀的动静停止后,从地下又传来了声响。我眼前浮现出了母亲在地窖里取蔬菜的身影。于是我决定受领母亲的好意,与由香里一起回到茶间,在蒲团上坐了下来。

"哥……"我朝着空旷的黑暗喊道。"什么事?"从一点钟方向传来了应答声。我把脸转向了那儿。

我早就跟由香里说好了,什么时候提肾脏移植的事,全凭我做主。因为,哥哥他一旦犯起了牛脾气,是谁的话都不听的。

"你还在打官司吗?"

要是他还在打官司,恐怕就不肯长时间住院了吧。

沉默持续了一段时间。只听得到从土间传来的菜刀声。

"政府待我们太'好'了。不表示一点儿'感谢'怎么行呢?"

"你状告国家,又能带来什么改变呢?"

"……是日本政府将我们抛弃了,就得让他们承担责任!"哥哥咬牙切齿地说道,"想利用我们国民的时候,就利用个够;没有利用价值了,就把我们一脚踢开。不起来跟他们抗争,他们是不会改变的。"

"无论是谁挺身抗争,政府都不会改变的吧。"

"人生被剥夺了的痛苦,你是不会懂的。"

自三年前起,哥哥就一门心思地打起了官司,也给身边的人带来了许多麻烦。一会儿跟我借律师费用；一会儿说我这模样能博取同情，替他出庭做证吧；一会儿说帮他起草个意见书……

我不胜其烦，就渐渐地与他拉开距离了。

"我说和久……你能借我二十万吗？过阵子，我得去东京地裁[1]做证啊。"

叫我回老家，果然是为了伸手向我要钱。

"向残疾人伸手要钱？我自己的日子也过得紧巴巴的呢。"

"一家人嘛，应该互相帮助的，是不是？"

"你可没帮过我。"

"我可是如假包换的日本人啊。一个日本人想在日本过上与其他日本人一样的生活，这要求过分了吗？"

因为眼睛看不见，所以我习惯将他人想象为某种形象。我要是不发挥一点儿想象力，那么障碍物也好，他人也罢，就都跟融入了黑暗的影子一样，不复存在了。在我的想象中，哥哥就是一条断了牙齿还想撕咬的老狗——一条不会游泳却一头跳入法律之海，在敌人的领域里与政府这条巨鲸争斗的愚蠢的老狗，最后只能落得还没咬上对方一口，自己就先淹死的下场。

六十多年前在中国东北生活的经历是我极力想要忘却的过去，可跟哥哥说不上两三句话，我就总会被他拖回当年的岁月。

寒风钻过门窗缝隙时发出的呼啸声，听着也像是受伤的野狗

---

[1] 东京地方裁判所的简称，也即东京地方法院。

发出的凄厉的哀嚎。

"伯伯……"由香里插话道，"二十来万的话，我还是拿得出来的。"

我不觉得在夏帆的透析费和日常生活费的重压下，女儿还有这样的余力——尽管透析费适用于健康保险。想必她这么说，也是为了便于获得肾脏捐赠吧。可这要是被医院方面知道了，"捐赠是出于不求回报的善意"这一点，不就要遭到怀疑了吗？被认为是"花钱买器官"也在所难免了吧。

"由香里，你真是帮了我的大忙。"哥哥高兴地说道，"打官司真的很花钱。"

"不行！"我厉声说道，"别把我女儿也卷进去。"

"打赢官司就能拿到钱，到时候再还她就是了嘛。"

"怎么可能打赢官司呢？你自己也心知肚明吧。"

"不争取到养老的保障，连回中国的路费都没有了。去年、前年，我都没能回去给'爹'扫墓啊。"

哥哥是"遗华日本孤儿"，俗称"日本遗孤"。这是指在二战前及战争期间移民至中国东北，而在日本战败后的兵荒马乱中被抛弃，最终被中国人收养的日本儿童。

哥哥就被一对中国夫妇抚养了四十年。养父已在五年前去世，养母则在中国的农村过着孤独的老年生活。刚回国那会儿，哥哥的日语很差，几乎不能跟我正常交谈。而这恐怕也是造成我与他之间至今仍有隔阂的原因之一吧。

"日本人可真是冷酷无情啊。"

哥哥喜欢吃中国菜,遇到中日之间的体育比赛,也总是声援中国队。虽说他是日本人,可谈话间,总会若隐若现地流露出在中国长大的日本遗孤所特有的身份认同,让我感到疏远。

突然,头顶上响起了布谷鸟的叫声。一共响了九声。原来这声音来自那个布谷鸟报时钟,正在告知眼下为上午九点。这倒省去了我用语音报时手表来确认时间的麻烦。

"你需要钱的话……"我用手指了指"布谷鸟"叫的方向,说道,"把它卖了不就行了吗?这可是纯手工制作的,能卖不少钱吧?"

"它可是我的宝贝。每天都得听它叫唤才行,要不,我就心神不宁啊。"

这时,从土间过来的脚步声来到了跟前。随即是盘子被放在木板上的声音。酱汤的香味直冲鼻子。

"来,吃吧,吃吧。这可是妈妈亲手做的。"

话语中透着毫无心机的爽朗。即便吵了架也绝不耿耿于怀,这是哥哥为数不多的优点之一。事实上,倘若哥哥是那种对家人都怀恨在心的性格,恐怕我早就跟他一刀两断了吧。

"妈,你都做了些什么呀?"

不事先告诉我的话,我就得吃到嘴里才知道是什么东西了,故而我不免有些心慌。

"酱烤豆腐。阿和,是你喜欢吃的吧?"

确实是我魂牵梦绕的家乡料理。那是用竹签将偏硬一点儿的豆腐块串起来后，再放上熬制过的蒜蓉和黄酱，在炭火上烤炙而成的。

"爸，"由香里说道，"十二点钟方向是酱汤，三点钟方向是酱烤豆腐，七点钟方向是米饭，九点钟方向是茶。"

女儿用"时钟定位法"毫无遗漏地将早餐内容一一告诉了我，一如跟我生活在一起时那样。我刚失明那会儿，她还只会说些"这儿""那儿"之类的模糊说法，后来为了帮助我这个失去了光明的人，特意学了一些照料视障人士的技巧。

我摸索着拿起了烤串，咬了一口酱烤豆腐。大豆的滋味与黄酱、蒜蓉的味道混在一起，真是美味之极。

"妈，真好吃。"

我已经有多少年没吃过母亲做的饭菜了？如今，亲切的话语声和美味的饭菜，让我真切地感受到了母爱。不知不觉地，我的眼角发烫了。

"是嘛，好吃吗？对了，喝茶，喝茶。"

耳边响起了往茶盅里加水的声音。我的腰包里除了备用的折叠式导盲杖，还放着液体探针。除了在餐饮店里，我已经许久没有在不动用它的情况下喝东西了。

我们一边聊着无关紧要的闲话，一边吃饭。虽说自我因一时的怨恨而将双目失明的责任归咎给母亲以来，今天还是头一回团聚，可父母的心态还真是颇为奇妙，不管什么时候见到子女，他们总会像分离不到一周似的予以接纳。耿耿于怀的往往是子女一方，父母只是在为儿女担心而已。

那么，我对由香里的爱，也是这么无私，这么深厚的吗？女儿离家出走时，我既感到悲伤，又愤恨不已。直到现在，我竟然还动着利用肾脏移植来修复关系的小心思。

吃过了早饭，我便让自己沉浸在蘭草与线香的芬芳之中。

其实，我是难以把握向哥哥提出捐赠肾脏的恰当时机。因为，要是搞不好被他反问一句"你们回老家来就是为了这个吗？"，事情就不好办了。

"和久，"哥哥招呼了一声便站起身来，"你在家里好好孝敬老娘。我摘点儿野菜去。"

"摘野菜？"我抬起脸问道，"……我也要去。"

这可真是个能躲开母亲目光的好机会啊。

"你要去？虽说也不用进山，可毕竟……"

"遇到难走的地方，你事先提醒我一下就行啊。"

迟疑片刻过后，哥哥答道："行，来吧。"

我遵照哥哥的嘱咐做好了准备：戴上帽子，穿上圆领长袖衬衫。这样既能防虫，也能防止碰伤、擦伤。

"要不，我也一起去？"由香里问道。

"别，你在家照顾奶奶。我要跟你爸单独说会儿话。"

哥哥准备了一个双肩背包。我问了一下那里面装的东西，他说有登山刀、小型铲子、毛巾、线手套和水壶之类的。

我穿上长筒胶鞋，拿起导盲杖，走到院子里。

"小心！右手边就是个'萝卜垛子'。"

我将手掌伸向右侧，摸到了一个毛毛糙糙的东西。所谓"萝卜垛子"，其实就是一个用稻草扎成的蔬菜储藏库，大小、形状都像个吊钟，专供蔬菜在里面"冬眠"用。

为了不与"萝卜垛子"相撞，我摸索着它那粗糙的表面，绕了过去。

"行了。"哥哥说道，"下来就是笔直的田埂了。只要跟着我的脚步声走就没事。"

"能让我拽着你的右胳膊肘吗？"

"……来，你抓吧。"

我根据声音传来的方向，想象着哥哥的身姿，将手掌伸向他胳膊的位置摸索着，碰到他的身体后，就探到右肘部，将其抓住。

我摆动开导盲杖。杖头抓拉开了松软的泥土。虽说凭触感能够感知地形，但由于撞击声被吸收，我所获得的信息也大打折扣了。就这样，我在脑中想象着一条呈直线状的田埂，在哥哥的引导下往前走着。

"从前我们是为了活命才吃野菜……可近来许多年轻人却只是为了好玩，就来乱挖一气。真不像话。"

"哥哥你现在也吃野菜吗？"

"吃啊，妈会帮我做的。"

母亲分拣野菜的情形我记得很清楚。她总是先将旧报纸铺在榻榻米上,再将野菜分门别类地放在那上面,然后择去脏物、烂叶。母亲还经常腌制野菜——在坛子底部密密地铺上一层野菜,撒上盐,然后再铺上一层野菜,再撒上盐……最后盖上盖子,压上一块石头。

"阿和,稍硬一些的是要用开水焯过才能腌的哦。"

我还记得母亲对我这么说时的笑脸。但是,这却不是什么美好的回忆。

一九四六年从中国东北回国的母亲和我,在战后的东京租了一间四铺席半[1]大小的房子住着。我失明前看到的涩谷站前的广场上,如今那些睥睨众人的高楼大厦,还一栋都没有呢。战火过后的荒野上,只稀稀落落地散布着一些木结构的二层建筑。每天晚上,我都是在昏暗的烛光下做作业的。

刚上小学不久的某一天,我饿得实在受不了了,就到附近人家的院子里偷了一个柿子吃了。那滴着甘甜汁液的果肉,令我激动不已。于是我就又摘了一个,打算带回家给母亲吃。不料回家后我却挨了母亲一记耳光。

"再穷也不能偷东西!那可是别人家的!"

我捂着火辣辣的脸,咬紧了牙关。随后,我瞪着眼睛对母亲

---

[1] 日本的和式房间一般以铺席,也即榻榻米的张数来表示面积大小。一张榻榻米的面积通常为 1.62 平方米,四铺席半就是 7.29 平方米。

说道："老是吃菜叶，我不要！"

当时，我带的盒饭主要就是用野菜做的凉拌菜。有一天，同学抢去了我的饭盒，嘲笑我说："你妈跟乞丐似的，在摘杂草呢。我妈在公园里看到的。"

我不相信。第二天，我特意早起，悄悄地跟在母亲身后，果然看到穿着扎腿式劳动裤[1]的母亲弯着腰摘公园里的杂草。我跑上前去后，母亲吃了一惊，可她立刻就露出了微笑。

"阿和，这是红蓼啊。"

但见那高大的"杂草"在母亲的头顶上垂着稻穗般的淡红色花穗。母亲正在摘下它那有大人手掌大小的叶子，对我说道："你看，我已摘了这么多了。用开水焯一下再拌上点儿芝麻……"

我拍落了母亲手里的杂草，并用脚使劲踩踏着。等我抬起脚来时，那些脏兮兮的草叶已经在泥土里四分五裂了。

"太丢人了！我在学校里尽被人笑话了！"

母亲眨巴着眼睛，看着我这副气急败坏的样子。不过她并没有发火，反倒垂下眼帘来嘟囔道："让孩子觉得丢人，真是太不应该了。妈妈真没用啊。对不起，阿和，对不起。"

母亲当时那副悲戚的面容，至今仍深深地烙在我的记忆之

---

[1] 日本农村妇女劳动、防寒时穿的宽松式工作裤，裤脚扎在脚踝处，故名。于二战时期普及全日本。

中。从第二天起,我的饭盒里就有荷包蛋或鸡肉了。可与此同时,本就少得可怜的主食就从母亲的晚餐中消失了,剩下的,就全是野菜了。还是孩子的我,当时没有多想,只管拣好吃的吃。

小时候就伤了母亲的心的我,双目失明之后仍在伤母亲的心。要不是为了动员哥哥捐赠肾脏,恐怕我是不会回老家来的吧。

"喂——和久,"哥哥的喊声闯入了我的回忆之中,"这是红心藜。你摘下它的叶子看看。"

我握着导盲杖直愣愣地站着。摘野菜这种行为,似乎就是对我小时候予以否定的贫困的肯定,故而我不免有些踌躇。

"来,就是这儿啊。"

哥哥抓住我的手腕往下拽。我差点儿摔倒,只好弯下了腰。手掌碰到了野菜叶子,我感到那是种菱形的叶片,有着锯齿形的边缘,密密麻麻地长在茎干上。

"你摘下试试。"

我缩回了手,摇了摇头。随即便听到了哥哥的叹气声和掐断叶柄的咔嚓声。两声、三声、四声……随后就是塑料袋发出的窸窣声。

"这玩意儿可以做成天妇罗[1]来吃。青草味不重,味道有点儿像菠菜。走,继续找去。"

---

1 将鱼虾、蔬菜等裹上鸡蛋面糊后油炸而成的食品。

我抓住哥哥的胳膊肘，继续走在田埂上。有时哥哥会提醒说"前面不平，小心了！"，我就小心翼翼地跨过去。来到山坡下时，浓郁的新绿味直冲鼻孔。

我的导盲杖敲打在低矮的枝叶上。在哥哥的催促下迈开脚步后，我一脚踹开草丛，成群的草叶缠在了我的脚脖子上。

"等一下，我看到延胡索了。"

说着，哥哥就跑开了。十一点钟方向大约二十米处响起拨开草丛的声响。

"晚饭的小菜有了，和久。这玩意儿用开水焯一下，再拌上点儿蛋黄酱……"

"我说，哥，"现在时机成熟了吧，"我有话跟你说。"

"什么事？"

"我的外孙女夏帆肾功能衰竭，必须做肾脏移植手术。我做过检查了，肾脏不达标，不能用。"

"……做器官移植的话，应该用孩子母亲的比较好吧。"

"两年前就用过了。出现了排异反应，不管用了。所以……"

"要割我的吗？……抱歉，这可不行。"

"至少做个检查嘛……"

"我的肾脏也不好，我一天要抽十支烟呢。"

"抽烟影响的是肺，跟肾脏没有关系。再说，是否正常要检查了才知道不是吗？拜托了。"

"我讨厌医院。"哥哥声音的朝向表明他已经扭过脸去了，

"哟，这是毛茛。有毒的，可不能随便摘来吃啊。"

"我说，哥，虽说检查出来不匹配就不能用保险，必须自己承担高额的检查费用，可你不用担心，全部由我来承担好了。所以……"

"毛茛长得跟芹菜很像，可要小心啊。"

"我又没有摘野菜的爱好。"

"万一进山遇难了，总不想饿死吧？"

"我也没打算进山。哥，为了我女儿，求你了。"

"……我可不想丢一个肾。"哥哥的语气里透露出断然拒绝之意，"都过了七十了，仅靠一个肾活着，想想都叫人发慌啊。"

于是，我就跟哥哥解释道，听医生说，刚摘除一个肾的时候，短时间内是会出现肾功能减退的，可过一段时间后，剩下的那个肾就会强化其功能，最终恢复到原先的八成。

"八成？战争已经剥夺了我四十多年的人生，回国后我还要被人夺去一个肾吗？"

反驳的话已经到了嘴边，可我咬紧牙关，将其拦住了。我做了个深呼吸，平息了一下内心，然后说道："不是被人夺走，是捐赠。是为了救外孙女的命啊。夏帆正痛苦地做着透析呢。她才八岁，每周却要做三次透析，每次被绑在医院的病床上五个小时。"

"……她是你的外孙女。"

又不是我的外孙女！——这样的言外之意，已经不言自明了。

"和久，我们回去吧。"

一回到家，哥哥的脚步声远去后，一连串轻盈的脚步声就从铺着木地板的走廊上跑过来了。

"爸，你说了吗？"

我转向由香里声音的方向，摇了摇头。

"为什么不说呢？"

"说了，他没答应。"

耳边立刻响起了叹息似的、从鼻孔里出气的声音。女儿此刻的表情是不难想象的。她从前就这样，一对我生气，就紧皱眉头，噘起嘴唇，鼻子重重地出气。

"你肯定是用吵架的口吻说的，是不是？算了，我去求他好了。"

女儿的脚步声沿着铺着木地板的走廊远去了。我脱下长筒胶鞋，踏上门槛，然后用手触摸着土墙，走进了茶间。

"伯伯，求您了！"

蔺草与线香的微香中，由香里的恳求声落到了铺席上。

"对不住了，我不能答应。"那语调听着就跟要用利斧斩断两人之间的关系似的。

"我说，哥哥，"我就那么站着说道，"拜托了。哪怕是仅仅接受一下检查也好啊。"

"我不是说过了吗！我不做检查。"

"除了交通费和检查费，我还会给你谢礼的。因为捐赠器官的前提是无偿提供，所以我不能花钱买你的肾脏，但可以对你接受检查表示感谢。你看怎么样？"

"我不干。"

"由于是对你接受检查的谢礼，即便结果是不匹配，我也会给的。你看这条件不坏吧？再说了，哥哥，你打官司不是也需要钱吗？"

倘若检查结果是符合移植条件，再听了医生的详细介绍，说不定他会回心转意。故而肯去医院做检查，就成了至关重要的第一步了。

哥哥不堪其扰地叹了一口气，说道："你别软磨硬泡了，我不做检查。"

"检查一下又不是什么难事。我也做过的。首先在医院……"

"不管检查什么，反正我不做。"

"那你至少先听一下医生的介绍……"

"我说了不做！不是检查内容的问题……"说到一半，他硬生生地收住了话头，咋了一下舌，又说道，"单纯是检查太麻烦了。"

哥哥是不是刹那间说漏嘴了？我突然觉得有点儿奇怪。所谓检查太麻烦，听着就是一种十分牵强的托词。他为什么要这么顽固地回绝呢？听说要割掉一个肾，有点儿犯犹豫，这是完全可以理解的。毕竟对他来说，弟弟的外孙女是远亲了嘛。可奇怪的是，我已经说了，不管适合不适合移植，只要去做检查就给谢礼，他却还是拒绝了。他的这种态度让我强烈地感觉到：他抗拒的不是捐赠肾脏，而是检查本身。

"在中国，家人有难，出手相助，不是一件很有面子的事情吗？为了血脉相连的家人嘛。"

"我也很同情你的外孙女。可是，我是不会去做什么检查的。"斩钉截铁地说完这一句后，哥哥便说着"哦，对了"转换了话题。

"和久，有给你的信寄到这儿来了。我去给你拿来。"

纸拉门滑动的声音响过之后，没过多久，脚步声就又回来了。

"你翻过我的房间吗？"

从发声的方向上判断，这话是哥哥问我女儿的。

"啊？怎么会呢？"由香里回答道，"我根本就没进去过呀。"

"放在抽屉里的信都掉出来了。还有……"哥哥转向我说道，"你以前写来的信，也不见了。"

我的信不见了？

"我可不会用信纸擦屁股啊。"接着是哥哥一连串的笑声。

这有什么好笑的呢？过了一会儿我才反应过来。那是因为，信的日文汉字写作"手纸"，而"手纸"在中国话里是上厕所用的"卫生纸"的意思。哥哥的"包袱"就是从这儿来的吧。

"我写来的信又没什么重要内容,估计没人会偷吧。不会是你自己弄丢了吧?"

"不是一封,是两三封都不见了。确实如你所说,那些信都没什么内容,尽是些应时的盛夏问候之类。"

"那么,写给我的信呢?"

"哦,就是这个。没写寄信人。这是第几封来着?"

"应该是第五封吧。十天里五封。"

"我说,你该不是摊上什么麻烦事了吧?"

我接过信封,抚摸过封皮后将其拆开,取出信纸来。信纸上排列着细小的凸点。是盲文——用六个点来代表一个字。我用食指"阅读"后,发现这回写的也是一句俳句[1]。

---

[1] 日本的一种短诗,以三句十七音为一首,首句五音,次句七音,末句五音,其中必须含有表明季节的"季语"。

梦已碎，我子与我妻，再难见。

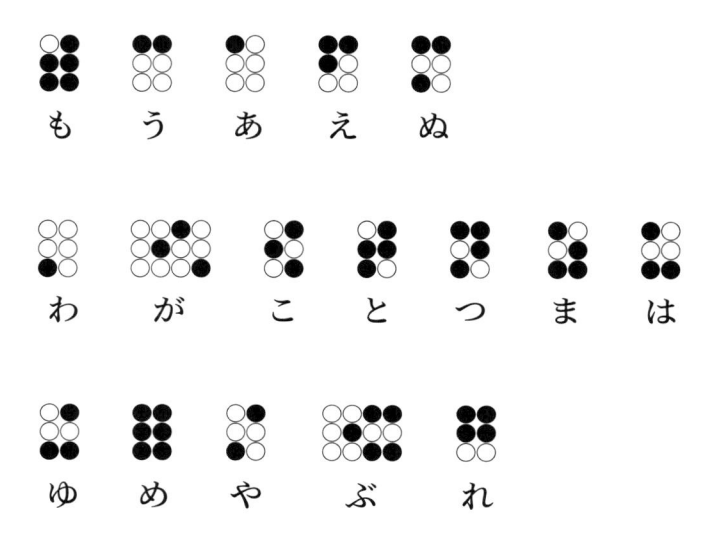

もうあえぬ

わがこ と つ ま は

ゆ め や ぶ れ

大约在十天前，这些信中的第一封寄到了我家。信封中附带着一张写有墨字——并非盲文的普通文字——的纸条。我请邻居读后才知道，这信是哥哥寄来的，纸条上写着"现转寄给你送到老家的、别人写给你的信件"。那封信的内容是用盲文写的俳句。

"那上面写了些什么？"

我回答了哥哥的问题，并朗读了这句没有"季语"的俳句——更像是川柳[1]。

---

[1] 一种采用俳句形式但无须季语，用语较为随便，内容诙谐、讽刺的诗歌体裁。

"其他四封呢？"

"也都是俳句。都在家里放着呢。"

"是嘛，这可有点儿瘆人啊。"

我再次用手指触摸了那些凸点。

在盲文中，"は"和"へ"这样的助词，应该是写作发音相同的"わ"和"え"的，可该信没表现出这些变化来。由此可见，寄出这封信的人估计是没学过盲文的。那么，这些信到底是谁出于什么目的写给我的呢？

"梦已碎，我子与我妻，再难见。"这到底是什么意思？是警告，还是威胁，我不得而知。看来回到东京后，还得与别的俳句放在一起研究。

我将难以理解的俳句放回信封，再将信封放入旅行包里。这天，我们吃了母亲做的午餐——其中有凉拌野菜。之后，我们就无关痛痒地闲聊着，直到天黑。也有哥哥拒绝捐赠肾脏的缘故吧，谈话始终不那么自然、融洽。

哥哥去洗澡后，过了一会儿，我也摸索着去了浴室，并用手敲了敲那儿的玻璃门。

"谁呀？"里面传来哥哥瓮声瓮气的声音。

"是我，给你搓搓背。"

"你这是怎么了，突然想起这个来了？"

"就是想再跟你聊聊。"

"哦……好吧。进来吧。"

玻璃门横向移开之后，水蒸气便扑面而来了。暖暖的，湿湿的，一下子就沾在了肌肤上。

浴室很小，仅容得下哥哥一人坐在椅子上，所以我就单膝跪在了散发着木材香味的脱衣间里。

"我说，哥。夏帆真是个好孩子。我很想听她活蹦乱跳的声音。所以……"

"给。"像是要拦住我的话头似的，哥哥递给了我一条满是肥皂泡的毛巾。我不由得叹了一口气，无可奈何地用手摸到了哥哥的背部，隔着湿毛巾把手贴上去。随即，我就用质地不厚的毛巾，从上往下地擦了起来。

哥哥的背上有一条凸起的伤疤，跟蚯蚓似的。我用右手拿着毛巾替他洗着背，又用帮衬着的左手抚摸着那条伤疤。那伤痕从左上方斜向右下方。

这是六十五年前留下的刀伤吧。

在中国东北逃难的痛苦回忆又苏醒了。

"苏联的军舰正在松花江上等着呢。这孩子的哭声跟敲锣打鼓也没什么两样，快堵上他的嘴！"

一个关东军残兵恶狠狠地说着，两眼直瞪着一名农家打扮、怀抱婴儿的妇女。见她摇晃着脑袋，连油黑乌亮的头发都散乱了，可就是不肯堵上孩子的嘴，那个士兵就一把夺过婴儿，放在了地上。婴儿的尖声哭号震颤着夜晚的空气。士兵拔出了军刀。在月光的映照下，刀刃寒光直闪。

"饶了他吧！饶了他吧！"

士兵无视妇女的恳求，毫无人性地挥下了军刀。就在那一刹那，哥哥扑了上去，抱起那婴儿。寒光斜向一闪，鲜血喷涌而出。倒在地上的，是哥哥。他的背上湿漉漉的，已被鲜血染得通红，怀中的婴儿仍在抽噎着。

当时才四岁的我，看到这一幕后，吓得呆若木鸡。然而，如此惨烈的、噩梦般的光景，却牢牢地印在了我的记忆之中，再也无法被抹去了。

我用毛巾搓着哥哥的后背，说道："真结实啊。是干农活儿锻炼出来的吗？"

"不是。夏天里，为了增强体力，我常下河游泳。"

下河？

"你不怕水吗？"

"怕水？为什么？"

"在中国东北，你不就是被河水卷走的吗？不就是因为这个，你才跟家人失散的吗？"

我不擅长游泳，就是因为忘不了儿时见过的松花江浊流翻腾的可怕景象。那都成了我的心理阴影了。

"是啊。当时没抓紧麻绳被冲走的情景，现在仍会时不时地出现在我的眼前。可是怕水的话，就没法儿在农村过活了。"

"嗯，你可是从小就帮着干农活儿的。"

"……嗯，是啊。"

"我小时候可是很敬重你的。"

"……是嘛。"

话聊不开,交谈也就此打住了。

哥哥不怎么喜欢提起在中国东北那会儿的事情。仅仅因为那是一段痛苦的记忆吗?其实,在那边的生活绝不是穷困潦倒的,远没到不堪回首的地步。

然而,每次跟他提起往事,我都觉得有些聊不到一块儿去……

我再次用手指抚摩起他背上的伤疤来。事实上,刚才我就已经注意到了。通常,军刀斜砍时,留下的刀疤应该会从右肩到左腰才对。可哥哥背上的伤痕却正好与之相反,是从左肩到右腰的。奇怪!怎么会有这种事呢?

一个个反常之处汇集起来后,我的脑海里就冒出了一个疑问。尽管这是个十分唐突、近乎妄想的疑问,可一旦冒了出来,就再也挥之不去了。

"哥哥"真的是我哥哥吗?

一九八三年,哥哥参加了"访日调查团",在日期间,母亲与他相认,之后他就回日本定居了。这里面有没有什么差错呢?会不会这个二十七年来一直被我当作哥哥的人,是个不相干的人,并且他本人有意为之?

在中国东北失散前的哥哥是个富有同情心的人,总是把家人放在第一位。有了什么好吃的东西,他总是让我这个弟弟先吃;

干农活儿干累了的母亲只要一捶腰，他就会让母亲躺下来，用他那双小手使劲给她揉。

可是，久别重逢后的哥哥又是怎样的呢？他根本不顾家人的心焦，首先想到的总是他自己，变得自私自利。对，就跟完全换了个人似的。

给人的感觉，就跟看到了一只刚破茧而出就杀死了宿主的寄生虫似的。

假日本遗孤。

这个已经成了社会问题的单词在我的脑海里一闪而过。会不会由于眼前的这个男人原本就不是"村上龙彦"，所以他才拒绝接受检查？会不会他想到了，一旦接受检查，就会暴露自己与夏帆并无血缘关系呢？

他后背上的伤疤或许是特意叫人弄上去的——虽说这种做法十分反常。

我沉溺于疑惑与惶恐的惊涛骇浪之中。就跟有人抓住我的脚踝使劲往海底拽似的，我连气都快要喘不过来了。

在此之前，我也经常与哥哥意见相左，甚至争吵不断，可从未怀疑过他是个外人。事到如今，哥哥对我来说，就只是一个没有脸蛋的影子了。留在大脑上的疑虑，就跟顽固的污泥似的，怎么也抹不去。

说起来，确实还没做过亲子鉴定呢。

当时的日本厚生省是仅凭相貌是否相似、失散前的情形是否一致来判定双方是否为亲子的。若要做亲子鉴定，就必须支付六万日元，故而经济拮据的孤儿和亲族们只能望洋兴叹。一九九四年日本政府制定《遗华日侨支援法》之前，原则上遗孤们都是要自费回国的，所以负担确实是太大了。

要是有人钻了母亲年纪大、记忆力减退的空子来假冒"村上龙彦"，那么其目的又何在呢？为了获得日本的永住权[1]吗？可即便如此也说不通。如今他花钱打毫无胜算的官司，想要获得国家赔偿，结果却落得个生活困顿，只能寄身于老家的下场，那么他到日本来生活还有什么意义呢？

"……我说，哥。你被河水冲走后，在那边一定吃了不少苦吧？"

"是啊。我醒来时，发现自己躺在一对中国夫妇的家里。我正发着高烧，他们照料着我，给我喝白开水。蒸笼上冒着甜丝丝的蒸气，好吃的甜馒头的滋味，令我终生难忘。他们救我时就已经知道我是日本人了。他们说，都是上面的人不好，日本人也不全是坏蛋，更何况孩子是无辜的，是战争的牺牲品……"

真是一种了不起的认识。

"后来，他们就收我做了养子，怕我在外面受歧视和欺负，还替我隐瞒了日本人的身份。尽管我一直没能向养父母敞开心

---

[1] 亦称永久居留权，是指外国人不具有该国的国籍，但是具有永久居住在这个国家的权利。

扉，他们却待我很好，甚至为了供我上学而卖掉了耕田用的牛。我在班上考试得了第一名，他们竟然高兴得流下了眼泪。"

"你在那边做什么工作呢？"

"在铁厂里打铁。那环境，热得能把浑身的汗水都榨干。我还被评为'先进生产者'，获得了手写的奖状。因工作出色而获得好评，只有那一回啊。"

"那你为什么想回日本了呢？"

"嘿，你这是在审问吗？有一天，公安局的人来找我了，说我是日本人，要是想回国也是完全可以的。我听了心乱如麻。因为我确实是日本人，也很想回国跟亲人团聚，可我又不想让养父母伤心。"

"可你不还是参加'访日调查团'了吗？"

倘若是个冒牌货的话，肯定是相信日本是个富裕国家，为了钱和过好日子才冒名顶替他人，希望来此定居的吧。

"那是因为养父母的一句话——'叶落归根'。意思是说，就像叶子掉落下来总会回到根部那样，任谁都是要回老家的。他们劝我说，参加'访日调查团'就有可能找到亲生父母，所以应该去。我在代代木中心跟负责人讲述了成为孤儿的原委和双亲的外貌特征。当时，我可是在已经变得模糊不清的记忆中拼命地挖掘啊。看到一个个孤儿都找到了亲生父母，而只有自己被遗留下来，那种孤独感可真不好受啊。仅在三天之内，就有十个孤儿找到了亲人。后来的事情，你也知道吧？到了第四天，我就跟妈妈久别重逢了。我回到中国,在北京的公安局和外事办公室办理了各种手续,然后就回国定居了。"

"既然你已经跟亲人团聚了,不就够了吗?干吗还要打官司呢?"

"在中国的时候,我是不说日语的。那种担心逐渐遗忘母语的恐惧,你能体会吗?回国后,每次去面试,都会被人说'学会了日语再来吧'。在中国掌握的技术,在这儿一点儿也用不上。即便在那边工作的年份长,但在日本没工作经历,所以拿到的养老金少得可怜。要是战后立刻——也不说那么早吧,要是在中日邦交正常化那会儿日本政府就采取行动,让遗孤回国的话,也能提早十年了。这样,我就能更早地重新掌握日语,也能拿到更多的养老金了。我的苦难是政府的拖拉造成的,所以我要跟他们作斗争。"

哥哥是不是冒牌货,我无法得出结论。因为,他所说的这一切,都不像是瞎编的。

哥哥洗完后,我也洗了个澡。吃过母亲做的晚餐后,我就着日本酒服用了镇静剂。

"爸,你还在吃药?还用酒来吃……"

用酒来服药,能让酒精带来的亢奋和镇静剂营造的安宁相互交融,给人一种身处云里雾里的满足感。

"吃的是什么药?"耳边响起了哥哥透着担心意味的声音。

"是镇静剂。"由香里替我回答道,"主治医生早就不让他吃了,因为会引发记忆障碍。估计是让别的医生开的处方吧。"

"和久,这西药可不比草药或汉方[1]啊。"

过了一会儿,我感觉有种具有刺激性的液体在大脑里漫延开来,身体也变得轻飘飘的了。

---

1 "汉方药"的简称,即日本的中药。

第四章

　　我应该辨明真伪吗？可是，一旦揭露了哥哥是冒牌货，那么母亲就只能一个人过活了。因为我自顾不暇，哪还有余力去照料她呢？更为重要的是，与哥哥久别重逢，曾让母亲欣喜不已。当时她那喜极而泣的声音，令我终生难忘。那股亢奋劲，简直叫人担心会不会引发心肌梗死。

　　一九八一年"访日调查"开始后，各大报纸都刊载了遗孤的照片，以及他们的年龄、中国名字、身体特征和遗留中国的原委。为了寻找哥哥，我跟母亲一起去了东京代代木的奥林匹克纪念青少年中心。遗憾的是，在那一年的相认会上，我们并没有找到他。而在我们身边，每当有亲人相会，照相机的闪光灯就会亮个不停，叫嚷声、欢呼声、鼓掌声喧闹不已。他们之间的对话也很少，只是一个劲地抱头痛哭。

　　第二年，我双目失明了，因为遭此打击而没有参加"访日调查"的活动。找到哥哥是在一九八三年。母亲和哥哥来看望我。我们都为重新团聚而欣喜不已。我当时坚信，这就是所谓的奇迹和幸福。

想必母亲从未怀疑过哥哥吧。无论是谁，总会相信自己愿意相信的事，而能与失散四十年的儿子重新团聚，母亲对此自然是最愿意相信不过的。

看来，我还是不该查明真相。二十七年来，母亲一直相信他就是自己的儿子，我又怎么能让母亲伤心，怎么能再从母亲身旁将"儿子"夺走呢？只要不揭露真相，母亲就不必为此烦心了——每当听到母亲欢快的声音，我就会这么想。

"爸，"由香里压低声音说道，"昨天晚上我又恳求了伯伯，可他还是连检查都不愿意做。我想，这或许是上法庭做证的日子近了，他有点儿神经质了的缘故吧。今天早上，我看到一封用中文写的信掉在了地上，就帮他捡了起来，可他却一把就抢了过去……"

中文信？莫非哥哥在跟中国的什么人暗通信息？要是写给养母的信，也不必慌慌张张地抢啊。那是封什么信呢，是跟与诉讼相关的其他遗孤联系用的吗？

这时，我感到了尿意。"我去上个厕所。"说罢，我就站起身来。不料黑暗中立刻响起了哥哥的声音："我陪你去。"

"我又不是三岁小孩！"

我不愿接受有可能是毫不相干的外人的哥哥的帮助。

心里琢磨着哥哥的真面目，我跨出了茶间，走过一段每当承受重量都会发出呻吟般的嘎吱声的走廊，穿上鞋来到了外面。摸到了玄关的门后，我拐过九十度，用导盲杖的杖头敲击着两侧的土墙走了十来步。摸到了门，我将手指搭在把手上，将它拉开。由于门装得不好，卡了两次才拉开，里面充满了将烂肉浸泡在水沟里似的恶臭味。

我在黑暗中摸索，用导盲杖确认着脚边的情况，走了进去。屋内十分宽敞，杖头居然敲不到马桶。我用左手在空中探了一下，有了接触到木材的感觉。那是一块横向架设的木板。木板上放着纸板箱和玻璃瓶，用手一摸，那上面沾满了灰尘。看来我是因为想心事分散了注意力，错把储藏室当作厕所了。

于是我就用左手在虚空中摸索着，尽力把握空间位置。为了走到门口，还是以货架作基准点为好啊。

我摸着货架的搁板，往右拐了个弯后，迈开了脚步。突然，右脚的鞋底踩上了什么东西。那感觉就跟踩上了一块肉似的，叫人不寒而栗。我甚至不敢去弄清楚那到底是什么。

我抬起脚，要往后退时，身体踉跄了一下。就在我抓住搁板，试图保持身体平衡的瞬间，背后响起了一连串很大的响声——尽管我无意摇晃货架。

我叹了一口气，弯下腰在黑暗中摸索着。摸到了一个小纸板箱，我将其拾起来放回到了货架上。从掉落时的声音来判断，刚才掉下的东西肯定不止一个。

正当我在地面上摸索时，听到了哥哥的声音："怎么了？"随后，脚步声就进入了储藏室。我捡起了一个摸到的小瓶子，站起身来:"我以为这儿就是厕所,还碰落了东西……"

突然,我的手臂遭到了重重一击,小瓶子从手中掉了下去。

"你干吗?!"

"浑蛋!"哥哥怒吼道,"那是……砒霜。"

"砒霜?怎么会有这种剧毒品?"

"毒死老鼠用的。"哥哥的说话声远了几步,随即又响起了一个踢开什么东西的声响,"那是只死老鼠。唉,光是老鼠屎就叫人受不了……"

我终于明白刚才踩到的是什么东西了。

"老鼠乱窜的话会引发火灾。妈不是常说吗,'火灾前,老鼠闹得凶'?"

这是岩手县自古流传的老话之一。

"所以要在它们闹腾之前,把它们通通杀死嘛。"

右侧的货架上发出了咚的一声。估计是哥哥将小瓶子放回去了。

"来吧,我带你去厕所。"

要是再拒绝,就有点儿说不过去了。于是我只得跟着他去了。

我在厕所里小便,哥哥在外面等着。

"和久,你们要坐今晚的巴士回去,是吧?"

留下母亲自己回东京去,这未免叫人犯犹豫。因为有种可怕的想象盘踞在我的脑海里,挥之不去。

哥哥真的仅将砒霜用于杀老鼠吗？

"……是啊，今晚要回去的。"我答道，"一开始就是这么安排的。"

"是嘛。好，那就把午饭搞丰盛一点儿吧。"

脚踩土地的声响往三点钟方向离去了几步远后，就响起了一阵哗啦啦的声响，紧接着是金属声。我跟上几步，就听到了四下里翅膀扑打的声音。弥漫着鸡粪和鸡身上发出的腥臭的空气中，尖锐的鸡叫声十分刺耳。

"你在那儿等着，我去抓一只来。"

哥哥的脚步声走近后，听得出有好多只鸡在扑打着翅膀四处乱跑。想必它们已经感觉到哥哥身上的杀气了吧。鸡逃无可逃，很快，就有一只鸡的叫声盖过了其他，在我面前窜过，朝鸡窝外逃。我挥舞着导盲杖追赶哥哥。

"你躲远点儿啊。"

鸡的哀叫声和翅膀的扑打声牢牢地留在了我的耳膜上。

"对不住了……"

哥哥的嘟囔声过后，就响起了鸡临终的惨叫声。有两滴液体溅到了我的右脸颊上。我感到火辣辣的，都快要将我的脸灼伤了——这当然是错觉。鸡的鲜血像焦油般黏稠——这倒是真的。

"我割了它的颈动脉。不把血放掉，肉就不好吃啊。"

我听到了鲜血滴入泥土的声音。

"……你杀惯了吗？"

"这有什么呢?在那边时,我连猪都宰过好几头呢。"

心脏还在跳动的鸡,在靠近地面的地方发出扑棱的声响。尖锐的叫声变微弱了。我那原本漆黑一片的视野,已被涂抹成了一片血红。鲜血完全占据了我的想象,一时竟无法抹去。

"……人也跟动物一样。"哥哥自嘲似的说道,"是死是活,全看主人的心情啊。"

主人——这是对制定国策将国民送去中国东北,战败后又把人抛弃在中国的日本政府的嘲讽吧?抑或在说如今照料着母亲的他自己?

忽然,哥哥每次都给母亲的食物里添加一点点砒霜的场景在我的眼皮后面浮现出来。与此同时,一阵战栗爬上了我的后背。

"……哥,我先回去了。我有点儿渴了。"

"好吧,我把这家伙拾掇完了再回去。"

我用导盲杖探察着地形,在黑暗中迈开了脚步,到达平房后,便打开门走了进去。由于我只能依靠触觉和听觉,所以眼睛好的人只需三十秒就能到的地方,我要花近五分钟。

一踏上铺着木地板的走廊,就听得嘎吱一声。手掌接触到电话台后,我摸着三步之前的纸拉门,走向茶间隔壁的房间。拉开突出来的柱子前面的纸拉门后,我闪身进去,反手就将它关上了。这儿是哥哥的居室。书桌在哪儿来着?

由于刚才走得很快,我心跳加速,此刻耳边仍怦怦直响。紧握着导盲杖的手也渗出了汗水。

用手绢擦了擦杖头后，我就用左手摸着墙壁，用右手摆开了导盲杖。杖头碰到障碍物后弹了起来，咯噔直响。我走近后伸手一摸，却摸了个空。看来障碍物并不高。我弯下腰，朝腹部高度处摸了摸，摸到个正方形的物体。大概是台电视机吧。一旁还有个编织篮垃圾桶。

我避开电视机，拐了个直角再往前走，杖头敲到了一个柔软的东西，连敲了两三下，才知道那是蒲团。我小心踩过蒲团继续往前，左手摸到了一个木制品与一个突出物，估计是个抽屉及其把手吧。是个衣柜吗？我继续用导盲杖打探前方，这次传来了碰到坚硬物体时所发出的声音。我蹲下来摸了摸，认定那是个木制的书桌。能放入双腿的空间右侧有三个抽屉。我抓住把手，吐了一口气，平息了一下内心的紧张，然后拉开了最上面的那个抽屉。

伸手进去摸了一下，我摸到了几个信封。哪一封才是用中文写的神秘信件呢？如果是写给同为遗孤的朋友或中国的养母的，那倒是没什么问题的……

我随便拿起了一封。这时，我心里又冒出了一个问题：信是找到了，可让谁来读给我听呢？

正思量间，那封信却嗖地一下从我手中滑走了。

"这儿可没什么能给你喝的东西啊。"

头顶上落下了哥哥的声音。我的心猛地一跳，胃也像是被一只冰冷的手攥紧了似的。我说不出话来。哥哥是什么时候进来的呢？我根本无法狡辩。

"……和久，"哥哥的声音打破了沉默，"走吧。"

我只得站起身来，循着哥哥的脚步声，来到了走廊上。哥哥什么也没问，而这反倒让我坐立不安。之后，我们一家四口一起吃了午饭，吃的是放了很多鸡肉的当地农家菜"押面片汤锅"——一种加了面粉的酱油味的汤锅。

"阿和，你们还会住一晚的吧？"

明明是老母亲的声音，听着却跟幼儿似的——完全是生病的幼儿想把父母留在身边时的语气。

"不了，由香里很担心夏帆啊。"

"……这样啊。那太遗憾了。"

我的内心不由得隐隐作痛。好不容易回家一趟，目的居然不是看望母亲，而是恳求哥哥提供器官。

我无法面对母亲悲切的声音，便将脸转向了哥哥。有件事，是需要在回去前问清楚的。

"……我说。哥，为了打官司，你是不是成立了什么组织？"

"是啊，'夺回遗孤之未来互助会'。你问这个干吗？"

为了探明你的本来面目——我当然不能这么说。你是不是冒名村上龙彦的假遗孤？你是否想用砒霜慢慢毒死母亲？

我必须查明真相，搞一个水落石出。

第五章

东京

我用导盲杖敲打着地面，走在东京的街头。脸颊感受到了灼热的阳光。前方传来了尖嗓门的说话声，但听不太清，像是被厚厚的墙壁挡住了。估计是走在拐角那头的 OL[1] 或女学生吧。

高跟鞋的声响从我身旁越过，在几米前的地方渐渐减弱，最终无可分辨地融入城市的嘈杂之中。我不断地向走过我身边的行人求助，问到第三个，才帮我拦下了一辆出租车。

"请去东京地方法院。"我对司机说道。

从岩手县回来后，女儿走前，我先让她帮我查了一下"夺回遗孤之未来互助会"的联系方式，并得知会长名叫矶村铁平。我给他打了电话，预约了见面的时间与地点。

矶村的居所位于东京都葛饰区东四木曲里拐弯的小巷子里。

---

[1] 和制英语 office lady 的简称。办公室里的女事务员；女性白领。

双目失明前——作为一名摄影师在全国各地到处跑的那会儿，为了拍摄街道工厂，我曾经去过那一带。铜板建筑[1]的商店啦，灰浆剥落了的长屋[2]啦，挤得密密麻麻的，屋前放满了没人照料的花盆、自行车、垃圾袋等。倘若没受到现代化浪潮的冲刷，那可是个视障人士难以行走的场所。

我在电话里反复询问他家的准确位置，结果矶村体谅我的处境，决定就在他出庭的日子，在法院门前和我碰头。

我按了一下语音报时手表上的按钮。

"下午三点二十分。"

应该不会迟到。

不多一会儿，司机说了声："到了。"问了一下车费后，我一边出示残疾人证，一边递上打了九折的车费。我所用的钱包可将大小硬币分别放入六个不同的内袋，用起来十分方便。纸币则是将一万日元的对折一次，五千日元的对折两次，一千日元的不对折，以此来加以区别。

"这位乘客，钱不够啊。"

"哎？一级残疾不是可以打九折的吗？"

"啊？哦，不好意思。我还是新手呢。"

"没事，我也应该在乘坐前就出示手册的。"

---

1 用铜板铺设屋顶或墙面的建筑。
2 日本旧式集合式住宅，由好多间长方形房屋前后相连而成。居住者多为中下层民众。

递上残疾人证后，我就听到了唰唰的写字声，应该是司机在行车日志上做记录吧。

"好了，下车小心。一直往前走就到东京地方法院了。"

谢过司机后下了车，我就边用导盲杖敲打着地面边往前走。浓郁刺鼻的汽车尾气完全抹杀了新绿的芬芳。在外务省、财务省、经济产业省、综合办公楼等行政机关鳞次栉比的霞关[1]，进进出出的人自然也是不可胜数的。

我必须在哥哥使用砒霜前揭露他的真面目。

在老家的储藏室里发现砒霜的当日，我就以担心母亲误用，必须换个地方为理由，让由香里去将它拿出来。因为我考虑到，要是哥哥真的在给母亲下毒，是不会将砒霜放在那里不管的。果不其然，女儿回来说："到处都找遍了，也没找到什么装砒霜的小瓶子。"

肯定是被哥哥拿走了。当时他让小瓶子在架子上碰出了咚的一声，可实际上并未放在那儿，肯定是揣进怀里了。

可见对他来说，砒霜是必不可少的毒药。

这时，导盲杖摆向左侧时碰到了很硬的障碍物。我用杖头敲击了好几下，再伸出左手一摸，才明白那是一堵石墙。我沿着墙继续往前走，并时不时地确认方向。

过了一会儿，左手的手掌碰到一个凸起物。我仔细一摸，发

---

[1] 地名。位于日本东京都千代田区南部、是该国司法、行政机构的集中地。

现在我手臂高度的位置安着一块牌子,上面嵌着两个大字:法院。约好碰头的地方应该就在附近了吧。

走到石墙尽头时,我听到了一个男人焦躁不安的说话声。

"矶村,别让我浪费汽油了,好不好?我不是说了吗,今天要去你府上?"

"盯得这么紧,真是辛苦你了。"

"我们只是奉公差遣而已啊。倒是你,拿着国家的钱来打官司,不是吗?所谓'生活保障[1]',也都来自日本人的纳税啊。"

"我也是正宗的日本人,不是什么外国人。是个生在日本、去了中国东北,因战败而被丢在那儿的、地地道道的日本人。"

一段充满紧张感的沉默从天而降。双方吹胡子瞪眼的结果,会是大打出手吗?然而,大大出乎意料的是,半晌之后,我听到的却是一声道歉。

"对不起。"男人随即又解释道,"刚才拜访了一个脾气暴躁的补助对象,吵了一架……情绪有点儿激动,还请见谅。"

"……今天我已经有约在先了,你还是改日再来吧。"

讲定了下次会面的日子后,其中一人的脚步声就远去了。于是我就用导盲杖探着地形,朝留下的那人走去。

"哦,"有个苍老的声音问道,"是村上先生吧?"

想必是凭导盲杖认出我的吧。我回答了一声"是",并点了

---

[1] 日本政府给予贫困国民的最低限度的生活补助。

点头。

"我是矶村铁平,作为'夺回遗孤之未来互助会'的会长,正在跟国家做斗争呢。"

这人应该七十出头了吧,声音里透着一股濒死病人的疲劳感。我伸出右手后,立刻传来了一种岩石般的触感——许是常年体力劳动的结果吧。

我只能借助肌肤接触来真切感受有血有肉之人的存在,故而初次见面时,我都会主动与人握手。

"刚才那位,是区公所的职员吗?"

"说来惭愧啊。连简单劳动的机会都被年轻人夺走后,即便自己不情愿,也只能靠国家的补助金活命了。走吧,我们去日比谷公园的长椅上坐着说吧。"

我用导盲杖敲打着地面,跟在矶村身后。不一会儿,汽车尾气的恶臭逐渐淡去,取而代之的是绿植与花朵散发出来的透着甜味的清香。嗅着这香味,我失明前拍摄的庭院美景又在脑海里浮现出来,那是盛开着按几何图案种植的五彩缤纷的郁金香、三色堇、油菜花、水仙花的西式花坛。突然,像是无数摔炮炸裂一般的振翅声冲天而起,消散在四面八方。

矶村的脚步声骤然停下,我也赶紧站定了身躯。

"大概是在八年前吧,我们在这一带游行来着。从日比谷公园到地方法院,然后又去了国会议事堂……我们用中国话和简单的日本话大声疾呼,要求获得养老保障。我们向警视厅申请游行时,还被误认为是中国人要游行呢。"

我们又迈开了脚步。阴冷浸透了全身,大概是走进绿植走廊了吧。头顶上传来了鸟的叫声,是鹁鸪,还是麻雀?叽叽喳喳地叫个不停。

不利用视觉,我也能"看"到比过去更为鲜艳夺目的景色。话虽如此,后天失明者的嗅觉与听觉,其实并不比视力正常的人敏锐多少。我们只是在尽可能地调动其他感官,来弥补视觉的缺失罢了。

"我是在一九四四年,八岁那年去中国东北的。然后……"

"对不起,"我拦住了他的话头,"我们还是坐在长椅上之后再交谈吧。因为我现在必须将注意力都集中在导盲杖上。"

"哦,实在抱歉。"

默默地走了一会儿,我左边的脸颊感受到了太阳光的热量。随后我们就在木制长椅上并肩坐下了。正前方传来了水滴落在水面上的声音,就跟下雨似的。

"你今天是想了解一下阿龙[1]的事情?"

"是的。"我答道,"听说您正和我哥哥一起打官司……"

"是啊,我们搞的是'集体诉讼'——虽说人数不多,只有十五人。"

"您听我哥哥谈起过以往的经历吗?"

---

1 指村上龙彦。

"当然听过了。你听他讲过吗?"

"哥哥不怎么讲他在中国的经历。"

"谁都有不愿意提起的往事嘛。"

是不愿意提起,还是因为不知道而没法儿提起呢?

"因为哥哥他不怎么谈起,所以我只好向他的熟人请教了。"

"只要是我知道的,一定有问必答。那么,你想听我讲些什么呢?"

"……您听我哥哥谈起以往的经历时,有没有觉得有什么不自然或不对劲的地方呢?"

对话中断了。至于矶村他是皱起了眉头,还是瞪圆了眼珠,我不得而知。能让我揣摩他人心理活动的线索,只有声音……

"村上先生……"矶村的声音显得极为慎重,"你觉得阿龙以往的经历有什么可疑之处吗?"

我难以回答。哥哥可能是假遗孤,可能是冒充村上龙彦的无关之人——这样的怀疑我说不出口。

啪嚓一声响过,一股烟味随着冷风飘然而至。那是能一直渗入肺部的辛辣烟味。

"交叉询问[1]的日期临近了。下次开庭时,阿龙是要出庭做证的。要是传出些莫名其妙的闲话,是会被对方用作攻击材料的。"

---

[1] 请求证人出庭做证的一方询问过证人后,由另一方对证人所作的询问。

"我只是……"

"你有怀疑阿龙的理由吗？"

"他背上的刀疤走向是反的，对于河水也没什么心理阴影。更重要的是，恳求他为我外孙女做器官移植前的检查时，他断然拒绝了。即便我恳求他说'哪怕仅仅是做一下检查也好'，可他依旧……"

我恳求他了吗？我恳求哥哥提供肾脏了吗？

我的记忆模糊了，就跟套了个半透明的塑料袋似的。我对自己在岩手县的老家跟哥哥交谈的内容失去了信心。并且每次回忆，都像是又套上了一个塑料袋似的，记忆变得越来越模糊。

我用手按着额头，摇晃着脑袋。

没错，没错。我确实说过提供器官的话，千真万确。

"是偏头痛吗？"矶村问道。

我回答了一声："不是，没事的。"估计是用烧酒服用镇静剂的副作用吧。注意力一集中，记忆就渐渐恢复了，好像套着的多个塑料袋一层层地破裂了似的。

"连做一下检查都不肯，不是太古怪了吗？"我说道。

"没有谁不珍惜自己的器官吧？"

"估计他连亲子鉴定都不愿做。我也想瞒着他去做鉴定，可我又没法儿去捡他掉落的头发。"

"用头发做亲子鉴定是有难度的。听说'访日调查'那会儿，希望做鉴定的遗孤或亲属也不少，但由于头发里没有细胞核，所以自然脱落的头发是没用的。必须要用拔下来的头发。"

这样啊，那就没法儿采集了。到头来，还是只能靠收集信息来判断真伪了。

"喂！"前方响起了尖厉的叫喊，"你怎么乱扔烟头啊？！"

随即响起了矶村衣物的摩擦声。前方响起了咋舌声。最后，脚步声远去了。

乱扔烟头，是什么时候养成的坏习惯？

"……最近到处都在禁烟，走到哪儿都挨骂。"矶村也咋了一下舌，"村上先生，这是一场很重要的诉讼，希望你也能大力协助啊。"

"我反对哥哥打官司。打这种毫无胜算的官司，简直就是在浪费时间跟金钱……"

"连自己的亲人都这么想，可见阿龙的处境有多么艰难了。你不明白这场诉讼的重要性……因为你不理解我们所经受的长达几十年的苦难啊。"

"战败那会儿，我也是在中国东北吃过苦头的。在难民收容所里……"

"我听阿龙说起过，你过了一年就回了日本。可我们被抛弃在中国长达几十年。简直是天壤之别啊。请你倾听一下遗孤的苦衷吧。"矶村打开了话匣子，声音中浸透了悲凉，"我是一九四四年去的中国东北，当时才八岁。到了那儿才知道，尽管前期勘察时已经判明我们所在的那片土地贫瘠，不适合耕种了，可拓殖委员会仍以'因东北具有重要战略意义,必须入殖[1],不得变更'为由,硬是推进了移民计划。东北那地方天寒地冻,洗好的衣服晾起来,到早晨就冻成冰片了。可我们住的却是用莎草编成的小屋,从缝隙处灌进来的风雪,几乎能把人冻死。连鼻涕都快冻成冰凌了,我就老挨母亲的骂,'别耷拉着鼻涕'之类的。洗衣服、做饭,用的都是融化了的雪水。"

相较而言,我家还算是富裕的。在东北拥有十町步(约十公顷)肥沃土地,还雇着被称为"苦力"的底层劳工。

矶村就跟倒苦水似的,说开了当时的情形。

"战败后,一些当地人就开始袭击开拓团,打死了好多人。幸存下来的人中,也不乏因恐惧和绝望而自杀的。我们虽然被集中到难民收容所,可在那儿,唯一的食物也只是一碗高粱粥罢了。而两个弟弟连这点儿配给也没有,母亲无奈之下,只好扭过脸不去看饿得直哭的二弟、三弟,将仅有的一点儿粮食给我吃。我用余光觑着瘦得皮包骨头的两个弟弟……喝下了粥。"

矶村的声音里已带着哭腔,并且每说出一句,哭腔就加重一分。"母亲紧咬着嘴唇,都咬出血来了。瘦弱的日本人,基本上是靠在田里跟老鼠争夺着烂菜叶过活的。每天都有许多人因疾病和饥饿咽了气。人人都在尸体的腐臭味中苟延残喘着。我在倒塌的兵营中翻找着,捡些煤炭去卖。撬开死人的嘴,拔出金牙去卖

---

[1] 指迁居至殖民地。

时，我甚至觉得自己已经不算人了。"

据了解，在直到日本战败为止的十三年间，日本政府一共向中国东北送去了二十七万"开拓团"团员、八万六千"满蒙开拓青少年义勇军"。其中有十几万人命丧黄泉。死因各种各样，有的死于与苏联军队的战斗，有的死在西伯利亚的战俘营，还有的死于"彻底动员"[1]、当地人的袭击、饥饿、寒冷、疾病、自裁。

我觉得呈现在我眼前的应该是一派园林美景，有直径三十米的喷泉，还有树木和姹紫嫣红的花坛。可听了矶村的讲述，出现在我眼皮背面的如此景象，渐渐地就被阴云包裹上了。我甚至闻到了血腥味和铁锈味。想必在法庭上，矶村也是如此沉痛地用沙哑的嗓音做证的吧。

"母亲为了保住我的性命，只能把我交给中国人抚养。养父母待我十分严厉，他们坚信一句老话——'棍棒之下出孝子'，所以打起我来是不遗余力的。"停顿了一会儿，矶村带着哭腔哼起了民歌《故乡》，"曾经追逐过野兔的，那座小山；曾经垂钓过小鲫鱼的，那条小河……"接着他又说道："在中国时，为了不忘记日语，我只能唱些童谣和民歌。被养父母听到是会遭毒打的，所以我只能偷偷地唱。我的情况跟阿龙不同，养父母待我一点儿都不好。因此，我也不喜欢中国人。"

我不禁想起了哥哥的口头禅——"袭击日本人的是中国人，

---

[1] 18—45岁的男子全都编入军队的动员令。

可救助日本人的也是中国人哪。"矶村却憎恨中国。

矶村继续往下说，说他在收养他的夫妇家里受到了虐待，一天只能吃一顿饭，却要像奴隶一般地给他们干活儿。忍无可忍之后，他就离家出走，成了流浪儿，结果被公安抓住后送进了孤儿院。那里面有很多父母被日本兵杀死的中国孤儿。他们在玩"跳房子"——一种在四方格子里踢石子玩的游戏时，总将矶村排除在外。他每天不是和人打架，就是被殴打；成天被人骂作"东洋鬼"或"日本鬼子"。

"过了一段时间，我又被一对中国夫妇领养了。比起我先前的养父母来，他们要好得多。我也一心扮演乖孩子，尽量利用他们的善意。后来，我上了高中，当上了教师，收入也还过得去。"

"……尽管如此，您仍决定回国，是吧？"

"那是自然。即便我生活在中国，可我依旧是个不折不扣的日本人嘛。我原以为，只要回到了日本，就不会受人歧视，不会被人骂'日本鬼子'了，生活也就幸福美好了。可要回国，又谈何容易啊。"他的声音中充满着足以将对方烧死的熊熊怒火，"当时的岸内阁[1]亲美，支持'台独'，激怒了中国。而'长崎国旗事件'又成了一个决定性事件。"

当时，中日友好协会在长崎的一家百货商场内举办了一场"中国商品展示会"。有个日本青年扯下了中国的国旗，而警察

---

[1] 指日本前首相岸信介于1957—1960年间组建的内阁。

却以国旗并未被扯破,不能以器物损坏罪论处为由,将那人给释放了。

"这是日本的外交失误。这件事大大激怒了中国,结果导致中日贸易与遗孤的集体回国都中断了!"

在我的想象中,矶村成了一个盖着盖子的熔炉。外表像冰冷、粗犷的铁块,内里却燃烧着熊熊烈焰。

"再之后,我被剥夺了教职,下放到农村。"

"中日恢复邦交,嗯……应该是在……"

"一九七二年的九月份。"我能从矶村的口气中听出些许责备的意味。他仿佛在说,重要事件的年份之类,应该做到张口就来。"我给日本的厚生省和北京的日本大使馆都写了信,要求寻找亲人。可他们却回复我说'战争已经结束了',根本不予理睬。无奈之下,我只好去了北京,因为那儿的外国人专用宾馆里住着来中国访问的日本志愿者和记者。很多遗孤聚集在宾馆门口,可宾馆就是不放我们进去。我们只得在仿佛哈口气都会冻住的严寒天气中拉紧衣领,搓着手,耐心地等着。最后总算有好心的日本志愿者出来听取了我们的诉求。后来又经历了一番曲折,我终于参加了'访日调查团'。"

厚生省终于行动起来,是在一九八一年。首先是媒体行动了起来,最后才促成日本政府用公费将遗孤们招来日本,并开展认亲调查。

"……就这样,您回到了日本,是吧?"

"哪有这么简单啊？你知道法务省都干了些什么吗？他们居然把遗孤当作外国人看待，要求我们提供'身份担保人'！中国政府已经认定我们是日本人并做出了保证，可他们就是不相信。他们的根据是《国籍法》第十一条——'自愿取得外国国籍时，便失去日本国籍'。可我们也有无奈之处呀！"

矶村的声音里已不带哽咽之声了，取而代之的是满满的怨恨。我感到自己此刻所说的任何话语都只能成为燃料。而炉盖一经打开，烈焰便会像浑身通红的巨蟒一般窜出，挣扎翻腾着将我灼伤。

"国家以国策为由将人民送去了中国东北，却把被抛弃在那儿的儿童看作自愿留在那儿的！我们明明是日本人，可倘若找不到住在日本的亲人——即便找到了，倘若他们不愿成为身份担保人，我们就不能回国！"

我没有制止他叙述。虽说我意识到再听下去，恐怕会动摇我查明哥哥真面目的意志，但也怀着一丝期待：听听真正的遗孤的叙述，或许能发现哥哥话中有与之相矛盾的地方。因为，哥哥要是个冒牌货，那么他所说的关于中国东北的事情，不是自己瞎编的，就是来自道听途说。

"参加'访日调查团'后，当我在代代木中心听到有人在喊'铁平！铁平！'时，沉入记忆的湖底已达四十年的自己的名字，终于又冒了出来。我又见到了母亲。其他遗孤说着'恭喜！恭喜！'，不住地向我们道贺。"

"……听您这么一说,您要起诉日本政府的理由,我已完全理解了。"

"不,我还没说完呢。我只讲了三次被抛弃的过程。事实上遗孤一共被日本抛弃了四次。战败时一次,两国断交时一次,恢复邦交时一次,回国后还有一次。"

"回国后还有一次?"

"是的。对我们这些连日语都说不利索也不懂日本习俗的遗孤,政府并未提供一点儿帮助。要是连救生圈都不给一个就把你扔进大海,你该怎么办?'生活保障'可抵不上救生圈。那种在严密监视下长期假装自己好水性的痛苦,你能理解吗?"矶村的语气中透出了恫吓的意味,"将遗孤当作外国人的愚昧无知之辈,如今仍有很多啊。这种人不减少,歧视就不会消失。我们只希望大家都能明白:我们是不折不扣的日本人。"

矶村说,尽管他在中国是做过教师的,可在日本,每月的养老金也只有两万日元左右。虽说一九九四年日本政府出台了援助遗孤的相关法律,可若不补交保险免除期间每月六千日元的保险费,就不能享受每月六万六千日元的国民养老金。

"而抛弃了开拓团的旧军人,却能领到抚恤金……简直是混账透顶!还有,如果跟儿子住在一起,'生活保障'就停发了。即便有了伤病,儿子也不能来照顾,弄得家人四分五裂。不仅如此,倘若领取了养老金,生活保障费还会相应减少呢!"

如今的日本社会,就像一条高速公路,为了不被挤出来,人人都踩足了油门拼命往前赶。像我这样出了故障的旧车，就根本挤不进去。想必遗孤的处境也一样吧。他们在中国已经跑了那么久，轮胎也磨损了，引擎也老化了，如今抛锚在日本的道路上，真可谓进退两难。

"……矶村先生，您恨日本吗？"

"刚提起诉讼那会儿，社工常说我'日子过得挺优裕的嘛'。"他的语气中明显包裹着调侃的尖刺，"真要是日子过得好，谁还去打官司呢？我们并不是憎恨日本，只是想有个生活无忧的未来而已。"最后这句诉求，确实是发自肺腑的："村上先生，求你了。请别把事情搞大。"

他是在担心我揭露了哥哥的假冒身份，在下次询问证人时，会被被告方的律师紧追不舍。这对原告极端不利，甚至会导致败诉，从而令无辜的遗孤们痛苦不堪。可是……

"您所说的我已经充分理解了。真正的遗孤们的痛苦处境，我也十分同情。可是，如果我哥哥是个冒牌货呢？我觉得还是应该查明真相。"

"你为什么对血缘关系如此看重呢？"

"遗孤们渴望回到祖国，渴望与亲人团聚，不是吗？可见人人都看重血缘关系。"

"作为兄弟一起生活了近三十年，那不就是兄弟了吗？"

"其实在正常情况下，我也不会去疑神疑鬼。可是，一旦怀疑到他会用砒霜给老娘下毒，我就不能不闻不问了。花钱打官司，搞得他生活十分拮据，想必他很想获得遗产吧。"

"砒霜？怎么会？"

"再说，倘若他是冒牌货，说不定真正的哥哥还在中国呢。当然，也可能已经回日本定居了。不管怎么说，只要找到了真正的哥哥，就有给我外孙女提供器官的可能。所以说，无论是母亲的性命，还是外孙女的性命，我都想救啊。"

要查明哥哥的真实面目，除了询问和我的亲属同在一个开拓团的人，就别无他法了。而能告诉我这些人在哪儿的，又能是谁呢？恐怕还得是这方面的专家吧。

"您认识协助遗孤的那些人吗？我绝不会给你们添麻烦的。即便查明了真相，在你们的诉讼结束之前，我也会小心，不公之于众的。"

矶村沉默不语。耳边传来了抚摸纸张的微弱声响。他在干吗呢？是在翻看笔记本吗？可我也没听到翻动纸页的声音啊。

"比留间雄一郎，遗孤援助团体的职员。我和阿龙当初在申请回国定居时得到过他的帮助。"

"谢谢！另外，还要拜托您一件事。请不要告诉我哥哥我正在调查他。"

迟疑片刻之后，他答应了："好吧，我不说。"

"非常感谢！"

说完，我就站起身来。可就在此时，我的膝盖内侧碰到了长椅的边缘，身体失去了平衡。为了防止跌倒，我急忙转身，可身体前倾后像是撞到了什么东西。从触感上可知,那是个人。当时我以为撞到了矶村,可又听他在我的右侧"啊!"地叫了一声。看来我撞到的是路过的行人。

"对不起!"我朝着黑暗的前方低头道歉。

没有任何回应,只听到脚步声匆匆远去了。有不少人得知对方是视障人士后,即便自己给人家添了麻烦,也会假装不知,一声不响地离开。可这次过错在我,我又道了歉,故而希望听到一声回应。就这么一声不吭地离开了,谁知道他是生气了,还是根本没放在心上呢?

回家后,我发现又收到了一封信,内容还是盲文的俳句。信是寄到老家后,由哥哥转寄过来的。这已经是第六封了。

狗叛徒，逃到天涯海角，也将紧追不舍。

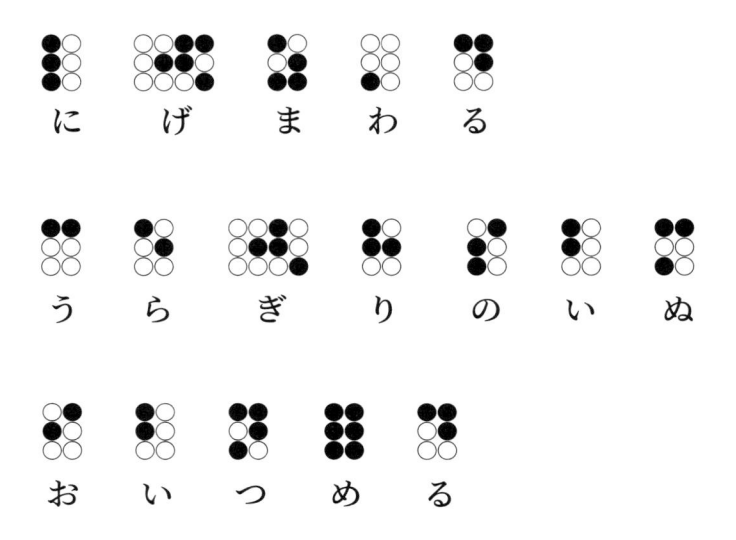

にげまわる

うらぎりのいぬ

おいつめる

这到底是怎么回事？这俳句简直令人毛骨悚然。我摸索着书桌，找出之前的五封，用指腹"阅读"了起来：

没被安葬的灵魂啊，四处游荡。
怨恨，将燃起心头之火。
不走运的我，被人捉住，成了笼中鸟。
塞翁之马回来了，我仍孑然一身。
梦已碎，我子与我妻，再难见。

这些俳句的意思并不连贯，只让人感到某种毫不掩饰的仇恨。是为了发生在中国东北的什么事吗？可是当时的我只有四岁，不会干出让人如此憎恨的事来吧。还是因为年幼无知或天性残忍，我对什么人造成了严重的伤害，而自己却一点儿都不记得了？

这些信到底是谁寄出的？目的又何在呢？

第六章

透析器发出轻微的机械声响。

听医生说,病床旁设有监控装置,在整个透析过程中,护士和临床工程师会不时确认血液量和透析液的温度等参数。虽说不少医院都禁止家属陪护,可由香里挑选的这一家却是允许的。

"啊——好无聊啊。"耳边响起了夏帆的声音,"无聊,真无聊。"

我搜肠刮肚地寻找着外孙女感兴趣的话题。

"哦,对了。夏帆,你在踢足球,是吧?最近怎么样,射门得分了吗?"

"……早就不踢了。"

"不踢了?身体有那么差吗?"

"没法儿跟大伙一起练习啊,我不是老待在透析室里嘛。"

她那有气无力的声音,叫人联想起发条松了的木偶。

"还有别的透析方式的,我听医生说的。"

"是腹膜透析吧。"

"对，就是那个。"

做腹膜透析要先动手术在腹部安插一根管子，然后每隔几小时自己更换一下装有透析液的包囊。虽说需要每天加以清洁维护，可毕竟这样就能在家里净化血液了。

"我不要做那个。"夏帆答道，"上体育课换衣服时，同学说我肚子上有根管子，真恶心。"

"腹膜透析已经做不了了。"身后响起了由香里的声音，"据说腹膜的功能五年左右就会退化，所以才换成血液透析的。"

"这样啊……"

"妈，帮我拿一下书。"夏帆说道。她似乎不想说话了。

"好，好。是这本吧？"

我听说做血液透析要用到非惯用手的静脉。要在两个地方扎针，故而病人的行动会受到限制。

我默不作声地坐了三十来分钟。只听得每过几分钟，就响起一次翻书的声音。

"……我说，"夏帆的声音又响了起来，"外公，你知道'かんじん[1]'的汉字怎么写吗？"

"是'肝脏'的'肝'和'肾脏'的'肾'吧。"

"嗯，意思就是'重要之事'的'重要'。它的意思就是从'肝脏'和'肾脏'都十分重要上来的呢。可是……我的'重要

---

[1] 日语词汇，日本汉字写作"肝肾"（或"肝心"），意为"特别重要""紧要"。

的东西'，有一个已经坏了。啊，肾脏是有两个的吧？应该说，有两个已经坏了。"

或许她是在刻意压制内心的悲哀吧，说得轻描淡写，仿佛在聊童话中的公主的境况似的。可我听着，越发心疼不已。

"外公，你的眼睛看不见东西了，是吧？怎么会看不见了呢？"

"我……"

我不由得犯了踌躇。听由香里说，跟学校里活蹦乱跳的同学们在一起时，夏帆总是无精打采，垂头丧气的，以致老师的目光一刻都不敢离开她。可是在透析室里，跟不同年龄、不同性别，却有着相同遭遇的病友们在一起时，她却表现得十分活泼开朗。这种只有目睹他人的不幸才能振作起来的心态，是十分可悲的。然而，假如我的不幸遭遇能给她鼓劲，倒也没啥好犹豫的。只要她想听，说多久都行。

"我想，还是在东北——中国的生活经历造成的吧。"

听母亲说，一九二九年美国爆发的大萧条也波及了当时的日本，大都市里充斥着几百万失业者，而在农村，卖女儿的现象更是屡见不鲜。两年后，东北地区的桑树遭了灾，养蚕业难以为继。再加上生丝价格暴跌，导致蚕茧价格每贯[1]只有二元八角，并且好多年都徘徊在以往的三分之一以下。因此，以养蚕为业的老家，生计大受冲击。

---

[1] 日本旧制重量单位，一贯等于 3.75 千克。

农民受到了村公所有关"移民中国东北"的蛊惑。说是到了那儿,就能获得十町步的农田,耕种各种作物,过上丰衣足食的生活。

于是,满怀希望的农民们,在摇晃着的太阳旗与"万岁!"的欢送下,由新潟港出海,移民到了中国东北桦川县。开拓团的四周尽是广袤的农田,走上半小时都看不到森林与河流。

虽说地广人稀,倒也正如村公所所说的那样,我家分配到了一头牛和一匹马,获得了十町步的土地——这可是在日本时所有农田的十倍以上了。由于那儿的土地肥沃,大豆、玉米长势极好。家里还雇用了三名苦力,扩大了耕种面积。三年后,收获的谷物就多达十二吨了。

我就出生、成长在那片辽阔的东北大地上。

仿佛人生的轨道被强行弯折成了V形,让现在与过去产生了接触似的,儿时的生活景象十分鲜明地浮现在我的脑海里。那是因母亲的反复讲述而得到强化的生活细节与我自身的经历,而岁月的界线已变得模糊不清,完全淹没在记忆的激流之中了。

有一次,我发烧卧床了。半夜里醒来,我从被窝里坐起身,只见哥哥在我身边熟睡着,父亲则盘腿坐着,正为我守夜呢。可是母亲却不见了踪影。

"……妈妈呢?"

"在外面通宵给你祈愿呢。"

当时我的烧已经退了,所以我跑去开了门,朝外面看去。只见洁白的月光下，母亲独自一人，正拿着毽拍拍毽子呢。她穿着颜色朴素的劳动服，黑发盘在头顶上，用手巾包着。

咚、咚、咚……

除了毽子被毽板拍向空中的声响外，我还听到了母亲清脆的歌声。

> 一是最好的第一宫，
> 二是日光的东照宫，
> 三是佐仓的宗五郎，
> 四是信浓的善光寺，
> 五是出云的大社，
> 六是各村的守护神，
> 七是成田的不动明王，
> 八是八幡的八幡宫，
> 九是高野的弘法大师，
> 十是东京的招魂社，
> 诚心祈求众神明，
> 保佑我儿病早愈。[1]

发现了我之后，母亲一下子就愣住了，毽子也掉在了地上。

---

1 每一句带有数字的歌词中都有一字的第一个音与句首数字的第一个音相同。

她一路小跑着冲了过来。

"你怎么起来了呢?快去躺着!"

"好。"我点了点头,"你刚才唱的是什么歌?"

"是向神明祈求,让你早点儿康复的歌呀。"

回到房间后,我就在母亲的摇篮曲中再次进入了梦乡。到了第二天,病果然全好了。

后来听母亲说,因为做毽子用到了无患子的果核,所以为了讨这个口彩,常用毽子来祈求孩子无病无灾。

而她拍毽子时唱的数数歌,是儿童拍线球时唱的歌,在日本十分流行。上面的十句,唱出了各地神社、佛寺的名称,以期得到各方神明的护佑;而最后两句,据说源自小说《不如归》[1]。那书中有一位名叫浪子的女孩子,所以原本是唱作"保佑浪子病早愈"的。可在中国话中,"浪子"有"不肖之子"的意思,所以母亲将其改成了"我儿"。

后来母亲病倒时,我也拍着毽子唱着歌为她祈祷。我独自一人,站在厚厚的积雪中拍着毽子,冻得浑身发抖,还老是在拍到第七、第八板的时候没接住。不过在反复练习了好几个小时后,我终于能将数数歌唱完了。

"和久。"父亲喊道,"快进屋!别把自个儿冻坏了。那歌只

---

[1] 日本作家德富芦花(1868—1927)的长篇小说,也是他的成名之作。该作描写了封建伦理对人的迫害和恩爱夫妻的生离死别,风靡一时。

能为孩子祈福,对父母是没用的!"

我那会儿尽管只有四岁,脾气却比谁都倔。我每天都到外面去为母亲唱歌祈愿,直到被拖进屋为止。四天后,母亲果然康复了,我自然也为此感到十分自豪。

我觉得我们在中国东北的生活还是比较幸福的。父母每天一大早就下地卖力干农活儿。当时采用的是一种被称作"犁杖农耕法"的耕种方法——用马拉着形似铲子的"犁杖"翻耕土地。这与故乡的农耕方式不同,我们很不适应,但由于能利用牛或马的力气,倒也不至于把人累得腰酸腿疼。屋外散养着许多鸡。我只要发现了鸡蛋,就会偷偷地吃掉。开拓团的加工厂里能酿酒,能制造酱油,所以我们根本不愁吃喝。

我和哥哥常跟开拓团的孩子们一起玩耍。有时我们还玩吐西瓜籽比赛呢——就是看谁吐得远。苦力们对我们也很好,还经常给我们馒头吃。现在想来,那或许是他们宝贵的食粮吧。雇主的孩子嚷嚷着要吃,想必他们也不能不给吧。

我们没有玩具,要自己想着法儿来玩。哥哥最拿手的是相扑。尽管个子不高,他却能将年龄比他大的中国男孩凌空摔出去。对方也都是不服输的,不管被摔倒了多少次,站起身后也一定会要求再决输赢。然而,哥哥却从未输过。于是大家都称他为"大王"。幼小的我常以有这么个"横纲"[1]哥哥而自豪。

---

1 日本相扑力士的最高等级。

可是好景不长,到了昭和二十年(一九四五年),就发生了天翻地覆的巨变——苏联红军攻入中国东北了。其实在一个月之前,日本政府就发布了征集十八岁至四十五岁男子入伍的"彻底动员"令,包括我父亲在内的许多男人都被编入了军队。开拓团里就只剩下老人、孩子和妇女了。

有一天,来了一位骑马的传令兵。

"出大事了!苏联兵终于打进来了!"

被集合起来的开拓团成员们全都吓得目瞪口呆。

"快逃吧!不然就没命了!"

大伙七嘴八舌地嚷嚷着,连传令兵在说些什么都听不清了。应该扔下好不容易建立起来的家园逃命吗?天下无敌的关东军不是会打退苏联兵的吗?

"我们还是得相信自己的军队啊!"母亲大声喊道,"躲到险恶的群山里去瞎转悠,是很危险的!"

"听说关东军早就抛下我们逃跑了。"

"不会吧?军队怎么可能将我们置于死地呢?"

"我也不愿相信啊!可是……"

"我们怎么能疑神疑鬼的呢?!"

开拓团成员的意见出现了分歧。最后,我们一家人和其他二十多人留了下来,眼看着大部分开拓团成员将家用器物和粮食装上几辆马车,一起离去了。

然而,才过了两天,恐慌也在留下来的人中蔓延开来。因为他们给关东军拍了电报也没有得到回复,听到的又净是别的开拓团被消灭干净的传闻。

"我们也快逃吧。"妇女们开始带着孩子收拾起行李来,"我们可不想被苏联兵通通杀死。"

"喂,"母亲不知所措地问道,"家就扔下不管了?"

"是的。"

"再等一天……不,再等半天……"

"天一亮,就会被人发现的。要走就得马上走。"

结果,在其他开拓团成员的催逼下,母亲也下定了逃难的决心。收拾完行李后,母亲在家中的柱子上用日文与中文——中文我是看不懂的——刻下了我们的名字和在岩手县的住址。

"你们的爸爸回来找不到我们,会很着急的。"母亲说道,"所以要让他知道,我们回日本了。"

临出发时,许多中国孩子来找哥哥。他们用中国话七嘴八舌地说了一大堆后,又用只言片语的日语说道:"大王,别死,还要相扑。约定。"

哥哥举起拳头表示同意后,与那些中国孩子拥抱在了一起。随后,将近三十名开拓团成员就一同上路了。食物和毛毯等都堆在马车上,由一匹马拉着。

我们趁着夜色匆匆赶路。夜空中,时不时地会飞过伴随着轰鸣声的红色亮光,就跟恶魔的眼珠子似的。要是被它发现了,就会遭到机枪扫射和轰炸。

在烈日暴晒的白天，我们就躲在高粱地里。在抗日队伍活跃的时期，这种高高的农作物是被禁止栽种的，想不到这会儿高粱地反倒成了逃跑中的日本人的避难所。

我的鞋子裂开了，每走一步都会发出啪嗒的声响。裸露着的脚指甲里嵌满了泥，呈现出肮脏的棕褐色。

突然，苏联的飞机来了，伴随着俯冲时发出的轰鸣声，密集的枪弹喷射了下来。那些机枪子弹在地面上蹦跳着，就跟暴雨下在池塘水面上似的。尘土飞扬中，妇女们一个个地倒下。大伙全都陷入了半疯狂的状态。有些神经错乱的母亲，甚至抱着自己的孩子跳入了附近的水井。

简直就是地狱般的场景啊。被机枪子弹撕裂了的尸体横七竖八地躺着，残缺的肢体散落一地。

敌机飞走后，吓得脸都变了形的幸存者们面面相觑。"苏联飞机会马上招来地面部队的吧？""要想活命，还得继续走啊！"大伙相互念叨着，收拢起散落的行李。那匹马已经倒在了血泊之中，肚破肠流。马车自然也没法儿用了。

于是大家只得将行李背在背上，重新上路。

当太阳落下山脊时，一直绵延到地平线的高粱地已被染成了深红色。高高的穗子在风中摇曳着，如同波浪般起伏不定。可在那时的我眼里，那就像一片由众多死者的血形成的浩瀚血海。

我们一连走了五天后，忽然从西边那片如同白骨般的白桦林外，传来了枪声和爆炸声。

"这下可真的完蛋了……"

不知是谁发出的绝望的嘟囔声,立刻就如同传染病似的扩散开来。一个又一个开拓团成员瘫倒在地上。

我们所有的武器,只有团长携带的手枪和手榴弹。

"……展示大和魂的时刻到了。"年老的团长环视众人,说道。

妇女扭曲的脸上,也流露出下定某种决心的神情。团长给几个人分发了胶囊,却没一个人问那里面装的是什么。

"只有这么多了。其他人我另有办法。"老团长说道。

"……很有营养的。"一个梳着发髻的妇女带着哭笑难辨的表情对怀中的婴儿说道,并将胶囊塞入其口中。随即,她自己也吞下一颗,合上挂着念珠的双掌,念起了佛号。

"这是药呀。"另一位瘦骨嶙峋的妇女对年幼的女儿说道,"吃下这颗药,我们就能到佛祖身边去,就能吃许多好吃的东西了。"

瘦得连头盖骨的形状都清晰可见的女儿,抬头望着母亲的脸问道:"妈妈也能吃到许多好吃的东西吗?"

"当然了,我们一起去极乐世界吧。"

过了一会儿,服用过胶囊的那些人开始抓挠自己的喉咙,还满地打滚,吐血吐得到处都是。我瞪大眼睛,看着这副地狱绘卷一般的光景。有人转过了脸去,有人放声大哭,有人凄厉哀号……

哥哥呆呆地看了一会儿之后,摇了摇头。

"不能死啊。"他有气无力地说道,"得活下去……"

这一出于孩子本能的嘟囔声，谁都未予理会。

接着，老团长让妇女、孩子排成一列横队。他们全都双膝跪地，眼睛直勾勾地盯着前方的某个点。团长站在他们身后，用手枪抵在他们的后脑勺上，一人一枪。轮到第七个妇女时，那人双手合十，闭目以待。然而，第七枪迟迟不响。许是等不及了吧，她睁开眼回头看去，只见团长紧握手枪，连连摇头。

"只剩下最后一颗子弹了。"

"那，那你就……"那女人抱住了团长的腿，"你就用这一颗子弹杀了我吧！我可不想做他们的俘虏。"

"我还得留一颗给自个儿呢，抱歉了。"

"请您行行好！求您了，发发慈悲吧。这不正好轮到我了吗？"

团长咬紧嘴唇犹豫了片刻，将最后一颗子弹射入了那女人的脑袋。然后他环顾剩下的开拓团成员，拔出了腰间的手榴弹，高高举起。

"要自裁就只能靠它了，大家全都靠过来吧。"

有十几个人靠拢了上去。为了尽可能地靠近握着手榴弹站在当中的团长，大伙还推推搡搡的。团长像是生了病似的，手抖个不停。

"我不想死啊，妈……"哥哥抬头看着母亲说道，"我要活着回日本。"

我跟哥哥手拉着手，被母亲搂在了怀里。

"都拿定主意了吧？"听团长这么一说，所有人都点了点头。一个抱着小女儿的女人念起了"南无阿弥陀佛"。

"天皇陛下，万岁！"

大喊一声之后，团长拔出了手榴弹的拉栓。可就在这一瞬间，从白桦林里跑出了几个人来。是几个穿着军服的日本人，并非苏联兵。也就是说，他们是自己人。辨明了来人的身份之后，大家全都站起身来，慌忙远离手榴弹。然而，或许是团长的手指肌肉已经僵硬了的缘故吧，他并未出于条件反射将手榴弹扔向远处。轰隆一声巨响，一股烟尘直冲天空，有好几人被炸飞了——轻飘飘的，就跟纸糊的似的。

浓烈的烟雾遮蔽了我的视线，我顺着紧握着的哥哥的手爬过去，发现母亲和哥哥都还活着。虽说他们的衣服上沾满了鲜血和肉片，可他们本身好像并未受重伤。

之后，从手榴弹爆炸中幸存下来的八名开拓团成员——妇女四人、儿童三人、婴儿一人——就和五名关东军士兵再加其中一人的儿子一起行动了。这些士兵说，他们没赶上撤退的火车，而在一次次遭遇战中，同伴不断地减少，最后在山里迷了路。他们脸上的邋遢胡子已经很长了，军装也破破烂烂的，肮脏不堪。

八月的东北正值雨季，那天夜里就下起了瓢泼大雨。

"苏联的军舰正在松花江上等着呢。这孩子的哭声跟敲锣打鼓也没什么两样，快堵上他的嘴！"

关东军士兵说这话时，我们已经来到了中国东北部的大河——松花江的支流附近。然后哥哥为了保护婴儿，背部受了刀伤。结果，那几个关东军的溃兵提前半天渡河去了。也就是说，他们将我们这些带着会哭的婴儿的开拓团成员丢下不管了。

我们在暴雨的鞭打下傻等了半天。随后，朝阳展开了宽阔的光带，赶走了帮我们隐藏身姿的黑暗。大伙一个个地站起身来，朝松花江的支流走去。母亲扔掉了之前背着的行李，背上了包扎好伤口的哥哥。我则死死拽着母亲的裤管，紧跟不舍。

河流因雨季而水量大增，将大地一分为二。对岸笼罩在灰色的雨幕和薄雾之中，模模糊糊的，什么都看不清。河中翻卷着的逆流不断刨削着岸边的泥土、砂石，吞噬着枯木、杂草。那几个关东军的残兵败将全都站在那儿，走投无路，一筹莫展。所谓的苏联军舰却连个人影都没有。可见那纯粹就是个讹传，从一开始就没必要杀死婴儿。

有人提议，只能等到雨停了，水势减弱之后再渡河。可就在这时，远方传来了枪声和爆炸声。伴随着大地的震动，还传来车辆行进时的轰鸣声，想必是坦克。看来这次真的是苏联军队在逼近了。

士兵怀着拼死的决心，开始渡河了。此时河水泛滥，浊浪翻卷。看那气势，即便是卡车，下河也会被卷走。士兵的身影就这么一个个地消失在雨幕与雾霭之中了。妇女和孩子该怎么办呢？正当大伙茫然不知所措时，有一名士兵回来了——就是那个想要斩杀婴儿的家伙。他的身上绑着一根麻绳。

"麻绳拴在对面的树上了。"浑身湿透了的关东军士兵气喘吁吁地说道。他像拔河似的拽着那根麻绳,叉开两脚,极力站定身躯。因为这一边没有可拴住麻绳的大树。"你们就拽着它过河吧。"

于是,一行人就蹚入了颜色如同枯树叶一般的混浊的河水。

母亲看看哥哥,又看看我,一时间不知所措。

"我没事。"满脸油汗的哥哥笑着说道,"我自己能过去,有绳子嘛。妈,你就背着和久吧。"

哥哥的强颜欢笑,直到现在仍深深地印在我的记忆深处。虽说他当时只有七岁,却已经有了要保护小他三岁的弟弟的责任感。

母亲犹豫再三,怎么也下不了决心。也难怪,她显然没有来回两趟的体力,而只有四岁的我,抓住那根绳子后,脚都够不着河底,肯定无法独自过河。

最后母亲还是决定背着我过河。即便如此,下到了浊浪翻滚的河里,我还是差点儿被卷下水去。由于母亲的双手紧紧地拽着麻绳,所以我只能靠自己的力量抱紧她。大浪不住地没过我的头顶,我也一次次地从水里探出脸来,贪婪地呼吸着空气,后来鼻子里吸进了水,脑袋也变得晕晕沉沉的。

就在对岸已经隐约可见的当儿,走在前面的哥哥双手突然脱离了麻绳,转眼之间,他就被河水吞没了。"龙彦!"母亲尖声惊叫了起来,朝吞没哥哥的河面伸出手去,可自己也差点儿被冲走,只得赶紧重新拽住麻绳。

泣不成声的母亲,冒着倾盆大雨,终于来到了对岸。她一屁股瘫坐在岸边,失魂落魄地盯着混浊的河面。

这条河的下游应该有个东北人的村子,太危险了,不能去寻找,因为听说各地都有暴动。人人都说:"只能放弃了。"

我们一行人继续朝东北方向走去。

到达开拓团的旧址后,我们就被关进了一个用作难民收容所的仓库。那屋子的玻璃碎了,一到十月份,风雪就直往里灌。气温竟然低到了零下三十摄氏度。大家只得将麻袋底剪个洞,套在身上御寒。更可怕的是,大肠黏膜炎、痢疾、感冒、肺炎、流行性斑疹伤寒——在中国被称作伤寒病——等流行病肆虐。每当有人死了,活着的人身上就能多穿几件衣服。

收容所里一直弥漫着死亡与绝望的气氛。女人有一半都剃了寸头,脸上则抹着锅灰。有的妇女流着泪剪下女儿遗体的指甲,打算回国后给她修墓;有的妇女因为孩子生了病没钱买药,只得跑到东北人开的店里求人收养;有的男孩捧着像是父亲遗物的钢盔,沿街乞讨……

失去了父母的孩子们蜷缩着躺在地上,就跟子宫里的胎儿似的。他们的头发上生满了虱子,仿佛撒了石灰。

我则搂着母亲,躺在用粟梗编成的席子上。食物少得可怜,每天只有一点点用高粱煮的红粥。除此之外就只能用烤地瓜的皮、白菜根、萝卜叶来糊弄空空如也的肚子了。没有锅,只能用钢盔来代替，或许是汗水渗入的缘故吧，煮出的开水居然是带有咸味的。

由于土地已经冻结，无法挖掘墓穴，我们只能把几乎每天都在新增的死尸胡乱堆叠在外面，再盖上一层雪了事。于是到了早上，这些死尸就成了野狗啃食的对象。有一天，一个半疯了的女人尖叫道："别吃我的孩子！"她挥舞着一柄铲子驱赶野狗。野狗被赶跑后，她仍不停地挥舞铲子，一连好几个小时，直到气绝身亡为止。成群的野狗围着小山一般的尸堆的场景，直到今天仍牢牢地刻在我的脑海里。双目失明之后，每次听到犬吠，那可怕的记忆就会苏醒过来，就跟被人从坟墓里刨出来了似的。

到了第二年，我们才被遣送回日本。后来我在报上看到，死亡的八万名开拓团相关人士中，居然有六万名是在难民收容所里丧命的。

当我领到一张用蓝墨水写在粗纸上的"退去证明书"，看到了遣送船时，才相信自己真的可以回归祖国了，不由得潸然泪下。在港口的检疫站，我们从头到脚都被洒满了除虱用的杀虫剂DDT[1]，仿佛被撒了一麻袋猪牙花粉[2]似的，浑身上下一片雪白。但一想到这是为了踏上日本的土地所须履行的最后一道手续，我

---

1 双对氯苯基三氯乙烷，一种有机氯类杀虫剂。由于其对环境污染过于严重，目前很多国家和地区已经禁止使用。

2 取自猪牙花根茎的一种白色优质淀粉，可用来做菜或泡汤。现在都用土豆制成。

也就不怎么在意了。

可是回国之后，我的眼睛就出了毛病，看什么都是雾蒙蒙的。想必是那会儿待在不卫生的收容所里，营养不良导致的吧。我去看了医生，又正常摄取了营养，视力多少恢复了一些，但眼球里终究像是埋了一颗哑弹。结果在三十五六岁后，我的视力开始急剧下降，到了四十一岁，我就完全失明了。

长长的往事讲完后，夏帆带着哭腔说道："好可怜……外公，原来您吃了那么多苦啊。"

现在想来，仿佛是那艘遣返船的船底开了个洞，自从搭乘上那条船，我的人生就在不断向前的同时，也在一点点地下沉了。

"是啊。"我答道，"真是不容易啊。"

"这么看来，我还算不错的，是吗？因为我还活着。"

"……没必要跟别人比苦难。你遭受的苦难，也只有你自己最清楚啊。"

"能回到日本，您高兴吗？"

"战败后的日本也是苦难深重啊。为了生存，每个人都拼上老命了。"

"连玩都顾不上吗？"

"不，正因为每天都活得很辛苦，才更会热衷于那些微不足道的游戏。"

"'微不足道'？那是什么样的游戏？"

"所谓'微不足道'，并不是游戏的名称，而是'不值一提'的意思。譬如贝壳陀螺[1]、拍纸牌、剑球[2]、捉迷藏、跳绳……虽说没有现在这么丰富多彩的娱乐项目，可那会儿人与人都很亲近，都很愿意为对方着想。"说到这儿，我苦笑着摇了摇头，"不说了。一提起过去的事情，就难免会带出些抱怨来。谁都是生活在'当下'，而不是'过去'的，也只能生活在'当下'。我并不想否定夏帆你所生活的'当下'啊。"

这时，一旁的八音盒奏起了童谣，透析似乎结束了。夏帆疲惫不堪的叹息声后，响起了护士们匆忙来去的脚步声。而在穿拖鞋的声音过后，又传来一声惨叫："疼！妈，我的脚……脚……脚抽筋了！"

接着是由香里跑来的脚步声。

"嗯，对，就是那儿，那儿……"夏帆重重地叹了口气，"透析过后，经常抽筋。还会头疼……呕……要吐了。"

要是能做肾脏移植手术就好了。可排队等尸体肾移植的人太多，能做上的可能性很低。只要找到能给外孙女提供肾脏的六等血亲就行……

倘若在老家与母亲生活在一起的哥哥是个冒牌货，那就说明真哥哥或许还生活在什么地方呢。我要找到他，只要找到了他，

---

[1] 将熔化的铅注入海螺壳中制成的陀螺，玩耍时将多个陀螺转动后使其相互撞击。
[2] 一种由尖头木棒和带孔的木球所组成的玩具。木球与木棒用长线连接。玩耍时将球抛起，然后用棒尖穿过球孔将其接住。

他就有可能提供肾脏。

想到这儿，我下定了查明哥哥真面目的决心。

回家后，我发现又有俳句寄来了。这已经是第七封了。我用指腹摸索着"读"了一下。

橹舞动，心灵与房间，随之摇晃。

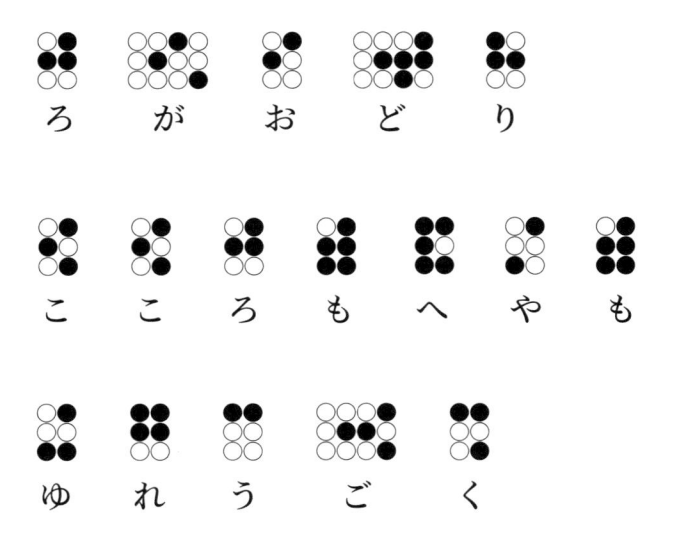

ろ　が　お　ど　り

こ　こ　ろ　も　へ　や　も

ゆ　れ　う　ご　く

第七章

淋浴头中喷出的热水冲洗着我的头发。

伸手摸到一个容器后,我又仔细抚摸起它的表面来。洗发液的容器侧面是十分毛糙的,借以跟护发素区分开来。接着,我又从钢制托架上拿起了一把洗头刷。双目失明前,我用的是橡胶柄的,可它掉在地上几乎不发出声响,找起来很麻烦,所以后来就换成塑料柄的了。

用刷子洗过头,冲洗过后,再抹上护发素。我擦干身体走出浴室。穿上衣服,用电吹风吹干了头发后,我就去了餐厅,拿出液体探针来装在杯子上。倾斜烧酒瓶后,不一会儿就听到"噼噼噼"的声响。我放下酒瓶,从一个三角形的盒子里取出镇静剂,就着酒喝了下去。

随后我就打开了收音机。与电视机不同,收音机不需要我拥有视力,我可以放心地侧耳倾听。今天的新闻有:有个流浪汉被不良少年凌辱致死,有人因生活保障费停发而饿死,有人发现了被遗弃的婴儿尸体,老人公寓里发生了致死事故——尽是些听了叫人郁闷的新闻。

最后报道了集体偷渡的事情,应该是老新闻的后续报道。据说他们利用日本"大和田海运"的集装箱船偷渡来日本,可由于集装箱的通气孔不知被什么人给堵上了,结果除两人得以幸免外,其他人全都被闷死了。而那两人中,一人依然在逃,另一人已遭逮捕,正住院接受治疗。

我关掉了收音机。过了一小时,浑身就有了一种飘飘然的快感。可就在我想借着这股子舒服劲入眠的当儿,电话铃响了起来。我叹了口气,站起身来,以橱柜为"标杆",朝走廊走去。我摸索着墙壁,朝铃声响个不停的地方走去,拿起电话听筒来。

"是我呀,你是和久吗?"

听筒里传来了哥哥的声音。

"哎?现在是白天吗?"我将听筒移近左手手腕,按下了语音报时手表的按钮。电子音响了起来:"晚上十一时三十分。"

"这是啥玩意儿?算了。我说,你把装砒霜的小瓶子弄哪儿去了?老鼠又出来闹腾了,快还给我。"

"还什么还?我们在储藏室里那会儿,那个小瓶子不是被你拿走的吗?"

当时,我怕哥哥给母亲下毒,曾让由香里去把那个装着砒霜的小瓶子拿出来。可女儿从储藏室回来后说,没找到那种东西。

"是你自己藏起来的吧?"

"别胡说八道。我刚才可是听说了,村里有人看到你拿着小瓶子从储藏室里出来。"

什么？我拿走了砒霜？哥哥在说些什么呀？那个储藏室，我只进去过一次——应该吧。我极力回想着当初的情形。可待在岩手县老家的最后一夜的内容，在我的记忆中找不到了。简直就跟电影胶卷被人剪掉了一段似的。

"肯定是哪儿搞错了。"记忆缺失让我没了底气，只得像是说服自己似的断言道，"我可不知道什么砒霜。"

"是吗？好吧。"停了半晌之后，哥哥用颇为怀疑的口吻说道，"听好了，你可千万别干什么傻事呀。"

说完，他就挂断了电话。我手握着电话听筒，直愣愣地站在那儿。每当我要回忆起脑海中的万花筒似的记忆映象时，脑袋就会疼痛，就跟有无数根针在扎我的大脑似的。我不能确定自己是怎么处置那瓶砒霜的。莫非在让由香里去将那个小瓶子拿出来之前，我就已经偷偷将其藏起来了？

我摸着墙壁回到起居室后，就从架子上取出一把指甲锉，然后在沙发上坐了下来。这是我的老习惯了，每当我觉得心理压力大时，就会锉指甲。这也是因为指甲钳不太好用，一不小心就会剪得太深。

我一边用指甲锉锉着食指指甲，一边极力回忆着那天所发生的事情。然而，我的脑袋就跟一块怎么拧都拧不出一滴水的干抹布似的，挤不出一点儿有用的回忆。

或许还存在着另一种可能性。回老家时，由香里跟哥哥说过

"服用镇静剂会引发记忆障碍"之类的话。因此,哥哥知道我的记忆很模糊。也许他就是利用了这一点,对我灌输一些虚假信息,企图将罪责转嫁给我亦未可知——毒杀母亲,并让我成为凶手。如果真是这样,为了造势,恐怕他现在就在村里散布谣言了,说些什么"弟弟拿走了砒霜"之类的话。

"哎哟,好疼……"

我情不自禁地叫了起来。手指头上的肉给削去了一块。我将手指放到鼻子跟前,立刻闻到了一股浓重的铁锈味。我头疼欲裂,站起身来,靠在了起居室的墙壁上。

过了一会儿,我正想离开墙壁,突然觉得有些不对劲。我回手摸了一下身后的墙壁——竟然是圆柱状的。这时,头顶上掠过像是铁桶在铁板上滚过的轰隆隆的声响;随即右前方又断断续续地传来木槌敲击地面的声音;肌肤感受到了微风……我的右手握着导盲杖。

我转过身去,抚摸着那根圆柱,再从那儿往一旁伸出左臂,用手掌确认摸到的东西。那是一片表面十分粗糙的墙壁。虽说我的眼前依旧是一片漆黑,可我摸到的东西却发生了变化。这……是电线杆和水泥预制块围墙吗?

我什么时候跑到外面来了?还能听到道路施工的噪声。怎么回事?刚才我不是还在起居室里的吗?

我战战兢兢地按了一下语音报时手表的按钮,发现已是第二天下午了。时间和地点全都变了。也就是说,整整半天的记忆不翼而飞了！我有一种自己的意识被别人临时占用了的感觉。是镇静剂的副作用吗？确实，自从怀疑哥哥是冒牌货以来，我就增加了服用量。

今天……没错，我是约了人的，要在公民馆跟遗孤援助组织的比留间雄一郎见面呢。据说每逢星期二、星期四、星期六，他都会在那儿给遗孤们提供咨询。

我用手摸了摸身上所穿的衣服，确定是外出时的穿戴后，努力平息了一下内心的慌乱，开始向走近的脚步声打招呼，询问此刻所在的位置。被人带到大路上后，我摆动导盲杖，跟随着行人的说话声，迈开了脚步。过往行人的声音能让我放下心来，因为这至少让我知道自己还走在人行道上。

在岩手县的乡下，爱抚着草木，吹过田野的凉风，足以令人心旷神怡。可在大都市里，由于吹过的风会受到高楼大厦、车辆、招牌等障碍物的遮挡，连呼啸声都是异样的。

过了一会儿，我来到了一个人流密集的地方。掠过我身旁的，有高跟鞋清脆的响声和香水的气味，有沉重的脚步声和汗臭味，有听不清歌词的流行歌曲。我还能听到不知哪儿的自动门打开时的电子提示音以及从中流淌出的背景音乐、围绕在我身边的无数的脚步声和说话声、来来往往的车辆行驶声、喇叭的怒吼声……我已被噪声的洪水所淹没，站在那儿不知所措。由于声音太多，且过于杂乱，叫人根本无从辨认前进的方向。

右侧有一堵水泥预制块围墙，我用杖头敲打着它往前走去。

突然从一旁吹来了一股冷风，想必那堵墙已经到头了吧。我甩动导盲杖朝那儿敲去，果然敲了个空。有时候风也能成为了解环境的线索。

我转过拐角，又一直往前走了一段，向正在交谈的人们打听了一下，发现自己已经来到公民馆跟前了。然而过了十五分钟，依然没人来跟我打招呼，连进进出出的脚步声都听不到了。

我觉得自己像是站在一条没有路灯的夜路上。或许有夜里也看得见东西的人会突然对我动手。更可怕的是，如今我的记忆障碍加重了，会不会回过神来后，发现自己站在别的地方呢？譬如说，我不是站在公民馆门前，而是站在了大楼顶上——这么一想，我就觉得寂静无声反倒是件十分恐怖的事情了。是对方迟到了吗？这地方对吗？时间有没有搞错？还是在不知不觉中，我去了别的地方？——听不到说话声以及别的什么动静，令我内心不着不落的，十分惶恐。

"是村上先生吗？"耳旁响起了一个像是从旧铁管深处传来的声音，"我是比留间，让您久等了。关于遗孤就业方面的咨询，时间拖得有点儿长……"

"多谢您抽出宝贵时间来接待我。"说着，我便递上了写有我的手机号码与住宅电话号码的名片，"我是村上。"

随即，我又习惯性地请求握手，右手立刻就被紧紧地握住了。但是，我的手指有着颇为异样的触感。

"哦，您已经发觉了吗？是被中国东北的严冬'咬'掉的。

扒雪时冻伤了……中指和无名指。来吧,我带您去会议室。"

"可不可以让我抓住您的右胳膊肘……"

"当然可以,请吧。"

我先摸索到比留间的胳膊,然后轻轻地抓住他的肘部。在他的引导下,我摆动着导盲杖,走在发出脆硬反响的走廊上。过了一会儿,像是来到了会议室,因为杖头开始敲出干巴巴的声响了——应该是木制地板发出的吧。我用手摸索着椅背,在一把钢管椅上坐了下来。面前像是有一张长方形的木头桌子。

"比留间先生,您也是遗孤吗?"

"不是的。我很幸运,战败的第二年就回国了。"

"那么在此之前,您都在中国东北生活?"

"是的。我是在战败的前一年,也就是十六岁那年,与家人一起去的中国东北。因为当时的报纸上、杂志上,还有收音机里,都在鼓励移民东北嘛。我们相信那儿就像宣传的那样,是有十町步的土地在等着我们的'王道乐土'……其实,村里只是拿国策做幌子,想减少一点儿吃饭的人口罢了。或许送出的移民达到了一定数量,村里还能拿到补助金吧。"

从回声上推测,这间会议室要比想象中的小。听不到其他人的说话声,估计这儿就只有我们两个吧。

"回国后,您就投身于援助遗孤的活动了吗?"

"是从二十五年前开始的。"比留间那深邃的声音里,带着咀嚼苦难的意味,"在难民收容所里,母亲跟说胡话似的,不停地嘟囔着'我好渴啊,我好渴啊'。我喂了她一点儿水后,她就露出了笑容,说:'啊!我像是又活过来了!'结果却很快咽气了。我们被遣送回国,也就是在那一星期之后的事情。直到今天,我仍为之悔恨不已。我那会儿是多么想让母亲重新踏上祖国的土地啊。我母亲和妹妹是在东北去世的。"随即,他又毅然决然地说道:"我完全理解遗孤们渴望回到祖国的迫切心情。所以我决定要尽可能地帮助他们。说到'遗华日侨问题',直到现在,还有人误以为这是中国人的问题。我要让他们知道,这是大错特错的。遗孤是日本人,'遗华日侨问题',就是关乎日本人尊严的问题。"

我等比留间的情绪稍稍平复后,说道:"其实,我今天前来拜访,是有事想跟曾为我哥哥归国定居出过力的您商量。这话要说起来,或许您会觉得有些突然,其实,我总觉得哥哥他有些古怪。"

"失散了好多年,重新见面自然会觉得有些别扭的嘛。"

"我发现他仇视日本政府,且一直心怀愤恨。凡事以自我为中心,满脑子都是打官司的事,根本不顾会给身边的人添麻烦……"

"这也很正常啊。遗孤们与家人失散了几十年,自然会有些愤恨、不满,甚至绝望的情绪。他们想回中国去看望养父母或给他们扫墓,可又没有钱。如果是拿生活保障金的,在所谓的'旅行期间',保障金还会被停发呢。"

"……过去，曾发生过多起错认遗孤的悲剧，是吧？"

比留间没有马上答复。他似乎是在琢磨我这话的意思。

"是的。由于过去只能根据身体特征和分别时的情形来寻找亲人，所以再怎么慎重，也还是会发生如此悲剧的。"

"那么在我哥哥身上，也是有这种可能的，是吧？"

"您是说，龙彦有可能不是您的亲哥哥？"

"是的。我想知道的是，我从他身上感受到的异样，是遗孤都会有的呢，还是因为他是个冒牌货？"

"冒牌货？"

从比留间那显得十分错愕的语调上，我意识到自己说漏嘴了。"冒牌货"这个词，刺激性太强了。

"您……您总不会怀疑龙彦是假遗孤吧？"话说到这个地步，也就没法儿再遮遮掩掩的了。除了老老实实地说明情况，倾听专业人士的意见，别无他法。

"是的，正是这样。"

"这没什么根据吧？"

"我正在寻找证据。我们家是移民到中国东北桦川县的开拓团成员。我正在寻找同一个开拓团的归国者，想听听他们的叙述。无论是谁都行，您能帮我查到他们的住址吗？"

耳边传来了比留间从鼻孔里出气的声音。

"老实说，我劝您还是别这么做。万一——我是说万一，你们的亲属关系被否定了，你知道会怎样吗？那种悲伤和痛苦是无法估量的。以前,就有遗孤确信找到了亲人,却在庆祝会上被厚生省告知'经检查,已判定双方并无血缘关系',当场就哭晕过去;最后还因悲伤过度而自杀了。"

"要是哥哥知道自己是假冒的,即便暴露了,也不会怎么悲伤的吧?"

"您母亲会悲伤的呀!龙彦回国定居是在一九八三年,是吧?也就是说,二十七年来,您母亲一直相信他就是自己的儿子。一旦知道他竟是个毫无血缘关系的人,这将会是多大的刺激啊!想必您母亲年事已高,您就让她一直相信到死不好吗?再说,要是证明您的怀疑仅仅是杞人忧天,所有人都会受到伤害的。"

随后,比留间又结结巴巴地诉说了起来。

当时的日本国力凋敝,厚生省对遗孤回国一事的态度十分消极。由于大部分遗孤都是中国国籍,他们被当外国人看待,必须找亲属来做身份担保人才能入境。而担保人则要根据情况负担他们回国与滞留期间的费用,并要为他们遵守日本宪法担责。然而,遗孤的亲属很多已经退休了,本身就需要子女来照顾,根本没有承担如此义务的能力。结果就出现了即便判明了亲属关系,亲属也不愿做身份担保人的情况。于是许多遗孤无法回国,只得含泪滞留于中国。

"遭受亲人的冷遇,那种悲伤可是撕心裂肺的。也有些亲属因为遗产继承的关系而反对遗孤回国。这种情况下,遗孤就只好声明放弃继承权,才好不容易获得了身份担保人啊。"

此刻的比留间，简直就是一位身穿着知识的甲胄、挥舞着理论的宝刀的武将。而我那要弄清哥哥的真面目、揭露真相的精神意志，行将被他砍得七零八落。因此，我也只能拔出自己的战刀来了——

"要是哥哥为了夺取母亲的遗产而在给她下毒，又该怎么说呢？"

返回的只有沉默。

"哥哥他藏着一个装有砒霜的小瓶子。哪天母亲倒下了，说不定就是他长期少量下毒的结果。"

这时，我突然嗅到一股香烟味从我身旁飘过，顿时起了一身鸡皮疙瘩。刹那间，我忘记了呼吸，口干舌燥，连唾沫都分泌不出来了。

我身边还有第三个人？这是我的错觉，还是……

我侧耳倾听，希望能听到第三者因紧张而变快的心跳声。这当然是徒劳的。

我抬手摸向胸前的口袋："比留间先生，抽一支烟怎么样？"

"啊，不了。我不抽烟。"

我早想好了，要是他说抽，我就回答说"不巧，刚好抽光了"。我自己戒烟已经快二十年了。既然比留间不抽烟，那我刚刚一瞬间嗅到的香烟余味，又是怎么回事呢？穿着沾有香烟味衣服的，到底是谁呢？会议室里应该只有两个人。莫非还有个人屏住了呼吸，蹑手蹑脚地站在我的身旁？

我的内心产生了一种冲动：好像溺水者似的，抢开双臂在四周尽情地划拉一番。这样的话，我的胳膊就说不定会在应该没人的地方碰到什么人吧。

我轻轻喘了一口气，假装平静地问道："比留间先生，您反对我调查我哥哥，是吗？"

"是的，我反对。"

"是嘛，可我是不会放弃的。我打算让真相大白于天下，从而挽救我母亲和外孙女的生命。"

"……无论是谁，都有不愿为人所知的过去。怀着半吊子的好奇心而介入过深，可是会惹祸上身的呀。"

听到这一突如其来的恫吓，我一时哑口无言。从一个做事稳重的男人口中说出的恫吓话语，其真实性是毋庸置疑的。我觉得像是有一柄沾满鲜血的尖刀，抵在了我的喉咙前。在我的脑海中，眼下的比留间已经不是一位武将了，简直就是一只夜叉。

他一定知道些什么。哥哥到底是什么人？我想起了以前看过的一部电影——揭露为了逃避被追究战争罪责，战后假冒犹太人身份的纳粹高官的电影。哥哥是否也与比留间狼狈为奸，隐瞒着重大的罪恶呢？

伪装成遗孤，能得到什么好处？

"很抱歉……"比留间说道，"我不能给您提供协助。不过，我还是要提醒您，这种怀疑亲情，到处打探别人过去隐私的行为，是会给您带来不幸的。"

我感受到了他那毫不动摇的决心，知道再多问也是白搭。

"好吧……"我站起身来，"谢谢您跟我说的这一切。"

"我送您到门口吧。"

"不用了。"

椅子在地板上拖动的声音响过之后，比留间的脚步声绕过了桌子，朝我身后远去了。随即便响起了转动门把手和开门的声音。

"出口在这儿。"

我摆动导盲杖朝那声音传来的地方走去，杖头却敲到了前方的障碍物。两下，三下。我发现那像是一堵墙。从那儿沿着墙平行移动了一会儿，杖头敲空了。穿过门，我来到走廊上。

"告辞了。"

我低头行过礼后，就沿着墙壁走在了走廊上。转过墙角时，我听到了"哎呀！"一声，是个老妇人的声音："我说，您的眼睛看不见吗？"

"是啊。请问出口在哪儿？"

"这儿的道确实有点儿绕。对上了点儿年纪的人来说，还真不好找啊。他们也不在墙上贴一张大地图，真是的。跟我来吧。"

突然，导盲杖的前端被人抬起，紧接着又猛地被人往前拽去。刹那间我差点儿摔倒，赶紧大声喊道："请别拽导盲杖，危险！"

"哎呀呀，对不住。我太性急了。"

导盲杖被放开后,我把杖头落到了地面上。

"可以的话,能让我攥着您的右胳膊肘吗?"

"我都这么一大把年纪了,胳膊肘跟枯树枝似的,您要是不介意,就随便抓吧。"

我用左手抓住了老妇人的右胳膊肘后,就摆动开右手中的导盲杖,敲打着地面,继续在走廊上行走了起来。那老妇人的左脚似乎有点儿跛,所以她走得也并不快,这反倒让我放心了。

"您也是遗孤吗?"

"不。"我回答道,"我是遗孤的亲属。"

"你们一家人一定吃了不少苦吧?我是'遗华孤妇'。在东北……"

老妇人一面走,一面讲起了自己的往事。由于抓住了她的胳膊肘,心里比较踏实,所以我也能一边听她叙述一边走路了。

"……战败后,像我这样为了活命而让女儿做了中国人的媳妇的人家,数都数不过来啊。人家说了,这样的话,你全家都能得到照顾,都有饭吃了。你看看,这样的好事,谁会拒绝呢?

"所以我就下定了决心,为了能让家人活下去,自己去做中国人的媳妇。其实在日本农村,为了家庭利益而结婚,也是很平常的事。穷人家卖儿卖女,更是不在少数。所以我对这事也没那么抵触。"

结婚?哦,对了。我以前也曾问过哥哥:"你为什么不结婚?"他迟疑半晌后回答道:"一个既不是日本人也不是中国人的家伙，能找到人生伴侣吗？"可是，结了婚的遗孤也有很多呀。他们多半是在那边找到中国妻子或丈夫的。哥哥他年过七十尚未结婚，恐怕是有什么特殊原因吧。譬如说，他是个在躲避追踪的冒牌货。这样的话，没成家也就说得通了。

哥哥他到底是什么人？

"一九八五年我回国定居时，日本对我来说，就跟外国似的。"老妇人继续说道，"可是，夏天里看到盂兰盆舞[1]，我就不由得流下了眼泪。我终于有了这就是我的祖国的真切感受。"

"您一定有过惨痛的经历吧？"

"那是。我觉得这种经历可不能白白浪费了，所以如今来这儿给遗孤做咨询嘛。您的家人要有什么烦恼，也不妨上这儿来。每星期二、星期四、星期六，都接待的。"

"哎？您也是援助组织的职员吗？"

"是啊，不过我是志愿者。"

原来她也是成员之一啊。那么……

"我说……周围有没有竖起耳朵来偷听的形迹可疑之人？"

"啊？形迹可疑之人？"老妇人站定了身躯，右胳膊肘摇晃了几下，"没有啊。这附近连个人影都没有。"

"是嘛，是这样的，我有件事想请您帮忙。"

"什么事？您尽管说。"

---

[1] 日本人在盂兰盆会期间（8月15日前后）跳的一种集体舞。

"我在寻找曾在同一个开拓团生活过的人。有什么好方法没有?"

"这个嘛……可以查开拓团名录呀。那可是厚厚的一大本资料啊,开拓团各家族成员的姓名、性别、出生年月……还有原籍、出发日、移民地、后续情况。所有已知信息,一个不落地全都记在那上面了。"

"您能替我去查一下吗?"

"当初去东北时,原则上是同乡组团的,回国后彼此间也都有联系,所以我觉得应该很快就能找到的。"

"其实刚才比留间先生就拒绝了我的请求,所以这事还请您保密。"

"比留间先生?怎么会呢,那么热心的一个人?平时他总是设身处地地帮助遗孤的呀。"

"我想找熟悉当时情况的人了解一下我哥哥。拜托您了。"

"好啊,好啊。只要您信任我,我乐意效劳。"

我谢过她之后,递上了一张写有联系方式的名片,随后就在公民馆外跟那位老妇人告别了。幸好门口有一张以凹凸线条来标识道路、建筑物和地形的"盲人地图",我很快就掌握了前往出租车乘车点的道路走向。

左侧机动车道上的汽车行驶声从背后超过了我,并在前方几米处发出了刹车声。我走到那儿后,就听到前方左右两侧都有引擎声呼啸而过。于是我就靠近人行道旁的建筑物,尽量与之保持平行地往前走，一直走到导盲杖敲不到东西的地方为止。我将脚尖的指向调整至正对前方，耐心等待，因为我必须等前方的汽车声完全消失后才能横穿马路。

要是在自己走惯了的地方，由于已经记住了人行横道尽头处的标记物，我可以确信自己能安全地横穿马路。可在第一次来到的地方，由于缺乏参照物，就不免叫人心里发慌。

由于难以把握过马路的时机，我便摆动起导盲杖来，不料杖头敲到了左侧一个像是电线杆的障碍物。我伸手一摸，发现那上面有个箱子似的东西，表面带有盲文。原来是个带发声装置的红绿灯。我按下了"视障人士专用按钮"，不一会儿就响起了模仿小鸡叫声的电子音。这说明前方已经变为绿灯了。有了带发声装置的红绿灯，即便走偏了，也能根据对面传来的声音修正前进方向。

我很放心地迈开了脚步。走过人行横道后，我根据脑内的地图，拐了几个弯，朝着出租车乘车点走去。在这儿右拐的话，理应有个丁字路口的，可实际上建筑物却连绵不绝。是公民馆的"盲人地图"过时了，还是我错过了该拐弯的路口？有时候拐角处停了卡车，挡住了侧面吹来的风，我就会错过路口。

我不由得在永恒不变的黑暗世界里扭头扫视了起来，可在漆黑一片之中，哪里有什么能找出正确路线的线索呢？眼下我身在何处？又是在哪儿搞错的呢？在行人绝迹的地方迷路，就只能进退维谷了。这时，斜右前方传来了铁道口报警器那刺耳的钟声。

我觉得自己的心脏像是被人一把揪住了。很快，就响起了夹杂着刮擦铁轨的金属声的轰鸣，大地也开始震动了起来。可怕！得离远点儿——我用导盲杖敲打着地面，朝与道口相反的方向走去。突然，一股狂风呼啸而至。风声宛如狼群的远吠，狂暴、凄厉，将人声、车声通通吹散了，吹得人根本搞不清东南西北。

机动车道在哪儿呢？在左边还是右边，前面还是后面？声音无所凭依之后，我就跟独自一人被抛弃在一片废墟上似的，感到极度惶恐与孤独。

我沿着水泥预制块围墙往前走。走到尽头处，我集中注意力，倾听两边是否有汽车引擎声逼近。由于强风卷得汽车行驶声都打旋儿了，距离感和方向感都变得模糊不清，即便有汽车声，也很难判断它是在朝我开来，还是在离我远去。呼啸的狂风，仿佛已用黑色颜料将我脑海里所描绘的街景涂成漆黑一片了。

汽车的引擎声突然中止了。

正在我犹豫着是否该迈开脚步的当儿，忽然感觉到背后有些异样。转过身去，我听到了什么人的吸气声。紧接着，一阵犹如猛犬狂吠一般的引擎声，在我背后掠过。

有人要将我推到飞驰的汽车前！

一阵战栗掠过全身。我感到身体在打冷战，耳朵内侧听到了自己的心跳声。

正常情况下，我在迈出缓慢的一步的同时，想必会注意到紧逼而来的引擎声并站定身躯吧。可要是被人推出去的话，就正好扑在那车的正前方。果真如此的话，耳边定会响起刺耳的急刹车声，我会闻到冲鼻的橡胶的焦味，而身体在如同枯枝一般被抛在空中的同时，已被染成血红色的视野中定会走马灯似的回闪过人生片段吧。

"谁！是谁！"

我的怒吼声带着微微的震颤。尽管我能感觉到有人，却听不到走动的脚步声。明明跟前有人，可就是不知道是什么人。这个要将我推出去，造成视障人士死于车祸的假象的家伙，到底是谁呢？

我上前一步，想要抓住对方。这时突然响起了一阵脚步声，那人逃跑了。追上去，抓住他——这自然是不可能的。

我呆呆地站了一会儿，终于放弃了所有企图，迈开脚步，逃也似的离开了那儿。

纵然那家伙重新返回，我也是无从得知的。

第八章

在沙发上坐下后，我就拿出了像是两把三角尺重叠在一起的"纸币辨别板"来。只要将纸币插入其中，并将一端对准其阶梯状的边缘，就可根据五毫米的长度差将一千日元、五千日元、一万日元的纸币区分开来。随后，为了便于外出时使用，我在确认过每张纸币的面值之后，以对折一次、对折两次的方式将其区分开来。就在我折叠好第五张时，电话响了起来。

我摸索着找到走廊上的电话台，拿起听筒才知道是在遗孤援助组织做志愿者的那个老妇人打来的。

"找到曾和您在同一个开拓团生活过的人了。"

"是谁？"

"那人名叫大久保重道，说是今年九十岁了，可说起话来中气十足。我一跟他说了您的名字，他就说还记得您母亲呢。"

"既然这样，或许就能从他那儿了解到哥哥的情况了吧。"

"嗯。我跟他说您眼睛不好，他就说他来找您好了。还说明天也行，找个咖啡馆好好聊聊。"

"明天吗？那就……"我使劲回忆着附近的咖啡馆的名字，"嗯，黑猫咖啡馆，上午十点半，怎么样？请您转告他吧。"

我又说了"黑猫"的大致位置。

"我还会帮您找其他人的。就是不知道是否对您有帮助。"

"好啊，您已经帮了我的大忙了。谢谢。"

挂断电话后，我就用点字器将地址、店名、时间打在了纸上。吃了从便利店买来的盒饭，洗了澡，换好衣服后，我就伸手在餐厅里的桌子上摸索了起来。我摸到了一个四方形的盒子，那里面装的是安眠药。那旁边有个三角形的盒子，我将其打开，取出了镇静剂。

就着烧酒吃下两颗后，我又打开了收音机。听了一会儿新闻，上半身就快要倒下来了。突然，我感到全身无力，意识模糊。一股强烈的睡意袭来。想必是接连去陌生地方，劳神太过的缘故吧。我迈开已不怎么听话了的双脚，跟跟跄跄地走到寝室后，立刻倒在了床上。硬撑着设好了闹钟，我就任由意识离我而去了。

刺耳的电子闹铃声钻入梦境，将我拉回到现实世界。我按了一下座钟的按钮，它回答道："现在是上午九点。"紧接着我又确认了一下今天是星期几。还好，虽说差点儿睡过头，但时间并未飞逝。于是我起床做起了出门的准备，将收着液体探针、折叠式导盲杖和残疾人证的腰包系在腰间。出于安全考虑，我戴了顶有帽檐的帽子；为了保护眼睛，我又戴了一副太阳镜。

黑猫咖啡馆就在附近，去那儿，我几乎从未迷过路。一推开店门，头顶上就响起了钟声。刚出炉的面包和咖啡豆的芳香扑面而来。告诉服务生我要在此与人会面后，他就把我领进了店内。在爵士风格的背景音乐中，到处都响着玻璃或陶器叮叮当当的碰撞声。我从间隔着一定距离的不同客人的交谈声旁走过，在一张桌子旁坐了下来，点了一杯咖啡。

我按下语音报时手表的按钮，电子音告诉我现在的时刻是上午十时二十五分。随着脚步声，能感受到带着苦味的咖啡香味来到了跟前，眼前的桌子上也响起了叮当一声。为了避免烫着，我小心翼翼地喝了大约半杯咖啡。这时，我听到了一个低低的问话声。

"请问，您是……村上和久先生吗？"

"是的。"我把脸转向那个方向，答道，"您是大久保重道先生吗？"

"是我。我曾在中国东北桦川县的开拓团里待过。我和您的母亲十分熟悉。您不记得我了吗？"

"对不起。我那会儿还只有四岁。"

"哦，是这样啊……"

我从他的语调中听出一点儿放心了的意味。这是为什么呢？

随后是桌子对面的椅子被拉开，以及有人坐下后所发出的声响。"您要些什么？"一个年轻的女声问道。"红茶。"大久保答道。他的日语发音带点儿中国腔。

"大久保先生是战败后回国的吗?"

"是的。我是跟你们家一起离开开拓团,一同进入难民收容所的。后来就坐上了遣返船。可是,为了寻找儿子,我后来又多次前往中国,在那边生活了很长时间,连日本话都快忘光了,可到最后也没有找到儿子。说不定他已经长眠于地下了吧——连遗孤都没有当上。"

"您沉痛的心情,我能理解。"

"谢谢。"

这时,女招待说了声:"久等了。"随即她又问道:"红茶是哪一位的?"

听声音,她似乎有些拿不准。大概是我将咖啡杯放在了桌子的正中央,才令她无所适从的吧。很快,女招待就说了声:"好的。"想必是大久保举了一下手吧。

前方的黑暗中,传来了啜饮液体的声响。

"听说您有事要问我,是吧?那我的事就不说了,说说您的事吧。"从大久保低低的声音里,我能感受到从遥远的过去传来的亲切感。这是一种叫人觉得放心的声音。既然听着觉得耳熟,恐怕就说明在中国东北时,我们也说过话吧。

"事情是这样的——我觉得归国定居的哥哥,可能是个不相干的人。"

"您是说,他是个假冒的?"

"是的，我有这个怀疑。并且他可能不是在认亲时出了什么差错，而是有意假冒的。目的嘛，要么是母亲那不多的遗产，要么是获得永住权，至于是否还有别的什么，就不得而知了。"

"……他那个伤疤，还在吗？"

"您是说他背上的刀伤吗？"

"不是。是右胳膊小臂上的。烧伤的伤疤。"

我努力回想着留在记忆中的触感。哥哥回国后，我曾抓住他的胳膊，流着眼泪说过"太好了！太好了！"。他右胳膊上的烧伤伤疤——应该是没有的吧。

"好像没有。哥哥的右胳膊被烧伤过？"

"是啊。那会儿您太小了，应该不记得了吧。是被烤火用的暖炉里的火燎伤的。说是为了保护您。当时，你们的父母都下地干活儿去了，没在家。所以我听到哭声，就过去给他处理了一下伤口。"

"可我也没听我妈说起过呀。"

"估计是为了照顾您的感受吧。要是知道了哥哥因为自己而被烧伤，您肯定会难过的。"

我心中的疑惑一点点变成了确信。可是，我仍觉得有些不太对劲。哥哥要是冒牌货，那他背上的刀伤就是故意加上去的了。可那是真正的刀伤啊，非得有人这么砍他一刀不可。既然要假冒我的哥哥，那他为什么不在右臂上也复制一个烧伤的伤疤呢？

再说，宁愿在背上挨上一刀也要假冒我哥哥的动机，又是什么呢？倘若只是为了获得永住权，还可以和日本女性结婚。比起忍受严重的刀伤来，那么做不是更轻松便捷吗？

真假哥哥的人生是否有过交集呢？如果有过，那么两人的关系又是怎样的呢？在战后的中国，到底发生了什么？他们是朋友，还是敌人？

真正的哥哥是否还活着？

我感到一种恐惧正向全身蔓延，就跟一群毒蜘蛛正从脚尖往上爬似的。哥哥是否已在中国被人杀害了呢？是否已成了埋在土中的一堆白骨了呢？——近似于妄想的如此景象，在我的视网膜后一闪而过。

要是哥哥已经被杀死了，凶手肯定就是那个还待在老家的冒牌货。

"要是没有烧伤的伤疤……"大久保说道，"还是不要轻易相信为好啊。因为您哥哥胳膊上的伤疤是终其一生都不会消失的，那伤疤的形状就像一尊大佛，您应该一摸就明白。"

我对大久保的忠告道了谢后，离开了黑猫咖啡馆。回到家里，我检查了一下电话留言，发现还真有一条。是那个老妇人打来的，说希望我回电话。

我拨了留言中所说的那个号码，提示音响了几次后，听筒里就传来那个老妇人的声音。

"我又找到了一个。遗憾的是本人已经去世，我跟第二代取得了联系。说他妈妈生前得到过你们一家很大的照顾，想跟您见个面，表示感谢呢。"

第二代遗孤？虽说我眼下已确信"哥哥"是个冒牌货，可我仍不清楚他假冒的动机。还有，哥哥跟假冒者的关系如何？两人的人生是在哪儿产生交集的？这些我还都不知道。听听了解哥哥的人的叙述，或许能发现一些隐秘的线索。

"难道……这反倒给您添麻烦了？"

"怎么会呢？"我立刻回答道，"您帮了我的大忙。请告诉我那位的情况吧。"

"好的，没问题。他叫张永贵，住在江东区北砂的出租屋里。联系方式是……"

我牢牢记住了那个联系方式，向对方道谢后，就挂断了电话。

在返回起居室的途中，黑暗中传来了滴答之声。

我走进了没有门的盥洗室。那像是源自没拧紧的水龙头的滴水声，让我联想起了滴滴答答滴落的鲜血。

滴答、滴答、滴答……

下了出租车，我摆动着导盲杖朝前走去。不一会儿，杖头就敲到了金属材质的障碍物。为了确定其形状，我又轻轻地敲了几下。一级一级的，是外楼梯吧。

我伸出左手在空中划拉着，找到了楼梯扶手。一脚踏上去，铁制的踏板就因承受了重量而发出嘎吱声来。我将导盲杖直立起来，确定下一个踏步。上楼梯时必须留神是否走歪，因为一旦走歪了，就难免踩空。

登上十四级后，杖头就探不到下一级了，想必是来到二楼了吧。我用手抚摸着外墙，往里边走。格子窗、木门、格子窗、木门、格子窗、木门——我确信已经到了二〇三室，于是在黑暗中伸出手来。手指触碰到一个凸起物，我按下了门铃。

一阵脚步声过后，响起了门把手转动的声响。我刚往右侧移开一步，被门推过来的空气就抚摸起了我的脸颊。

"我是村上。请问您是张永贵先生吗？"

"不是。张永贵，隔壁二〇三室。这里，二〇四室。"

对方说的是带有中国腔的日语。这儿是在日外国人聚居公寓吗？房间的编号似乎是从里到外的，而我是从外往里数的，所以搞错了。谢过之后，我刚要朝二〇三室走去，背后就传来了刚才那个男人的声音。

"张永贵，上班了。工人，急病。要替工。被叫去了。"

看来那个张永贵早忘了跟我的约定了。

"工厂在哪儿？"

"室井工厂。那边。"

"近吗？能告诉我具体位置吗？"

"下楼梯左拐。一直走。第一个拐角，右拐……找不到，问路人。"

我下了楼梯往前走。摆动着的导盲杖不时敲到砖头、水泥预制块围墙、电线杆。走了几分钟，杖头敲到某个弹性十足的东西。我将杖头抬高十厘米左右，又敲了一下。这次发出了金属板的声响。大概是汽车的橡胶轮胎和金属轮毂吧。我当即横跨了一步。因为倘若直接从轮胎旁走过去，就会撞到反光镜上。

走过汽车之后，就再也没遇到障碍物了。来到该拐弯的转角后，我并未急着转向。

就在我站定身躯，考虑该往哪儿走的当儿，头顶上传来了砰砰拍打被子的声音。我仰起头打了个招呼，问去室井工厂该怎么走。一位像是家庭主妇的女性十分热心且详细地回答了我，甚至还问我是否需要她带我去。

"不用了，多谢您的好意。"

我摘下帽子鞠了一躬，重新戴上后，便迈开了脚步。无论是身体健全者，还是残障人士，谁都要在别人的关心下才能生存下去。单独出行之后，我对此深有感触。

朝着受人指点的方向走了一会儿，右侧就开始传来机器声了。此时是十一时五十五分，工厂会有午休吗？

一到十二点，脚步声和喧闹声顿时涌出。

"劳驾，劳驾。"

我朝着有说话声的方向打招呼。有一个年轻人搭茬，我就问他认不认识张永贵。

"喂！"那青年高声问同伴道，"那小子在干吗呢？"

"他手脚慢，还在里面呢。"不知是谁笑着回答道，"他像是终于明白了,定额比吃午饭更重要啊。"

"不过你要是有急事,我也可以去跟他说一声的。"

"拜托了!"

年轻人的脚步声离去了。等了五分钟左右,那个脚步声回来了。他告诉我:"他要你晚上九点过后去公寓找他。"

我只得先回家去了。回家后,我发现信箱里有个信封。本以为是邮寄广告的,拆开一摸,又是一句俳句——这已经是第八封了。我用手指摸索着"读"了一下横排的盲文。

向往日出之国,难免兜头浴血。

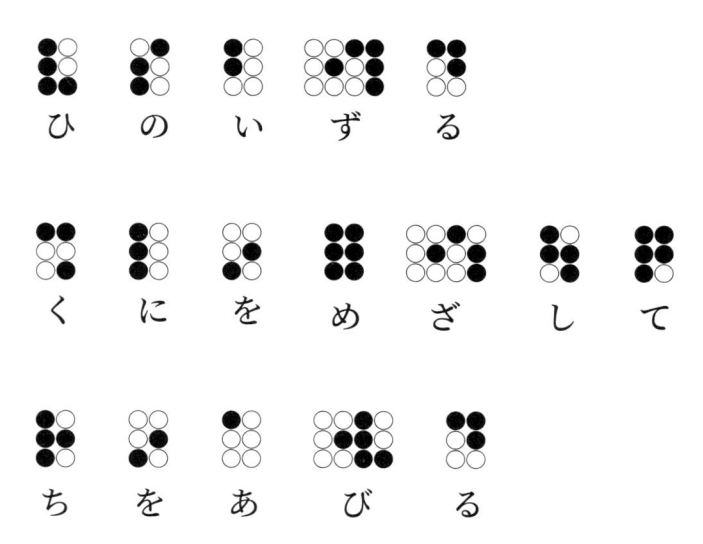

ひ の い ず る

く に を め ざ し て

ち を あ び る

"日出之国",是指日本吗?向往日本就会兜头浴血?我首先想到的就是日本遗孤。谁都梦想着要回到祖国。战败当时，无数人希望回国，最终却梦碎途中，命丧黄泉。这么说来，寄信人是个遗孤？要真是这样，他又为何要寄信给我呢？

尽管我对比了这句俳句与之前的那句，可依旧搞不清其目的与动机。等我用语音报时手表确认时间时，才发现已经过去好几个小时了。

收拾起信封后，我就在晚上九点半再次造访了张永贵的公寓。鸦声聒噪，在头顶上方往来交错着。

"我是村上，中午去过您的工厂。"

"我，张永贵。突然来工作，忘了。"

我伸出手去后，过了几秒钟，手被握住了。握手的瞬间，我的手指接触到了手镯一类的金属物件，还响起了咔嗒一声。

"请。我的房间，这儿。"

在他的带领下，我进了门，脱下鞋，用晒衣服的夹子夹住。

进入房间后，一路上我碰到了各种各样的东西。塑料袋、桶状纸盒[1]、塑料盒子、捆扎好的纸（像是杂志）……房间里充满恶臭味，就跟将头伸进了装着厨余垃圾的垃圾箱似的。

"蒲团，这儿。请坐。"

我小心翼翼地挪动脚步，以免踩到他的生活用品或垃圾。用手摸索到蒲团后，我就在那上面坐了下来。

---

1 装方便面的容器。

"我，吃饭。因为，中午没吃。"随着这话，从右侧里屋传来了金属容器的碰撞声。"吃饭，是活力来源。可是日本人说，工作优先。跟中国人，想的不一样。一到午休，就吃饭，会招反感。最近我一直忍着，到完成定额为止。"

"这可真不容易啊。您不用管我，请吃饭吧。"

"谢谢！我，日本话，差劲。因为是中国人，工资低。组装手机基板，每天，重复劳动，跟机器一样。因为不用说话，日本话，没进步。被日本人瞧不起。"

我没搭腔。

"不过，现在的工厂，还算好的。以前的工厂，有日本人在机器上切断了手指，还赖我操作失误。明明不让我干，碰得到开关的活儿……我，尽干些简单的活儿。以前我的日本话更差劲，所以怎么解释都没用。挨了骂，没拿到工资就被开除了。"

张永贵的语调中不带一丝感情，以致他给我的印象，是一只在异国社会中被用旧了的连脸上原本用笔画上去的表情都快被磨掉了的人偶。

听了他的话，我联想起了"哥哥"在日本生活的艰难。记得在老家的浴室给"哥哥"搓背时，我曾问过他在中国的工作情况，他说："我还被评为'先进生产者'，获得了手写的奖状。因工作出色而获得好评，只有那一回啊。"兴许"哥哥"所说的"只有那一回"，是将他后来在日本工作的时间也包括在内的吧。果真如此的话，不就说明他在日本吃尽了苦头，以至把那张奖状当作唯一的安慰了吗?

"张先生……您没取得日本国籍吗?"

"没有。我母亲是'遗华日侨',所以不行;如果父亲是'遗华日侨',那就好了。"

"是父亲还是母亲,有区别吗?"

"嗯……解释,很难。'遗华日侨'是男人的话,第二代,随时能取得日本国籍。可'遗华日侨'是女人就不行了。只有在一九六五年一月后出生的第二代,回国三个月以内,才能取得国籍。就是歧视。我早出生了十个月。"

随着脚步声临近,正对面响起了碟子的声响。高度正处于坐着的我的腹部位置。

"中国籍的第二代'遗华日侨',如果被判一年以上的实刑,立刻,强制遣返。不公平。根据一九九一年的入境管理……特例法,在日韩国人,可成为'特别永住者'。重大国家利益……嗯,只要不损害国家利益,就不会被强制遣返。"张永贵叹了一口气又说道,"我,就差一点儿,强制遣返。现在,缓刑中。"

"您……犯了什么罪?"

估计是盗窃或伤害罪吧。最近常在新闻里听到关于由第二代、第三代遗孤组成的不良团伙横行霸道的报道。

"假认亲。暴露了。"

"假认亲?"

"我，在街上结识了不良团伙。听说，他们在找缺钱的日本籍遗孤。他们说，二〇〇九年，日本的国籍法变了。只要日本男人肯认，就算他没结婚，只要提出申请，外国女人和孩子，就能取得日本国籍。不需要亲子鉴定。他们就利用——乱用这个，做起了让日本人假认亲，让想来日本的人取得日本国籍的生意。我找需要钱的日本人，介绍给他们。我拿介绍费。日本人拿报酬。就这么说好的。'无毒不丈夫'——电影里常说的。意思是，不干点儿坏事的男人，不是真男人。"

"就这么被警察抓住了？"

"日本警察，厉害的。一下子，就识破了。他们查了，认亲的日本人去中国的时间，怀孕的时间。生意没做成。我被移送检察院了。"说到这儿，张永贵弄出了一些咔嗒咔嗒的声响，"我戴着，假手铐。没有链子的铁环。用来警告自己。我，很穷。一不小心，就会干坏事，搞钱。所以要让自己不忘记，戴手铐时的绝望。"

听张永贵的口气，他似乎正在张着大口的地狱上方走钢丝，极力保持着平衡，生怕出一点儿差错而掉下去。

"村上这个名字，我常听母亲说起。"

"您母亲都说了些什么呢？"

"为外祖母的葬礼，表示感谢。一九四一年。我母亲一家去了中国东北。她六岁。那里条件很艰苦。到那儿不久，外祖母就病死了。五月十二日，是她的忌日。村上夫妇安慰我母亲，还代替我母亲那没用的父亲办了丧事。"

"我头一回听说啊。"

"在中国时，我母亲，每年都带我去上坟。是她生母的坟，上坟是应该的。我母亲，常对我说当时的事情。"咀嚼食物的细微声响、吞咽声、碟子发出的叮当声。"母亲回国定居后，每逢外祖母的忌日，都会关心，村上家回国了没有。还参加，遗孤集会，打听下落。"

"没在集会上遇到您母亲，真是太遗憾了。我和我母亲是在哈尔滨的难民收容所里待了一年才回日本的。逃难途中，哥哥跟我们失散了，可最后也踏上了祖国的土地。关于我哥哥，您听说过些什么吗？"

"听说过。我母亲，讲你哥哥最多。打仗时，我母亲的父亲，被军队叫去了。只剩下我母亲一人，只有十岁。所以，得到了村上家的照顾。"

我极力挖掘着童年的记忆，觉得那会儿围着饭桌吃饭时，好像是有个比我大的女孩——她梳着小辫，十分可爱。

"你哥哥对我母亲说，'我保护你'。还拿出木头枪来给她看。我母亲说，她非常高兴。一说起你哥哥，她就很怀念。"

哥哥当时才七岁，正在上开拓团里用砖瓦建的国民学校。当时，高年级学生是用真枪来进行军事训练的。低年级学生则配发了木头枪，在体操课上进行持枪训练。我回想起了小时候兴致勃勃地看着手持竹枪的学生们朝着一排稻草人突刺的情景。然而战争对那时的我来说只是遥远的、虚幻的景象。

我的脑海里浮现出了哥哥手持木头枪,对着比他大的女孩逞强说"我保护你"的情景。那个女孩应该是跟着我们一起逃难的。哥哥右手拉着我,左手牵着那个女孩的手。可是,后来那女孩在路上发起了高烧,没法儿再带着她走山路了。无奈之下,我们只得在某个开拓团遗址将她托付给了一对中国夫妇。我还回想起了哥哥在临别之际,哭着跟她道歉的情形:"对不起!对不起!说好要保护你的,可是……"

正发着高烧的女孩,满是汗水的脸露出了微笑,对他说道:"谢谢你,阿龙。"既然张永贵的母亲已经去世,那么那一次的告别,应该就是哥哥与她的永别了吧。如此这般,在追寻真相的过程中,原本早已遗忘了的哥哥的形象,又一点点地露出了记忆的水面。

"哦,对了,对了。"张永贵大声说道,"还有人,在找村上一家呢。他在寻找,你哥哥的下落。"

"是谁?"

"等一下。我找一下,母亲的笔记本。"

随即便从左侧传来了翻动纸张的声音。

"找到了……曾根崎源三。还写着电话号码呢。"

第九章

我将液体探针挂在杯口，往杯子里倒入烧酒，液体碰到探针后，立刻就发出了"噼噼噼"的警示声。随即我又摸索着打开了三角形的盒子，取出两片镇静剂。可正当我要就着烧酒将这两片药一口吞下时，手机响了。

"喂，喂？"我接听后，对方却没有回应，"请问您是哪一位？"

过了一段像是在琢磨的时间后，手机里传来了带有中国腔的日语。

"是村上……和久吗？"

"是的。您是哪位？"

对方像是难以回答似的，陷入了沉默。我能听到他迟疑不决状态下的喘息声。

"我可要挂了。"

"等等！我是村上龙彦，是你的哥哥。"

我一时说不出话来。想要发出的声音在喉咙里噎住了，而从张开的嘴里冒出的只有空气。剧烈跳动的心脏撞击着我的肋骨内侧，就跟被牛踢着了似的。握着手机的手掌心里也渗出了汗水。

哥哥？他说他是我的哥哥？

"你……"我勉强挤出沙哑的声音来问道，"你说你是我哥哥？"

说出口之后，连我自己都觉得这个问题十分愚蠢。因为我问了个无须问的问题，却忘了说最要紧的话。

"我的哥哥在岩手县的老家呢。你要是想打这种恶意的骚扰电话的话……"

"在岩手县的村上龙彦是假冒的。我才是真的。"

为了证明岩手县的"哥哥"是个冒牌货，自己才四处调查的，不是吗？刚刚证实了自己的怀疑，可一接到自称真哥哥的电话，却马上又为假哥哥辩护了，这不自相矛盾，滑稽可笑吗？这或许是我一时无法相信突然打来电话的这个家伙的缘故吧。

"那家伙夺走了本属于我的人生。为此，我……作为遗孤回国定居的梦破灭了。所以我才偷渡过来的——一个月前，藏在集装箱船上的集装箱里。既然那个冒牌货夺走了我的人生，已经回国定居了，我还有什么办法呢？"

"集装箱""偷渡"。这两个词语激活了我的记忆。我觉得之前在收音机里听到过这样一则新闻。好像是说，因为透气孔被堵上了，许多偷渡者死在了集装箱里。但是还有一人在逃，一人遭逮捕后，正在住院治疗。

"我知道那个新闻。你就是那个在逃的偷渡者吗?"

"是的。我躲在死尸堆里,趁警察和入境管理局的人不注意,跑掉了。我听说战败后,有的遗孤藏在同胞的尸体堆里,结果真的存活了下来。我用的是同样的方法。"

听着对方的说话声,我的内心渐渐地冒出了一种亲切感。这声音确实听着耳熟,是能给我带来安心感的声音……

"你忘了吗?当时才四岁的你,一天到晚都跟在我的身后。在东北的时候,我很照顾你的,是不是?现在轮到你照顾我了。"

我的本能——或者说是我体内奔腾的血液告诉我,这人真是我的哥哥。可是,我也不能囫囵吞枣似的就这么相信了他的话。我需要确凿的证据。

"你要是真的,就跑到我跟前来,证明给我看。"

"不行,现在还不行。有人在追杀我。那些家伙十分可怕,我一露面就会被干掉的。"

"你说的'可怕的家伙'是什么人?"

"我不能说。总之,你谁都不能信——除了我以外。"

"我可还没相信你呢!"

"你别用这种见外的口气跟我说话。我要说什么你才信?说逃难途中被日本兵砍伤了后背吗?说在渡松花江时被大水冲走了,还是说右胳膊上烧伤的伤疤?"

被暖炉烧伤这事,应该只有为他处理伤口的大久保一人知道。难道他真的是……

"还是要我告诉你,我被中国的养父母救起来,他们给我取了个'徐浩然'的中国名字,把我养大的事?"

"徐浩然?这是你的名字吗?"

岩手县的"哥哥"说自己是被一对刘姓夫妇收留后,当作养子抚养大的。这么说来,倘若电话那头的家伙是真哥哥的话,那就连刘姓夫妇也成了冒牌货。也就是说,他们谎称养父母,伙同"哥哥",三人——虽然据说养父已去世,但这也可能是假的——联手起来欺骗我和我母亲。

"你没听说吗?那是我的中国名字。本名是村上龙彦。"

"对我来说,你只是徐浩然……"

没得到确切证据,我是不能称他"哥哥"的。这个徐浩然,或许只是在遥远的过去,在东北和我一起玩耍的中国小孩罢了。这么一想,觉得他的声音比较耳熟,也就解释得通了。当时,开拓团里中国劳工很多,我和哥哥经常跟他们一起玩耍。

"大王,别死,还要相扑。约定。"

我突然想起了离开开拓团那天,有个中国男孩于临别之际与被誉为"横纲"的哥哥拥抱的场景。

"这样啊……"徐浩然的声音里夹杂着叹息声,"好吧。你只把我当作徐浩然也没关系。总有一天,会真相大白的。不管怎么说,你都不能相信那个冒牌货所说的话,否则你会有生命危险。"

到底谁才是冒牌货?抑或他们俩都是冒牌货?

"你是怎么知道我的手机号码的?"

"要查的话……方法很多啊。"

我听出他这是在糊弄我。为什么要隐瞒呢?知道我的手机号码的,只有由香里、从前帮助过我的视障人士训练中心的职员,以及遗孤援助组织的比留间和那位老妇人了。如果其中没有人告诉他,他是绝对不会知道的。

徐浩然是从什么人那里打听到手机号码的呢?要想调查训练中心的职员或比留间与我的关系,那可绝非易事。对偷渡入境,正遭到警察和入境管理局追捕的人来说,更是难比登天了。那么就是由香里了?由香里将他藏在自己所住的公寓里了吗?她一旦找到了我的亲哥哥,想必是不会放手的吧。因为六等血亲以内的亲属可以给夏帆提供肾脏。作为交换条件,由香里为他提供住宿……

"我可给你忠告了。"徐浩然的声音又在耳边响起,"不要听冒牌货的话。冒牌货的话听多了,耳朵总有一天会烂掉的。"

说完这句话,他把电话给挂了。我那紧贴在手机上的耳朵里,仍回响着徐浩然那瘆人的警告。

回过神来之后,我就一面回忆着操作顺序,一面调出来电记录,并拨了回去。"嘟—— 嘟—— 嘟——"返回的只有拒绝接听的电子音。

随后电话自动回答道:"您所拨打的号码无法接通。"

我咋了一下舌,挂掉手机。看来这个徐浩然已经不想跟我通话了。擅自打来电话，又擅自挂断电话，真是岂有此理。

紧接着，我又用手机给女儿打了电话。

"什么事？"由香里的声音显得有些不耐烦，"夏帆正要做透析呢。"

"啊，其实……"

"什么事？有事快点儿说。"

"啊，哦。刚才我接了个电话……怎么说呢……"

"我说，下次再说，好不好？"

"等等，只说一句就完。我有话问你，徐浩然……是不是藏在你那里？"

"啊？你说谁？"

尽管我以出其不意的方式将自己的推测抛了过去，可由香里的反应却没有丝毫的不自然之处。

"啊！我的香烟……"

"香烟？你抽烟了吗？"

在公民馆的会议室里与比留间交谈时嗅到的香烟味再次引起了我的注意。那个在场的第三者，到底是谁呢？

"不可以吗？"由香里说道，"我现在已经不能给夏帆提供肾脏了，可要是早点儿死了的话，就能献上剩下的那一只了——这当然是半开玩笑的。可我也不能当面对夏帆说呀。我一说，她肯定会哇哇大哭着跟我道歉的。可我想听她说的是'谢谢！'，而不是'对不起！'啊。"

她那种强忍着哭泣的语调，让我胸口沉闷，透不过气来。

"要透析了，先这样吧。"由香里说着便挂断了电话。

我疲惫不堪地长吐了一口气，在沙发上坐了下来。哪些是真实的，哪些是谎言？到底是谁，出于什么目的而作伪，又想欺骗谁？——所有这一切，我全都不明白。

自从开始调查"哥哥"的假遗孤嫌疑以来，迷雾越来越浓了。从遗孤援助组织的比留间那儿，我受到了暗示性的威胁；当天回家的路上，差点儿被什么人推出路口——要是我转身不及时，恐怕早就葬身于车轮之下了吧；身在岩手县的"哥哥"则打来电话说"有人看到你拿着小瓶子从储藏室里出来"。

而今天，我竟然接到了自称真哥哥的人打来的电话。

我到底该相信哪个呢？

高中毕业后，我选择成为一名摄影师而非公司职员。然而摄影界其实是个相当封闭的小社会，不仅在师徒关系上等级森严，遇事还得找门路，靠人脉。可即便如此，我也没有气馁，靠着手中的相机，不停地拍摄着日本各地的优美景色和深厚的历史文化传统。

一九六六年，我与一位为出版我的摄影集而尽心尽力的女性编辑结婚了。三年后，由香里就出生了。之后，我的摄影作品逐渐得到了社会的认可，靠着夫妻俩的收入，我们也置下了属于我们自己的房产。因此，除了待在难民收容所里那噩梦般的一年，我觉得我的人生基本上还是幸福的。

但是,在中国东北的那段经历也并非成了过眼云烟。它犹如一只滴血的魔爪,一直在悄悄地靠近我,给我以伤害。它所带来的最初的变故是,我的视力模糊了,小字看不清了。当时我已经四十岁了,所以我原以为那只不过是眼睛老化得早了点儿罢了。那会儿我正沉浸在提着照相机全国飞的快乐之中,根本没有在意身体状况。

直到开始影响拍摄工作,我才去看了眼科。检查的结果是我患了白内障。我这才回想起,由于在难民收容所那会儿营养不良,有段时间我曾双目失明。看来从那时起,我的眼球里似乎就埋下了一颗炸弹。据说,由于晶状体里是没有血管和神经的,所以即便发生了病变,人也感觉不到疼痛。

靠药物无法阻止其恶化。晶状体浑浊无法逆转,与照相机的镜头不同,也不能随意更换。视力只会不断变差。唯一的手段就是做手术,说是可以将硬化了的内核整个取出来,再植入一个人工晶体。据说,由于手术时只做局部麻醉,身体还是有感觉的,不仅能听到周围人的说话声,自己也能够说话。

医生的说明令我十分害怕,以至我拒绝了手术。然而,过了一阵子再去眼科检查时,我却发现为时已晚,已经错过做手术的时机了。当我被告知不久之后便将双目失明后,我的社会地位、人际关系、价值观通通崩塌了。一种人生已经终结了的绝望感,令我连食物都难以下咽。我也曾怀着是否被误诊的一线希望而去别的医院复查，结果却是一次次遭受无情打击……

"初雪洗眼睛，越洗越明亮。"

我甚至开始迷信，照着母亲所说的故乡老话去做了。可依旧毫无效果。看了四十一年的花花世界消失了，使用了多年的文字也消失了。从那时起，我就沉浮于黑暗之中了。

日常生活中的一切都成了大麻烦。即便在自己家里，我也无法独自走动；不能给上初中的由香里辅导作业；吃饭时筷子夹不着菜，失败了几次后，居然不耐烦地直接用手抓了塞进嘴里。

要是在被告知将会失明的那会儿就开始生活训练就好了。盲文、步行、吃饭、外出——据说要是在眼睛还看得见的时候就开始训练这些项目，今后的生活就会大不一样。为此，医生曾执着地劝了我好多次。可我却什么都没做，因为我觉得要是这么做了，就等于接受了没有光明的未来，也就失去了最后一缕希望。

不肯面对现实的结果，就是自己成了一无是处的废物。

"吃饭掉饭粒，眼睛看不见。"

我经常会回想起小时候母亲对我说过的这句话。我小时候确实吃相不好，难道我双目失明，真是报应吗？见鬼！我可不是因为干了坏事而失明的。

"买根导盲杖，怎么样？"妻子菜菜美曾这么建议过多次，"学一学，我们一起去外面走走。"

视障人士外出必须持导盲杖，或带上导盲犬——这是《道路交通法》第十四条规定的。可我对这两样东西都不接受，觉得一旦用上了这种东西，长时间建立起来的自尊也就垮了。失去了视力之后，我仍在逃避现实。整整七年时间，我都是足不出户度过的。因为即便到了外面，眼前依旧是无边无际的茫茫黑暗，跟待在室内又有什么区别呢？人群的喧嚣？都市的噪声？大自然的气息？没了看得见的景象，这些不全都是幻觉吗！

据说人所获得的外部信息有百分之八十五都来自视觉，而我已经失去了。我不相信靠别的感官所获得的信息，而是依赖于他人的眼睛。建立在视力正常者肩上的生活，是多么轻松啊。

后来，菜菜美和由香里都不当着我的面看电视了。失明前，就连争夺遥控器都是一种乐趣，不论谁赢了，大家都会津津有味地观看获胜者所选的频道。

如今的家里已听不到欢笑声，就跟每天都在办丧事似的。而我则变成了一缕孤魂，在空中俯瞰着自己的丧事……

失明之后，每逢寂静无声的时候，我所"看到"的，就尽是些焦躁不安的脸、不耐烦的脸和怨气冲冲的脸。只要她们不说话，我就会怒火中烧，难以自抑。

"说话呀！又在琢磨怎么逃走了，是吧？"

我时常会因一点儿小事而光火。每当菜菜美建议我去住宿制的视障人士训练中心，我就会出于莫名其妙的妄想，对着她怒吼："你是想丢掉我这个包袱了，是不是？"妻子唯有掩面哭泣。而由于看不到对方的脸，她的哭泣之声又只会使我的不快与焦躁变本加厉。

就在由香里参加成人礼的一个月之后，有一天，菜菜美将一支钢笔塞进了我的手里。

"这是大学要填写的资料，必须由父亲签名。"

漆黑一片之中，写字十分困难。不过用了带有长方形开孔的尺子一般的写字导向板，就能在限定的范围内较为端正地签名了。

我照她所说，老老实实地写下了自己的名字。

当天，菜菜美就没有回家。我心想，莫非她……伸手去橱柜和书架上一摸，发现那上面的东西全都不翼而飞了。

看来我每天都生活在妻子的照顾下，却没有发现她的东西在一点点地减少。过了几天，我终于明白，我们已经办完离婚手续了。想来妻子知道，好好跟我说，我也绝不会答应，所以就只好骗我在离婚协议书上签名了。

我怒不可遏，发疯似的将空空如也的书架推倒在地。然而气喘吁吁之后，内心反倒渐渐地恢复了平静。原来我已经成了这么大的负担，以至妻子不惜采用如此手段从我身边逃走。可等我意识到这一点，为时已晚。无论我怎么后悔，也都无济于事。

倘若要去告她一个伪造文书罪，也未必告不赢吧。不过我没有这么做。因为我觉得，既然她这么想从我身边逃走，那么为了双方的幸福，还是断然放手为好。

由香里好像早就知道她妈妈要跟我离婚了。这是明摆着的。妈妈从家里一点点地拿走自己的东西，做女儿的，怎么会毫无察觉呢？后来由香里说，她也曾劝过妈妈，可妈妈已不肯回心转意了。也难怪。我在失去视力的同时，也失去了希望之光，总是在黑暗中沉溺下去，被人拉上来，随后又沉溺下去……想必七年以来，菜菜美已烦透了我的任性与动辄发怒的臭脾气吧。女儿则出于同情，并未一起离去。自那以后，打扫卫生、洗衣服、买东西、做饭——所有的家务全都落到了她的身上。只要她从大学回来得晚一点儿，我就会不断地打传呼机[1]催她。就连用洗衣机洗衣服这种事情，我也干不了。因为妻子用的是多功能洗衣机，我根本弄不清该怎么操作。

吃饭时，我也离不开女儿的提醒。

"饭在右边。"

我朝右边伸出手后，手指却浸入了液体之中，烫得我手臂发麻。"好烫！"而当我出于条件反射缩回手时，手指又带翻了汤碗，酱汤的气味一下子就弥漫开来。估计女儿所说的"右边"，是从她的视角看的右边吧。

女儿忙着擦拭时，我却板起脸来说道："左边、右边的，谁搞得清楚？你直接放到我手里不就行了吗？"

说着，我朝黑暗中伸出了左手。碰到了饭碗后，我紧紧抓住，递到嘴边后，用筷子扒饭。

---

[1] 又称 BP 机、CALL 机，手机尚未普及时的一种辅助性通讯工具。被人拨打后，能显示来电号码，以便回电。

那会儿，我唯一的乐趣就是"看"记忆中的照片。

我的工作室的书架上排列着几百本相册，柜子里也塞满了底片。

"你看哪，由香里，"我翻开一本秘藏的相册说道，"右上方这张，是爸爸刚出生时的照片。一九四一年六月二十五日。"

"嗯，上面是个小宝宝。右脚的脚踝上系着一根带乌龟图案的缎带呢。"

"估计是充作护身符的吧。据说当时是有着将象征吉祥的鹤啦、乌龟啦之类的图案缝在和服背上，替孩子驱赶妖魔的习俗的。"

我一边解释着，一边翻动相册。这是一本我最珍爱的相册，里面放的照片都是经过我的精挑细选的。不仅有我的，也有母亲和女儿的照片。由香里出生、过"七五三[1]"节、参加入学典礼和毕业典礼——由于我早就看过不知多少遍了，所以哪一页有些什么照片我都清清楚楚，甚至连这些照片的细节也都能回想出来。

"你看，你在阳光下笑得多么灿烂啊。"

"嗯。"由香里十分怀念地说道，"我在公园里比 V 形手势呢。"

我时常翻开这本相册，与女儿分享美好的回忆。对于既看不

---

[1] 祝贺儿童成长的节日。每年 11 月 15 日，三岁、五岁的男孩和三岁、七岁的女孩以参拜神社或寺庙的方式来庆祝。

到日益长大的女儿，也无法见证城市发展的我来说，只有保留在记忆与照片中的过去才是唯一的现实。

离婚后，菜菜美过得怎样，我一无所知。但两年后，我接到了她的讣告，说是死于交通事故。虽说惊闻噩耗时，我内心的疼痛也只到手指尖被棘刺扎了一下的程度，可在她的葬礼上，我却禁不住号啕大哭了一场。

一个寒风呼啸的冬夜，我在工作室里抽着烟，翻弄着相册。正当我沉湎于怀旧之情时，手中的香烟不觉掉了下去。我"啊！"地惊叫了一声，赶忙俯身趴在地毯上，伸手在漆黑一片中摸索着。在哪儿？掉在哪儿了呢？

抽了半截的烟头实在太小了，我怎么摸也摸不到。桌腿周围、椅子的滚轮边、杂志堆附近——凡是有可能的地方我全都找遍了。

我吸着鼻子想闻到烟味。没有，嗅不到烟味。我趴在地上，四处乱爬，手指终于碰到了一个柔软的物体。死蚯蚓的触感。没错，就是香烟头。

悬着的心终于放了下来，我用手在书桌上摸索着，将烟头扔进了烟灰缸。

然而就在我坐回到椅子上不久，我就听到了不知什么东西的爆裂声，随即一股烟味就钻入了我的鼻孔。我回头看去，原本的一片漆黑也变成了藏青色——我感受到了强烈的亮光。

我不由得暗叫一声不好。火焰的爆裂声正在迅速扩散。我不假思索地伸出右臂，手指尖立刻感受到了灼热。毫无疑问，这屋子着火了。我刚才捡起的那个烟头，应该是以前掉落后，一直没被发觉的吧。真是太大意了。

我在黑暗中挣扎着，寻找着那本秘藏的相册。找不到。背后已传来了火舌舔舐木材、书籍的声音。

见鬼！

我只得放弃那本相册。我用手摸索着主桌，确认房门在我的正后方。正当我要一口气冲出去时，一股热浪扑上了我的面门。我不由得倒退了一步，因为那可是仿佛能在一瞬间将皮肤烤焦的热度啊。我踌躇不前了。大火究竟是在哪儿烧起来的？要是房门那儿已被火焰包围了，那我贸然冲过去，不就要被活活烧死了吗？我应该从右侧的窗口跳下去吗？可这儿是二楼，跳下去恐怕难免骨断筋折。

犹豫再三之后，我还是冲向了门口，一到那儿就全身都感觉到了热浪。我撞在木门上，摸索着门把手。浓烟直熏我的眼睛和鼻孔。摸到门把手后，我立刻转动着拉开了门，冲了出去。

"爸爸！这边！"

女儿拽住了我的胳膊。我跑下了楼梯，又与由香里一起跑出了大门。只听得看热闹的人们七嘴八舌地嚷嚷着"着火了！着火了！"。远处传来消防车的警笛声。

或可说是不幸中的大幸吧，房屋并未全部烧毁，也没有殃及近邻。

后来，房子倒是修复了，可那几百本相册和大量底片都化为灰烬了。我的人生也仿佛被通通烧光了。因为对没有未来的我来说，失明前拍摄的亲人和美丽的风景，就是人生的全部。如今却全都化为乌有了。

就在我万念俱灰之时，女儿由香里却塞给了我一本厚厚的相册。

"爸爸，没事的！你最喜欢的一本相册放在了别的地方，没被烧掉。"

我战战兢兢地打开了相册，抚摩着第一页上的照片。

"这张，就是爸爸还是小宝宝时的照片。右脚踝上还系着带有乌龟图案的缎带呢。"

我一页又一页地翻过去。每当我抚摩起照片，女儿都会为我说明照片的内容。我将相册抱在胸前，不由得泪如雨下。过去仍在。这是我人生的证据，是我曾经在这个世界上生活过的证据……

自那以后我就戒了烟。后来，在女儿的催逼下，我开始去视障人士训练中心接受训练。那儿居然是个充满欢声笑语的地方。因为尽管程度有所不同，但毕竟大家都有视觉障碍，故而不用顾虑些什么，反倒能让人觉得心安理得。

我选了一根比我身高短上四十五厘米的导盲杖。

这导盲杖的功能据说有三项：第一，能防止视障人士与障碍物相撞；第二，能借以明了自己所处的位置；第三，能让周围的人知道自己是个视障人士。

我在训练中心学会了导盲杖的拿法、摆动方法和节奏。简单来说，其原理就是靠杖头敲击地面后反射回来的声音的变化来预测环境。我们接受了在各种环境下的训练，诸如在住宅区里行走、横穿马路、过十字路口、搭乘交通工具等。

"即便走不了直线，也不要气馁。"老师热情洋溢地说道，"视力正常的人，也是利用视觉，在下意识中不断地加以修正才能走直线的。只要一点点地，一点点地加以修正，就行了。"

有一次在室外训练时，我突然听不到老师的声音了。之前老师总会做出提示，诸如"前面有沟，危险。要放慢脚步"之类的。现在听不到这些提示，让我觉得自己被老师抛弃在黑暗之中了。"老师？"我喊道。没有回应。就在我彷徨不知所措的当儿，老师开口了。

"提示太多，会觉得总能获得帮助，从而产生依赖心。今后除非真的有危险，否则我就不再提示了。打起精神来！靠自己克服了困难，自信心也就建立起来了。"

这话自然是千真万确的。可我还是希望得到帮助。比起独自努力，我更希望一直有人在身边照料我。来到训练中心后，我觉得自己不再孤单了，所以刚开始的感觉还是不错的，可自从老师开始训练我们独立生活后，我就觉得肩上的担子越来越重了。

结果，我仅仅学会了导盲杖的用法，就离开了视障人士训练中心。

学得多的，反倒是由香里。她戴上眼罩亲身体验了视障人士的感受，并学习了帮助视障人士行走以及照料其日常生活的技巧。而学习的成果，则在与我的共同生活中得到了充分发挥。

去饭店吃饭时，她会给我读菜名和价格。菜肴上桌后，她会用外时钟定向法告诉我碗碟的位置。也即不再说前、后、左、右，而是以小时为单位来确定物体的位置。外时钟定向法也同样适用于表明一个盘子中不同菜肴的位置。譬如说：六点钟方位是炸虾，十点钟方位是包菜，两点钟方位是西红柿，诸如此类。

渐渐地，我开始期盼跟女儿外出了。

"今天的天空怎么样？"

"蓝天，就是云有点儿多。"

"什么样的云？"

"形状跟乐器里的响板似的。"女儿发出了温和的笑声。

虽说之前总是有意避开有关视觉的话题，可其实，正因为我眼睛看不见，有人告诉我情景后，我就能发挥想象，并体味到愉悦的心情。这样一来，我的世界也呈现出色彩缤纷的景象了。

"闻到奶油香味了吧？右边有家蛋糕店。"

她会用这样一些能调动我听觉或嗅觉的话语来提供信息，从而激发我外出的兴趣。不仅限于此，她还会将地面落差、人行横道的情况、拥挤程度、车辆多寡等环境信息毫无遗漏地告诉我。

"这儿有块突出的招牌。爸，你以后一个人走的时候一定要当心。"

"有你在呢,我一点儿也不担心。"

对话突然中断了。那会儿,我正用右手摆动着导盲杖,左手拽着女儿的右胳膊肘。由于女儿身高较矮,我必须稍稍弯下腰。

"爸,我跟你身高相差太大,这样你很不方便,是吧?要不,就请一个照料你走路的护理师吧?"

"不要,我可不要来历不明的陌生人。我就要你。"

由香里又默不作声了。

女儿大学毕业,就职于一家旅行社之后,仍与我保持着"视障人士与护理员"的关系。每当她给我介绍她的男朋友时,我都会提出诸如"带我出去走走!""你扶着我点儿!""你要为我女儿承担一半!"之类的无理要求。尽管有些小伙子为了讨女朋友父亲的欢心,刚开始会十分爽快地什么都答应,可在两三个月过后,就总会以与我无关的各种各样的理由与由香里分手。

十年间,我大概吓跑了女儿五任男朋友吧。很快,我到了六十,女儿也三十二岁了。那一天,我又赶走了女儿带回家的未婚夫,气鼓鼓地坐回椅子上。

"真是个没用的东西!我问的话一句都答不上来。连护理技术也不肯学,来见我干吗?"

"我受够了!"由香里的怒喝声钻入了我的耳朵,"我不是说过了吗?他每天都要加班,哪有这个时间呢?"

"时间嘛,只要想挤,总能挤出来的。"

"我可不想……一辈子都做你的护理员。"

"怎么突然说出这种话来了？有你在，我才能活下去的呀。"

"你别太过分了！"

"是谁把你养大的！你忘了？"

"我也要过自己的生活。作为父亲，你也该为我想想吧！要是觉得一个人生活有困难，可以请个护理师呀！"

"跟你妈一样，你也想抛弃我吗？"

"你老是一会儿哄一会儿骂的……我已经受够了！"

我气得咬牙切齿，猛地站起身来。胳膊撞到了餐桌，耳边响起了玻璃器皿掉在地上的声响。我趴在地上摸索着，却没摸到那只玻璃杯。心烦意乱之中，我摸到了一块圆弧形的玻璃，立刻就捡了起来。

"爸，我要睡觉了。从明天起，早上你一个人吃早饭吧。"

我一时间火冒三丈，完全丧失了理智。在无能为力感和恼怒的驱使下，我将玻璃杯扔了过去——我是想给转身离去的女儿在墙壁上留一个表示抗议的印记。不料，惨叫声突起，同时响起了玻璃破碎的声音。

我一时间呆若木鸡。

"我的脸……啊！鲜血……"

由香里痛苦的呻吟声钻入了我的耳朵。

"要紧吗？"我朝着声音传来的方向迈出脚步，"我没想……"

"别过来！"由香里的声音从我的膝盖高度处传来，"玻璃碎了一地，危险……啊，好疼。"

结果就是，我们之间的关系也碎了一地。由香里说她的右脸颊上留下了深深的伤口，两天后，她就收拾好东西离去了。我无法阻止。我为自己一时冲动之下做出的鲁莽行为懊悔不已。唯有罪恶感带来的苦涩，一直残留至今。

于是我又回到视障人士训练中心，开始了生活自理训练。我所面对的困难，简直就跟被扔进了连月光都没有的大海中央一般。习惯了接受他人的帮助，时间一久，就将其当作天经地义的事情了。

既然已经不可能靠视觉来维持日常生活了，那就必须切实掌握其他感官的用法。起初，练习的是抓取物体之类简单的动作——用手背的小指一侧慢慢地扫过桌面，碰到东西后就将其抓住。因为倘若老是失败，就会失去自信，甚至会对人生失去希望。可即便是一些极为细小的事情，只要做成了，就能增强自信。

从前，我是个极为懒散的人，东西总是随手乱丢。可在双目失明之后，我就注意起东西的放置位置来了。放置得当，下次要用的时候，就不用四处乱摸了。

盲文的学习十分困难，据说在视障人士中，只有百分之十的人能读懂盲文。但是为了尽量让自己的余生过得舒适一点儿，我还是对此发起了挑战。

"只要能摸出第一排是一个点还是两个点，就离学会不远了。"老师热情洋溢地说道，"然后就一排排地往下摸，搞清楚是一个点还是两个点就行了。"

由于过了六十岁,手指的触觉已经不敏感了,所以要做到这一点也很不容易。这就相当于上了年纪之后再学第二门外语。事实上,让手指准确地滑过一个字,就已经很难了——因为盲文是横排的,而要读懂连续的盲文,更是难上加难。因为字与字之间的空格并不大,摸起来就跟所有的点都连在一起似的,很难加以区别。

刚开始用的教材上都是六个点全为凸点的"め",一连几十个,目的是训练手指头每次仅滑动一个字的距离。每天如此。由于每一行长度不一,所以读完一行后,必须回到开头处,然后再移到下面一行。我坚持练习了半年多,终于能花一个半小时读完一页盲文了。老师希望我能练习一年,达到五分钟读完一页的程度,可我没做到。不过在过了八年之后,我也提高到十来分钟读完一页的程度了。

最后,我终于习惯了全盲的世界,能够独自料理自己的生活了。但是,唯有孤独与失落感,一刻都没有得到过慰藉。妻离子散的人生,就像一艘老朽的船,孤零零地漂浮在波涛汹涌的大海上。我希望与女儿重归于好,也希望跟外孙女共同创造美好的回忆。

为此,除了让夏帆成功移植肾脏,别无他法。

第九封盲文俳句，寄到了我家。

食蚊鸟[1]，沾满鲜血的双手，无法擦净。

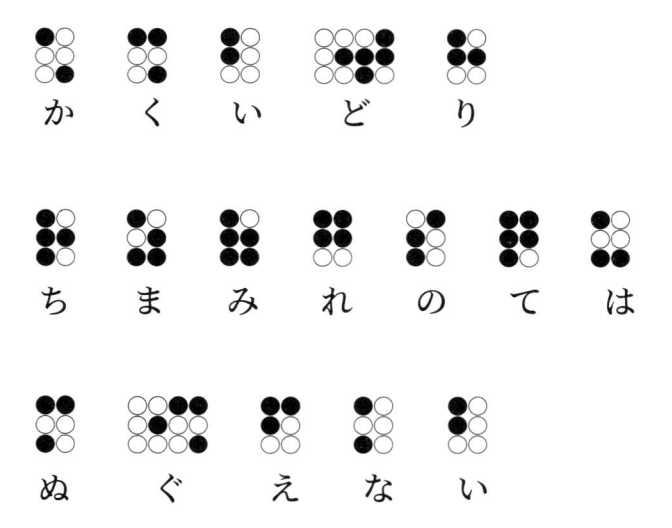

かくいどり

ちまみれのては

ぬぐえない

---

1 日语中蝙蝠的异称。

第十章

导盲杖的前端传回了碰到树脂制品的触感。敲击在不同部位，发出的声音也不同。那声音有点儿像是纸板箱发出的，也有点儿像是塑料发出的，还有点儿像是包包之类发出的，是稍硬一点儿的反弹声——是垃圾袋吧。

哦，今天是扔垃圾的日子。最近太忙，竟然把这事给忘了，只能算了。

我摆动着导盲杖迈开了脚步。

"喂，村上先生，请稍等一下。"右侧响起了一位妇女的说话声，"你把垃圾袋扔到我们家门口了吧？"

"哎？我还没拿垃圾出来呢。"

"哦，是嘛……那是谁呢？有些人真是缺乏常识。"

随即，便传来了不耐烦地翻动垃圾袋的声响。估计她是想通过检查袋中的垃圾来确认乱扔垃圾的人吧。我虽然不知道她是否在朝我这儿看，可还是朝她那个方向微微地鞠了一躬才离开。

在等红绿灯的时候，我不禁琢磨起那些盲文俳句来。用词惊心动魄的那些俳句,到底是谁寄来的呢?目的又何在呢?

说到这些俳句的共同点,那就是都没有"季语"了。如果是日本人写的,那他就应该懂得表现季节的重要性。会是日本人……吗?如果寄信人是中国人,又会怎样呢?听说中国的俳句叫作"汉俳",是不重视季语的。

会是那个自称真村上龙彦的徐浩然吗?他在中国生活的时间长,比起俳句来,更喜欢"汉俳"吧。可即便如此,我仍搞不清他的动机。他到底想传递些什么信息呢?倘若真是他,有什么要说的,直接打电话不就行了吗?何必要搞这种猜谜似的勾当呢?要是这些俳句中隐藏着什么暗号,那就说明寄信人身不由己,非得采取这种方式不可了吧。

我站在人行横道前,等候着红绿灯的变化。眼前,横贯的汽车声络绎不绝。我感觉等了两分钟左右后,左侧开始传来与我前进方向平行的引擎声了。既然身侧的车道是绿灯,那么眼前的车道自然就是红灯了。我竖起耳朵,仔细确认是否有汽车靠近的声音,用导盲杖敲打着路面,跨出了一步;随即便是两步,三步,四步——随着咔嚓一声,从杖头传来的信息消失了,手臂感受到的重量也减轻了一半。

"不会吧?!"我内心惊呼着摸了一下导盲杖,发现果真已从中折断了。与被称作老人的第三条腿的拐杖不同,导盲杖是不承载体重的。那么它为什么会折断呢,又没有被卷进汽车轮子里?

我被扔在无法确认周边状况的地方，陷入了恐慌之中。导盲杖的杖头能传递场所、距离、方向、地形、障碍物等各种各样的信息，而此刻的我却失去了这一切。

肯定有什么人为了阻止我调查，在导盲杖上做了手脚。

我突然想起，腰包里还有一根折叠式导盲杖，便赶紧将其拿了出来。要不是时刻准备着，如今就只能站在斑马线上张皇而不知所措了吧。

非折叠式的直杖经久耐用，路况信息能从杖头直接传到我的手上。缺点是，我往往不知道该把它放在哪儿才好。而折叠式导盲杖尽管携带方便，却容易折断，再加上连接部位会吸收部分振动，信息的传递也就打了折扣。

我用不习惯的折叠式导盲杖敲打着路面，好歹走完了人行横道。

这时，我的左臂突然有种被箍紧了的压迫感——是被什么人抓住了。这一突然袭击，令我的心脏怦怦直跳。

"请问……"对方可能是想帮助视障人士的热心人，所以我尽量语气平和地问道，"有什么事吗？"

"你是村上和久吧。"这是个像是从被香烟熏坏了的喉咙里发出的沙哑的嗓音。

"是的。你是……"

"我们是东京入境管理局的。"

看来我跟前有两个人。东京入境管理局？那不是个处理外国人相关问题的机构吗？如今来找我……要么是为了还待在岩手县老家的"哥哥"，要么是为了徐浩然偷渡一事吧。

我奋力甩开了对方仍紧抓着我不放的手。

"连个招呼都不打，也太不礼貌了吧！"

"请问……出什么事了吗？"又响起了一个年轻女性的声音，"需要叫警察吗？"

"小姐，我们是入境管理局的。"另一个男人回答道，"不用担心，请确认一下我们的证件。"

"嗯……上面写着法务省呢。照片嘛……也是对的。对不起，我太性急，误会了。"

随后，高跟鞋发出的轻快的脚步声便快速离去了。

"当然了，要是也能让你确认一下就好了……"

"这倒不必。"我说道，"我并不怀疑你们。只是你们突然抓住了我的胳膊，吓了我一跳。那么，找我有什么事呢？"

"徐浩然，"那人用沙哑的嗓音回答道，"知道的吧？有联系吗？"

这种高压、霸道的口吻，让人联想起战争年代的关东军士兵。我没有贸然回答。因为，偷渡入境的徐浩然声称自己是真正的村上龙彦。果真如此的话，这个在平成[1]年号已用了二十多年之后仍不得回国定居的遗孤，即我的亲哥哥，或许会因我的草率

---

1 日本第125代天皇明仁的年号，1989年1月8日—2019年4月30日。

而被遣送回国。

"谁呀，那个姓徐的？是韩国人吗？"

"别装疯卖傻了。他是中国人。你们已经有过接触了，不是吗？"

"你们认错人了吧？"

"徐浩然在中国可是遭警察追捕的罪犯，专搞诈骗。如今，他在哄骗拥有日本国籍的人，企图获得滞留资格。还有些人受他那计划的蛊惑，已经发展为同伙。"

"他怎么会……"这话一出口，我就慌忙打住，可还是为时已晚。

"怎么样，露马脚了吧？"那个嗓子沙哑的家伙嘲笑道。

"看来，你已经受到他的蛊惑了？他在哪儿？"

要不要告诉他们我接到过电话的事呢？那个徐浩然是为了伪装成遗孤，才特意去调查了村上龙彦的经历，来与我接触的吗？还是说，入境管理局的人为了逮捕他，才编了刚才那些话？我到底该相信哪个呢？

"他在哪儿……"我回答道，"我不知道。"

"哑嗓子"咋了下舌，脚步声又逼近了一步。我的肌肤都能感觉到他对我的敌意和他内心的焦躁。

"好了，算了吧。"另一个家伙说道，"要是徐浩然来找你，请与我们联系。那个人巧舌如簧，很会骗人，是那种鬼话连篇，能说得连自己都信以为真的家伙。也难怪别人一听就上当。"

在特别养护老人公寓的茶室里，护理人员与老人们的说话声此起彼伏。有语速很快、连珠炮式的说话声——仿佛要充分利用余生，哪怕多说一句也好似的；有迟缓磨叽的说话声——就跟从生了锈的旧机器上发出的一样。声音形形色色，不一而足。然而，所有声音都不带一丝伤感，爽朗明快，叫人联想到鲜花盛开。

右侧还传来了将棋或围棋的棋子拍在棋盘上的声响。

我坐在椅子上，喝着绿茶，等待着。不一会儿，就有一阵宛如呻吟的"吱——吱——"的声音靠近了。随即，它停在了我的面前。

"我是曾根崎源三。很抱歉，我只能坐在轮椅上跟你说话了。"

这人的嗓音让我联想起了涩柿子。听第二代遗孤张永贵说，这个曾根崎也曾移民中国东北，之前还寻找过我哥哥——村上龙彦。

"初次见面，请多关照。"我站起身来，隔着桌子伸出了右手，"我是……"

"抱歉，我是个左撇子。"

我收回右手，又伸出了左手。一握之下，感觉他的手就跟被寒风吹断了的枯枝似的。

"我是村上和久。"

"哦……！"曾根崎那沙哑的嗓音中夹杂着颇具感叹意味的兴奋，"是村上家的老二吧？"

"是的。曾根崎先生也曾移民中国东北吧。"

"嗯。我老家是长野的。"

"是……长野县吗?据说那是移民人数最多的一个县,是吧?"

"是啊。那是县里的方针嘛。自大正[1]年代起,海外发展主义就是'信浓教育会'的主流,移民则为其五大教育之一啊。老师整天向学生鼓吹海外有多么好,教育他们'去海外发展!''去海外发展!'的。市、町、村里都设立了'信浓海外协会支部',学校则设置了'拓殖科'。我的父亲就是教育界人士,所以我听得耳朵里都快生出茧子来了。"

我突然想起那个做志愿者的老妇人说过的话,移民们"原则上是同乡组团的"。我们一家可是岩手县的呀。

"曾根崎先生不是岩手县的吗?"

对方陷入了沉默,周围老人们的交谈声显得愈加响亮了。

"同乡组团这原则也不是绝对的,我们确实是同一个开拓团的。听到战败的消息后,我们还一起逃难过呢,你不记得了吗?"

他突然变得吞吞吐吐,给人以辩解的感觉。怎么了?曾根崎是隐藏着什么吗?

"对不起,我那会儿才四岁。"

---

[1] 日本第123代天皇嘉仁在位期间使用的年号,1912年7月30日—1926年12月25日。

"哦，是啊，是啊。你那会儿确实还是个幼儿。我记得很清楚，就跟昨天的事似的。"

"听说战后您一直在寻找我哥哥？"

"……是啊，我找过的。直到现在，我还会梦见那一幕呢——他被松花江滔天的浊浪卷走了。我应该背他的……可我那会儿确实是自身难保啊……"

这话应该是出自真心的吧。曾根崎的声音就像一棵遍体鳞伤的老树。每当他吐出一字一句，都会带出痛心疾首的呻吟声。

"这不是您的错。"在他如此语调的煽动下，我也感觉到往日的痛苦正汹涌而来，"……当时，我们的母亲背着的是幼小的我，而不是哥哥，所以他只能靠自己的力量过河，结果……就被冲走了。"

现在想起来，母亲为了能让我活下来，真是费尽了心思。无论是在环境严酷的异国，还是在战后贫穷的日本，都是如此。然而，在四十一岁时双目失明的我，却将焦躁、愤懑的矛头指向了母亲。因为我坚信，在难民收容所期间自己营养不良是眼病的主要原因——事实上，当时我就出现过两眼暂时性失明的问题——而我们之所以逃难过迟，就是因为母亲相信关东军会保护开拓团。对母亲这种短浅的目光，我痛恨不已。

"……村上龙彦先生的事，我记得一清二楚。逃难时，他背着沉重的背包，步履蹒跚地走着。"

背包？

我觉得有些不对劲，便努力发掘着四岁时候的记忆。确实，哥哥他是背着塞满了食物和衣服的背包的。除了睡觉的时候，他总是包不离身。对了！那是在苏联飞机的扫射撕裂了马匹，马车无法运载货物之后——那一幕的情形，至今仍历历在目。

可是不对呀！

哥哥他要是背着背包的话，就不会被军刀砍伤后背了。而他被砍伤的那一瞬间，我是亲眼看见的，也知道他背上有这道伤疤。肯定有什么不对。我的记忆……在什么地方出错了。然而，一旦我努力回想，就会引发剧烈的头疼，就跟有人用木头锤子敲我的脑门儿似的。

我按着前额摇了摇头，问曾根崎道："你寻找我哥哥，是觉得自己对他负有责任吗？"

"我……"话语中断了。

从右侧一如既往地传来不知是将棋还是围棋的棋子拍在棋盘上的声响。

"我很后悔。一切都让我后悔。"曾根崎停了一拍后继续说道，"当时，在难民收容所里那会儿，我跟我儿子分开了。那时他病得只剩下一口气了，一个实在看不下去的东北人说：'把他给我吧。'我别无选择。半年后，存活下来的我被遣送回了日本，对儿子的吉凶生死却一无所知。但在二十多年前，在参加'访日调查'的认亲活动时，我竟然与他重逢了。他脸上那道烧伤的伤疤令我确信，他就是我儿子。那是在逃难途中遭遇轰炸时受的伤。我当时很想紧紧地拥抱儿子，可是，最后我忍住了眼泪，说了声：'这人不是我儿子——'"

"为什么要这么说呢？"

"那时我已经退休了，生活十分拮据，承担不了身份担保人的重任，所以就否认了。后来我十分懊悔。等到不是亲属也能成为身份担保人的'特别身份担保人制度'出台时，我儿子已在那边病逝了。"

他的语调十分沉痛，仿佛被自己的叙述压垮了似的。我似乎看到了一棵无人照料而不断枯萎的孤独的老树。

"我之所以寻找村上龙彦……"说到这里，曾根崎像是鼻子出气似的呻吟了一声，"抱歉，我尚未下定决心，请再给我一点儿时间吧。但是，我很想与他本人交谈，在我有生之年……"

他跟哥哥的关系，到底是怎么回事呢？在逃难时，我们家跟他家，似乎也没怎么交流过。虽说我四岁时的记忆模糊不清，难以成为确切的证据。

我强烈地感受到，曾根崎肯定隐瞒了什么。

"哦，对了。"曾根崎像是为了改变话题似的，用他那沙哑的嗓音说道，"听说你正在走访当时与开拓团有关的人，是吧？"

"是的，我正在采访各种各样的人。"

"我在寻找村上龙彦时，曾遇到过一名女性，说是与村上一家同时期到达中国的。"

"真的？"我不禁探出了身子。既然是与母亲同时期到中国的，那么她肯定在东北与哥哥有过长期接触。"我想见见她。"我说道。

"……她住在北海道。你要是想要她的地址，我就去查一下，然后告诉你。"

这时，随着棋子拍在棋盘上的声响，右侧响起了一个老人颇为自豪的声音："将军！"

第十一章

　　东京下起了倾盆大雨。敲响金属板的雨点声、令无数树叶唰唰作响的雨点声……我左手持伞，右手摆动着导盲杖，走在人行道上。大晴天里杖头敲击路面所发出的声响，清脆而响亮。可到了下雨天，就变得阴郁且沉闷了。走了一阵之后，我来到一个地方，雨点敲打在尼龙面料上的声响往来交错，弹跳声时而变大，从我身旁掠过，又渐渐远去。

　　穿雨衣的话，其帽兜会使声音发闷，叫人难以分辨外界状况；而撑伞的话就没有这种危险了，况且即便前方有障碍物，也是它先碰到，可以保证面部的安全。

　　今天我没有走在盲道上，因为下雨天的导盲砖又湿又滑，反倒不安全。自从之前摔了个屁股蹲儿之后，我就对它敬而远之了。此时，汽车的引擎声伴随着宛如舰船劈波斩浪似的水声，在我的右侧疾驶而过。

　　到了邮局后，我从用盲文提示操作顺序的 ATM 机里取出了现金。只要拿起听筒，就有取款金额的语音播报，这样就不用担心是否会被别人听到了。这一切都是在包间里操作的，也不必担心有人在后方偷窥。

昨天，曾根崎打电话到我的手机上，告诉了我曾移民中国东北的那位名叫稻田富子的女士的地址。据说她是个土生土长的北海道人，结果在搬迁至岩手县的第二年，就在当地政府的鼓动下去了东北，直到一九四六年回国后，才重返北海道定居。曾根崎像是问了许多人才了解到这些信息的。

坐飞机，可是要花不少钱的。

我再次踏入暴雨之中。雨声喧阗，盖过了汽车引擎声，以至于汽车不逼近身旁，我就难以察觉。

今天我走得格外谨慎小心。冲刷着鳞次栉比的混凝土建筑物外墙的大雨里，也夹杂着一股子水泥味。突然，一阵地动山摇般的雷声在我的耳边炸响。由于看不到闪电，每当略略滞后的雷鸣冷不丁地响起时，总会让我的心直跳到嗓子眼儿。

又往前走了一会儿，紧随着雨点在铁皮上的乱敲声，汽车的引擎声在距我几米远的地方往来反复，时不时地还响几声喇叭，这不禁令我心惊胆战。我想象着汽车从黑暗中突然出现的场景，呆若木鸡。要是等到轮胎的呻吟声冲击我的鼓膜，那一切可就都晚了。炸雷声也是那么惊心动魄，仿佛天神正用铁锤重击大地一般。

好不容易回到了自家门口，我伸手去邮箱里一摸，摸到了一个信封；走进起居室拆开一"读"，又是一句俳句：

令人气馁的，死亡暴风雨，使人窒息。

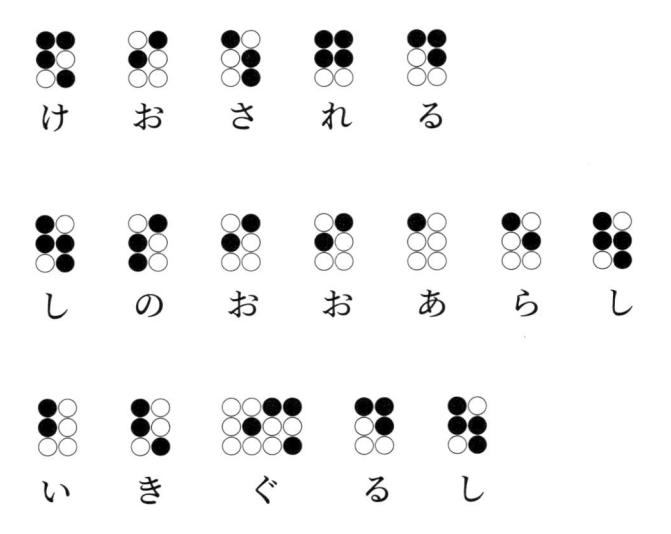

けおされる

しのおあらし

いきぐるし

寄信人究竟想向我传递什么信息呢？之前收到的俳句里，尽是些"狗叛徒""兜头浴血""沾满鲜血的双手"之类骇人听闻的词语。是徐浩然寄来的吗？是那个自称真村上龙彦，并说岩手县的"哥哥"是冒牌货的家伙？可入境管理局的人还说徐浩然是在中国遭到追捕的诈骗犯呢。到底该信谁的呢？

这时，被暴雨声封闭的世界里，突然又响起了手机的来电声。我一接听，耳边响起了一个颇为耳熟的声音。是比留间雄一郎——那个遗孤援助组织的职员。倒也不奇怪，因为我确实给过他名片。

"有什么事吗?"

"听说您要去北海道寻找稻田富子。"

我立刻提高了警惕,将手机握得紧紧的:"您……是怎么知道的?"

"因为曾根崎想知道她的地址呀。我查到后告诉了他,又跟他随便一聊,您的名字就冒出来了嘛。"

"是这样啊。那么……"

又想威胁我吗?

"什么?"

"哦,不。"我回答道,"没什么。我是说,您找我有什么事?"

"要是您还没人带路,就让我陪您走一趟吧。我对北海道的地理情况可谓是了如指掌啊!"

"是什么让您回心转意了?"我没放松警惕,问道,"您不是反对我调查我哥哥的吗?"

"老实说……情况不同了,警察在调查龙彦。"

这倒是完全出乎我的意料,警察在调查"哥哥"?

"是因为假冒遗孤的嫌疑吗?"

"是的,有刑警造访了我们的援助组织。"

"刑警说了些什么?"

"这个嘛……各种各样的事吧。"

"要是查假遗孤的话,那就跟我也有关系了吧。"

"嗯，这倒也是……不过我也没听到什么。您也知道，刑警是提问专家，不是说明专家。"

"提问内容也行啊，他们都问了些什么呢？"

"也不仅限于龙彦，该怎么说呢？总之，是因为假遗孤啊，第二代遗孤啊，在歌舞伎町那一带干了不少坏事——要说起来，我也觉得挺遗憾的。刑警就因为这事在四处调查呢。"

"就是说，我哥哥也有嫌疑，是吧？"

"……倒也似乎没那么严重。我是说，既然连警察都出动了，我就不能置之不理了。我也想证明龙彦是真的呀。因为我为他回国定居出过力，自然也是有责任的嘛。您似乎对他抱有深深的怀疑，是吧？不过虽说出发点不同，可就弄清真相这一目的而言，我们俩其实是一致的。所以说，我们还是一同去拜访稻田女士吧。"

他说得十分诚恳，要不是他莫名其妙地威胁我在先，我恐怕是会信以为真的。比留间与"哥哥"到底是什么关系呢？怎么看也不像是仅仅在帮"哥哥"获得永久居住权上出过力这么简单。他到底隐瞒了些什么呢？

不过，眼下一口回绝他的提议，似乎也非明智之举。因为一味地加以拒绝，说不定他会想出别的方法来妨碍我，那就更麻烦了。现在有机会掌握主动权，干吗要轻易放弃呢？何况自从双目失明之后，我还从未单独外出旅行过呢！从昨天起，我不就在为向导的事情伤脑筋吗？要是能借用他的一双眼睛，倒也解决了我的大问题。

"好吧，我们就一起去北海道吧。"

谈妥一些具体事宜之后，我就挂断了电话。不料刚刚挂断，手机却又响了起来。

"喂？"

"是我。"是老家的"哥哥"打来的，"是和久吗？"

我立刻意识到，不能让他察觉出我在怀疑他。因为一旦被他察觉，恐怕他马上就会动手要了母亲的性命。当然，或许比留间早就将我的行动通报给了他亦未可知。

"……是谁告诉你我的手机号码的？"

"你家里的座机打不通，没有办法，我才去问由香里的。她现在时不时地会打电话过来，为了捐献肾脏的事情。"

"是要我去叫她别打了吗？"

"我不会捐献肾脏的，这话我已经跟她说过多次了。不过今天我找你可不是为了说这事。我说，和久，你能回老家来吗？一个人照料母亲，我实在是顾不过来啊。"

"……我一个什么都看不见的瞎子，回去又能做什么呢？"

"眼睛看不见东西也不是什么都不能做呀。譬如说，我下地的时候，你可以陪陪她嘛。"

"抱歉，我连自己都照料不过来呢。"

话虽如此，要是"哥哥"确实是冒牌货，那我就真得为孤身一人的母亲好好考虑一下了。

"我说,和久,今年我要去看望一下那边的母亲呢。在我离开期间,希望你能照料一下母亲。"

一想到这可能是冒牌货的托词,听着就觉得假模假样了。为此,我不禁想要良言相劝一句:"哥哥,你这不是重养母,轻生母吗?你宁可抛下年老体弱的亲生母亲也要去中国?"

"这个……不能这么比吧?""哥哥"不说话了,想是经过了一番思考后,他又说道,"不过,不管怎么说,养母在我心里的分量还是很重的。她抚养了我几十年,那就是我母亲了。感情胜于血缘嘛。"

"我觉得正好相反,应该是血缘胜于感情。难道不是吗?"

"通常来说,比起抛下自己的生母,人都会更看重养育自己几十年的养母吧?"

这家伙终于说出心里话了!——我心想。

"你觉得你是被抛弃在中国了,是吧?因为母亲背着我过河,没有背着你过河,是不是?所以你恨我和母亲。"

"你不要曲解人家的话,好不好?刚才我只是打个比方。我没觉得自己是被抛弃的。对我来说,母亲也好,你也好,都是很重要的。"

"谁知道呢?"

老实说,我还是没法儿判断这个"哥哥"到底是真是假。

"我希望你能理解……""哥哥"重重地叹了一口气,又说道,"好了,今天就到此为止吧。拜托你把座机的听筒搁好。我

187

没记下你的手机号码,老这样麻烦不麻烦?"

挂了电话后,我沿着墙壁朝电话台走去。我在黑暗中摸索着,检查了一下电话听筒。没错位呀,好好地搁在槽里呢。我试着用手机拨了自家的座机号码,正如"哥哥"所言,打不通!

难道是电话机出故障了?我抚摩着机体,又检查了一下电话台的下面。我摸到了电话线,但又感觉有点儿不对劲。它本该是一路往上,插在插口里的,如今却像一条死蛇似的横躺在地上了。我将它往身边一捋,发现它果然没插在插口里。

不,不是没插上,是被人拔出来了。

我顿时感到脊背发凉,就跟被人用冰刷子刷过了一般。我听到自己的心脏怦怦直跳,声音大得跟敲钟似的。胃部也像被人一把揪住似的绞痛起来。会不会是我在某个记忆模糊的时刻自己拔出来的?不会吧,没理由呀?!那就是有人溜进家里了?

我想起了导盲杖突然折断的事。那不就是有人偷偷溜进我家里,对它动了手脚的结果吗?

我立刻展开了恐怖的想象——那个心怀恶意的人,现在会不会仍藏在屋里呢?难道他只想拔电话线,不想伺机加害于我?

这时,冷不丁地响起了轰隆隆的雷鸣声,吓得我心脏差点儿停止跳动。一连串的炸裂声,震得走廊上的玻璃窗都哗哗直响。

对我来说,那个心怀恶意的人就跟栖息在黑暗中的影子一个样,看不见、抓不着。如果家里真有这么个入侵者,要杀死我这个碍事者可谓易如反掌。他只要屏气在寝室里等着,等到我安睡后，将枕头往我脸上一按就完事了。

我十分紧张地吐了口气，转过身，走在走廊上。平时并不怎么在意的地板的嘎吱声，如今听来也觉得相当刺耳；明明是自己的家，却觉着跟鬼屋似的。在雨点敲打屋顶的背景音下，我能听到的，只有自己那紊乱的呼吸声。我摸索着握住门把手，轻轻地把门拉开。半已锈蚀的铰链发出了宛如女人的尖叫一般的声响。

这是女儿以前住的房间，我赤着脚踏了进去。与铺着地板的走廊不同，这里铺的是地毯，触感柔软，不会发出一点儿脚步声。要是真有人从我身旁经过，我能听得见吗？更何况，在眼下被雨声封闭的屋子里，原本就很难听到什么别的声音……

我反手关上了房门。这样的话，要是入侵者想与我前后脚进出，开门声就会将其暴露无遗。

我边挥舞着双手，边一步步地往前走，除了虚空，什么都没划拉到。不一会儿，手指碰到了一个硬质障碍物。我用手掌一摸，原来是个与自己长年来的内心一样空空如也的书架，上面积了厚厚一层灰尘。

我从书架摸向墙壁，再往里走了一段，碰到了窗帘。除了少数几件家具外，女儿离去时将所有东西都带走了，这个房间如今只是一个空旷的空间而已。由于能借以确定自己位置的家具太少，我内心的不安反倒加剧了。心脏猛烈跳动着，像是快要撞断肋骨了。

我看不见对方，对方却看得见我。或许眼下他就正打量着我的模样呢。

我冷不丁地打出了一拳，打到的却只是空气。

我仿佛要将肺里的空气全都挤出去似的，长长地出了一口气，之后便又用双臂在黑暗中划拉着，朝门口走去。除了墙壁，还是什么都没有碰到。我又回到了走廊上。下一间是已故的前妻的房间。但跟由香里的房间一样，里面什么人都没有——大概没有吧。

我左右平伸着双臂，沿着走廊往回走。这无非也就是个防止有人从我身边掠过的小伎俩罢了，要是那人弯下腰，恐怕就不起作用了吧。接着我又检查了盥洗室。要是眼睛看得见的话，或许我就能在面前的镜子里看到那家伙扬扬得意的脸蛋了吧。在恐惧的驱使下，我将左胳膊朝身后抡去，感觉到的只有撞上墙壁所导致的疼痛。

重新回到走廊上后，为了不踩空，我一级一级、小心翼翼地登上了楼梯。在快到二楼时，我又突然产生了会被人推下楼去的妄想，恐惧不已。

平安登上二楼后，绕过走廊，我进入了自己的卧室。

"有人吗？！"

我朝着黑暗大喝一声，回应我的只有一片寂静。我没忘记反手关上房门。

左手触碰到书架后，我就用右手在空中划拉着，继续往前走。仅靠一条胳膊，是无法从这边的墙壁够到那边的墙壁的，所以，如果入侵者在对面注意避开我，在室内移动，我就碰不到他了。这浓重的黑暗要是液态的就好了，这样的话，人一动，就会有波纹传来，我也就能察觉其存在了。

摸到了书桌，我就朝床那边绕过去。时不时地，我还突然转过身来，双臂乱舞一阵。可我划拉到的，只有无边的黑暗而已。

我的神经极度紧张，我几乎要发疯了。

我摸到了衣柜，不经意地用手掌往下摸的时候，手指却被第五个抽屉挡住了。这表明它没有关严。怎么会这样？明明我每次都关得严严实实的呀！我只能认为它是被什么人打开过了。我检查了一下抽屉里的东西。在一堆双目失明后就用不着的账本之间，以备急用，我放了一个装有现金的信封。如今，这个信封却不翼而飞了！

进了闯空门的小偷了？不对！要是小偷的话，又何必拔掉电话线呢？入侵者的目的何在？他想要什么？是我调查所得的信息，还是我的性命？如果是这样，这家伙的身份倒也明确了。那就是我查明"哥哥"身份的真相后会对其带来不利影响的坏人。那家伙是还藏在我家里的某个地方吗，还是就站在离我几步远的地方？一想到如此光景，我就不由得后背发凉。

我又花了半天时间，将自己家里仔细检查了一遍。就连之前已经检查过的地方，我也都重新检查了。

心神耗尽之后，我只好自己说服自己：家里并没有什么入侵者。然后我就躺在了床上，然而还是无法入睡。那家伙是否躲过了我的搜查，仍在屋子的哪个角落里藏着呢？——如此这般的惶恐不安，直到第二天早晨仍未消失。

两天后，我又收到了不无警告意味的盲文俳句。这已是第十一封了。

奄奄一息，垂死挣扎着的，将死之人啊。

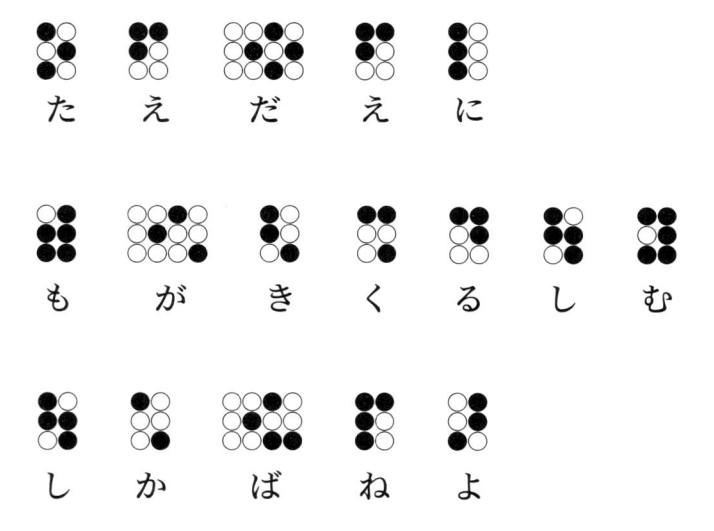

た え だ え に

も が き く る し む

し か ば ね よ

第十二章

北海道

在北海道北部的问寒别车站一下车,长筒靴的鞋底就将积雪踩得咯吱直响。狂暴的风雪也横向抽到了我的脸上,来自西伯利亚的寒风,吹得脸颊针刺般地疼。这不禁令我回想起小时候待过的天寒地冻的中国东北。然而如今的我,离开了那个仿佛是别人家的老宅,反倒有了一种获释之感。

"这儿真是车站吗,"我问道,"没有一点儿人的气息呀?"

"因为是'货车车站'嘛。"比留间雄一郎答道,"确实是名副其实的、用货车车厢做成的车站。你把它想象成带窗户的集装箱就行了。因为经费不足,盖不了车站嘛。这在北海道多了去了。"

我用穿着长筒靴的脚用力踩着积雪,一步步地往前走着。听到一声"出口在这儿",我便伸手摸了摸四周,摸到像是一面生了锈的薄薄的铝板墙。还真像个被废弃的集装箱啊。

出了车站，掸了掸身上的雪后，我们就坐上了出租车。北海道的雪跟东京的不一样，是干雪，不怎么濡湿衣服，只要拍打几下就都掉落了。

"客官，是从内地来的？"驾驶座上响起了一个中年男子的声音。

"是啊。"我答道，"来找人的。北海道真冷啊，您一天到晚在外面开出租车，真辛苦啊！"

"哪里哪里，早习惯了。这儿一年里有一半时间都是冰天雪地的。"

我正倾听着雪团敲打在车窗上的声音，突然传来了一阵刺耳的急刹车声。我整个人都像是被抛在了座位上，保险带深深地勒进了胸前的衣服，全身的重量全都压在右边，连腰都不由自主地扭转了起来。我知道，出租车打了个急拐弯。

"又是虾夷鹿[1]……"司机重重地叹了口气，"抱歉，没伤着吧？开在这积雪的道上，可没法儿跟花样滑冰似的，自由自在地灵活躲避啊。"

对我来说，所有危机都是突如其来的。由于没时间摆开防护架势，所以危机全是极其危险的。所幸的是，我并未受伤。

"没事，虽说吓了一大跳……"

出租车掉转车头，重新往前驶去。可是，行驶了三十分钟左

---

1 北海道鹿。日本最大的鹿，栖息于日本北海道的森林、原野。

右，又突然停车了。

"到了吗？"我问司机道。

"啊，不……积雪太厚了，连铲雪的人都不来了。车子没法儿再往前开了，要返回去吗？"

"不。"比留间说道，"已经离目的地不远了，我们走过去就是了。"

"可是，您边上那位不是眼睛不好使吗？"

"没事。风雪并不是很大，再说已经跟对方约好了。"

"是吗？那就……小心点儿吧。"

"谢谢！来，村上先生，我扶着你。"

"可是……"我一时间没能立刻做出答复。在漆黑一片之中踏上陌生的风雪大地，我还能生还吗？

"汽车已经没法儿再往前开了，村上先生。但走路是没问题的。"

比留间一侧的车门一打开，风雪立刻就吹了进来，吹乱了我的前发。过了一会儿，我身旁的车门也被打开了。

"来吧，下车吧。"

无奈之下，我只得跨出了车门。脚一落地，长筒靴一下子就被积雪埋了一半。

"客官，你忘了套手套了！"

比留间苦笑了一声，说道："是啊，这可不行啊！要是再冻掉一两根手指，可就连汤勺都拿不住了。"

我回想起了之前跟他握手时的情形。他说他在极度寒冷的中国东北，因扒雪冻掉了中指和无名指。

"两位可要小心啊，可别摔个鼻青脸肿！"

我从口袋里掏出手套，对着司机的方向鞠了一躬，说了声："谢谢！"

"应该谢谢你们啊。"

引擎声远去后，我就抓住了比留间的右胳膊肘，迈开了脚步。导盲杖此刻已不管用了，因为摆动开的杖头只会刺入积雪之中，不会传回任何有用的信息了。

"没法儿打伞了，"比留间说道，"一只手被您占着，另一只手再打伞，被风一吹，就成了弥次郎兵卫[1]了。"

我将羽绒服的帽兜套在了头上，让温暖的羽毛覆盖住我那两只快要被冻掉的耳朵。

"村上先生，您还在怀疑龙彦吗？"

徐浩然的事还是不提为好吗？入境管理局的人说他是诈骗犯，也不知是不是真的。可要是"敌对者"相信他就是真村上龙彦的话，就有可能将其灭口。

"我觉得……哥哥的性格太像中国人了。"

每说一句话，喉咙都仿佛要被冻住了似的。积雪太厚了，我

---

[1] 一种形似肩挑重担之人利用重心保持平衡的人偶。此处指打伞后，伞在风中东倒西歪，难以把握。

必须先将脚从雪中用力拔出来,才能往前迈步。也不仅仅是抓着比留间的右胳膊肘的缘故,因为四面都是雪——我觉得是这样的——所以跟平时走在路上不同,即便是边走边说话,我也不会感到恐惧与不安。

"村上先生,"比留间说话的腔调就像僧侣在说法似的,"遗孤们自然是各种各样的。有的是因为父母双亡而成为孤儿的,有的是在逃难途中被抛弃的,有的是在收容所等处被领走的,还有的是被卖掉的……可是他们都有一个共同点,那就是,当年他们都还很小。据调查,他们中的大部分人,在战败时都还不满六岁。他们在中国生活了那么多年,思考方式、生活方式接近中国人,也在情理之中啊。"

"可即便如此,我还是怀疑我哥哥。很多年来,我一直觉得跟哥哥有隔阂。越是跟他保持距离,隔阂就越深。我也好,母亲也好,都想尽力弥补与他四十年来产生的隔阂,可是……"

"想必……龙彦他也感到与你们有很大的隔阂吧。而这种隔阂,或许就来自他看到自己的坟墓时所产生的内心芥蒂吧。尽管这也不是你们村上家的责任,可当时,他肯定受到巨大刺激了吧。"

坟墓。

一九五九年,日本公布了《关于未归还者的特别措施法》,新设了战时死亡宣告制度。给予了国家(具体而言,是厚生大臣)宣告失踪的权利——此前仅有亲属能宣告失踪——并对接受该宣告的遗属支付抚恤金。据说，当时对距最后有音讯以来七年内未能被确认生存的三万三千名遗华日侨宣告了战时死亡，注销了一万四千人的户籍。

据说在归国定居两个月后，"哥哥"去家族墓地扫墓时，看到了刻着自己名字的墓碑。后来，他办理了户籍恢复手续，才"起死回生"了。也难怪，"哥哥"要是真的，他的内心一定很受伤吧。

"龙彦的愤怒，或许就根植于如此体验吧。您知道一九七二年中日恢复邦交时，大藏省都干了些什么吗？他们说'不能为死者支付调查费和归国费'，一连九年都没有启动'访日调查'。怎么样，村上先生，您能理解龙彦的苦楚？"

"在确认他是亲哥哥之前，我可不打算妥协。"

"……是嘛，那就很遗憾了。"

我听到了他的叹息声。他像是已明白，再怎么做我的说服工作也是徒然的，故而有些灰心丧气了。

此时，大自然似乎也不耐烦起来了，暴风雪的呼啸声一阵强过一阵，抹杀了世上所有的信息。我甚至有些为刚才没坐出租车折回而感到后悔了。

突然，比留间的右胳膊肘从我的手中逃走了。

"比留间先生——"

"啊……"暴风雪将比留间的声音吹得断断续续的，"手机……掉……会回来……"

没等我叫住他,他那踩踏着厚厚积雪的脚步声已经远去了。被遗弃在极度寒冷的黑暗中的我只能呆立不动。我全身都几乎冻僵,甚至听得见自己的牙齿在咯咯作响。

我大声呼唤着比留间的名字,可喊声立刻被鬼哭狼嚎似的暴风雪的呼啸声所抹杀,也根本听不到任何回应。

时间就这么一分一秒地过去了。

比留间像是说到了手机什么的,估计是手机掉了,他回去寻找了吧。我从口袋里取出自己的手机,拨出了保留在第五位的他的手机号码。打不通——或许是暴风雪的缘故吧。

他什么时候才会回来呢?狂风呼啸之中,根本听不见脚步声。要是傻等他回来的话,想必我会被冻死吧。

冻死——我被自己想到的这个词吓了一跳,内心立刻充满了恐惧。鼓膜内侧响起了怦怦的心跳声,仿佛心脏就长在耳朵后面似的。

比留间还打算回来吗?

他以前是反对我查明"哥哥"身份的真相的,还威胁我说:"无论是谁,都有不愿为人所知的过去。怀着半吊子的好奇心而介入过深,可是会惹祸上身的呀。"

这次,莫非整个儿就是他设下的圈套?先取得我的信任,然后将我扔在北海道的暴风雪之中?

尽管我的理智否定了如此假设,可我的本能却死死抓住这种怀疑与不安,怎么也不肯放手。刚才的那段对话,难道不就是他所做出的最后的说服吗？当他明白了再说下去也是徒费口舌后，就明白除了将我杀人灭口外别无他法了吧。看来我哪怕是虚情假意，也应该对哥哥表示一下理解与同情——要是听出了他那一声长叹中的绝望意味的话。

我无能为力，束手无策。被扔在这么一片大雪纷飞的陌生土地上，连个同行者都没有，我简直连东南西北、前后左右都分不清楚。暴风雪之猛烈是凭体感就能察觉到的，恐怕我一伸出胳膊，就会被白茫茫的风雪所吞没，即便眼睛没有失明也看不到了吧。

比留间不会回来了。非但如此，很可能他就站在数米远处，眼睁睁地看着我被大雪所掩埋呢。他正冷酷无情地看着我，就跟摘掉蜻蜓的翅膀后再将其扔进池塘，冷酷无情观察它一点点沉没似的。

我必须采取行动。我将长筒靴从积雪中拔出来，往前跨出了一步。为了探寻前进方向，我用手摸索着眼前的积雪。因为这儿就是比留间刚才站着的地方。只要找到他踩出的雪洞，也就知道他是朝哪个方向走的了。可我摸来摸去，到处都是平坦的积雪。

我又跨出了一步，继续抚摸着积雪。平坦的积雪，积雪，雪。我改变身体的朝向，检查正前方的积雪，还是找不到雪洞。我又一点点地移动身子，继续寻找雪洞。

有了，雪洞！

我将自己的长筒靴踩入刚发现的雪洞，继续在周围摸索着，结果在九点钟方向摸到了第二个雪洞。如此这般,踩着那深深的雪洞往前走着,我突然意识到,我所找到的足迹,会不会仅仅是我自己留下的呢?比留间的足迹,是否已被暴风雪吹没了呢?

我咬紧了牙关,心里却一片茫然。我已经不知道该往哪儿走了。我现在身处北海道的哪个位置呢?要再走上几十米,不,要再走上几千米,才会有人家呢?我又该朝哪儿走呢?

不管怎样,我还是迈开了脚步,因为站在原地不动也只会冻死而已。只要有一线生机,就只能采取行动。

每跨出一步,积雪就会没到膝盖处;拔出脚来时,长筒靴也会脱落。无奈之下,我只得咋着舌,将胳膊伸入雪洞,扒开雪,将其取出来。暴风雪刮得人直不起腰来,羽绒服自带的帽兜也被薅走了。我的耳朵已经冻僵,仿佛随时都会脱落似的;每吸一口气,鼻孔和喉咙都被冻得不行。

我尽量笔直地往前走,因为,要是稍稍走偏,就有可能在雪地上兜圈子了。

暴风雪实在是太猛烈了,我觉得自己像是沉溺于雪的海洋里。每走一步,我都必须将长筒靴从厚厚的积雪中拔出来,必须将密集的暴风雪扒拉开才行。

走着走着,我又觉得自己像是走在中国东北的大地上。四周充斥着严寒、轰炸、怒吼、抽泣、异国语言、如影随形的死亡阴影,还有光秃秃的、像是从地底下伸出的瘦弱的求助之手似的白桦树……每一次呼吸,都有雪水与鼻涕一起从鼻孔里喷出。我脚步沉重，艰难地走着。每走一步都深深陷入雪中的双脚，又重又冷，仿佛戴上了铁制的脚镣似的。

突然，不知从哪儿传来了汽车的引擎声——我觉得是。由于漫天翻卷的暴风雪，我根本分辨不出它来自何方。那声音就跟坐上了复杂的过山车似的，一会儿上升，一会儿下降，一会儿转弯，翻腾扭曲着，最后钻进了我的耳朵。左边，还是右边？前面，还是后面？汽车到底在哪儿呢？！

我发疯似的朝着四面八方大声吼叫，可喊声马上就被暴风雪的呼啸声所吞没。引擎声远去了。希望的灯火被大自然的恶魔给掐灭了。

我被绝望感打倒，想要手脚着地地趴一会儿。可由于积雪埋到了膝盖处，我居然连这一点都做不到。

我只得重新振作起来，抬起脚来，再次迈开脚步。冰冷的雪花不仅侵袭着肌肤表面，就连身体的中心部位也都快被它们冻结了。

我只是不停地走着，早就丧失了时间观念。突然，远处传来了像是竹筒敲打树桩似的动物叫声。那不是猫或狗，应该是北方的狐狸吧。真希望它能像古老传说所说的那样，将我带到有人居住的地方去啊。

继续走了一会儿之后，我的脸突然被弹向了后方，头盖骨被撞得生疼。我战战兢兢地伸手一摸，发现前面竟然有一根冰冷的圆柱。是电线杆子！有道路吗？我不禁为内心升腾起的希冀而抚摸起胸口来。我抹掉那圆柱上的雪后,发现它的表面相当粗糙——这不是树皮吗?看来这不是电线杆子,而是一棵树。大概是虾夷松吧。要是棵行道树就好了。否则的话,这儿就可能是山脚下,再往前走,不就走到山里去了吗?

犹豫半晌之后,我决定朝树木相反的方向走去。风雪迎面吹来,犹如惊涛骇浪,我必须用双臂将其分开,才能前进。

我到底是在前进,还是在往回走呢?

快要冻僵了的肌肉已经毫无知觉,全身的血管里流淌着的,也仿佛不是热血,而是冰水,就连心脏也即将冻住,跳动了六十九年的它,随时都可能停止不动。我又走了几步,右臂碰到了障碍物——一面沾满了雪的墙!我拂去雪摸了一下,滑溜溜的,是玻璃窗!有人家了。我一连敲了好多下,大叫道:"喂!有人吗?救救我!有人——"

我喊了一半的声音堵在喉咙口,发不出来了。因为我觉得不大对劲——窗户的位置太低了。难道是……我一边横向移动,一边抚摸。是钢铁的触感。要确认其上部时,我不禁犹豫了一下。我害怕知道答案。可即便如此,我还是横下心来,伸出手臂往上面摸了一下——平平的,是顶盖。

这不是民宅,是汽车,是一辆停着的汽车,是埋在雪里的汽车。我又敲了敲车窗,没有反应。司机是断气了吗,还是发现没法儿开了,就把车扔在这儿跑掉了?

就我现在这状况,要想撬开门来加以确认,是不可能的。

不过，既然这儿有车，那么附近就应该有机动车道吧。那就是说，这儿并不是茫茫雪原的正中间。只要继续走，并且幸运的话，就能走到有人居住的地方。

我每走一步，上半身就要往后仰一下，几乎都能听到脊椎骨的嘎吱声了。完全暴露在外的脸部，则遭受到了无数冰针的刺激。

这时，我像是听到了什么人的呼唤声——大概是幻听吧。

我的两条腿像是已经化成了两根铅棒，并且还很细，仿佛只要一迈步就会咔吧一声断掉似的。

我闻到了弥漫在难民收容所里的那种腐臭味，恍惚间看到了堆积如山的死尸，以及成群结队的、啃食死人的野狗……

在宛如雪崩一般的暴风雪的打击下，我倒下了。我深陷在积雪之中，连上下的感觉都丧失殆尽了。沉溺在雪中，我难以呼吸。雪块覆盖在我的脸上。柔软的雪因我的呼吸而融化，化成的水又使周边的雪如同水泥一般固化了。我喘不过气来，想要挥动手臂，却根本做不到。周身都受到雪的压迫，我动弹不得。

随着意识逐渐模糊，我内心的恐惧也在渐渐远去。

我，要死了……

我只是轻描淡写地这么想想而已。我已经感觉不到寒冷了。

可就在此刻，我的右臂有了一种奇妙的触感。就像食人花于黑暗中伸出它那长长的触手，将我缠住了一般。

我整个人都被提了起来，脸部也从积雪中解放出来了。我吐出了口中的雪块——口中的雪居然没有融化,可见我的体温已经降低到什么程度了——肺部贪婪地吸进冷气,以至差点儿冻僵,心脏也剧烈地跳动起来,仿佛随时都会崩裂似的。

"您、您是……比留间先生……吗?"

我没有听到任何回应。

突然,我的右臂受到了拖拽。那只紧紧握住我的手腕的手十分有力,我跌跌撞撞地朝前走着。对方拖拽我的方式颇为蛮横,但这儿并非车来人往的大都市,这种引导方式反倒令我安心。

"谢谢您救了我。您是……"

还是没有回应。我想象不出这是一个怎样的活生生的人。要是没有手腕被紧紧抓住的真实触感,我恐怕会觉得这是场不真实的幻觉吧。

要是本地人的话,就没有一直保持沉默的理由。这个救了我一命的人,究竟是谁呢?是我认识的人吗?估计是吧,他是怕自己一出声就被我认出来。

在被他拽着往前走的同时,我心里也在不停地琢磨着。

想要杀死我的人隐瞒自己的身份,这我能理解。就跟那个要把我推上机动车道的谜一般的家伙似的。可是,既然把我从绝境中抢救出来了,干吗还要隐瞒身份呢?

凭感觉,大约走了十五分钟的时候,我们来到了一个积雪只有五厘米左右的地方——也不知是有人铲过雪了,还是头上有屋顶。一步,一步,每一步都会陷入雪中的脚步声,在前面引导着我。不过我觉得那人走起路来不太踏实。穿的是不带防滑装置的鞋吗？我听说北海道人在冬天都会穿一种专用的鞋。这么说来，这人应该还是本州人，也即我的熟人了？

这个在我身边默不作声的恩人到底是谁呢？

突然，我受到了来自横向的撞击，被撞飞了出去。由于完全出乎意料，我根本没法儿防备。我的脸戳进了积雪。我明白，是有人将我推出去的。紧接着，我的右侧响起了一个像是裹尸袋坠地似的可怕声响。随后，就是一片寂静。

默不作声的恩人替我挡下了攻击！

一种不可名状的惊恐令我动弹不得。但在不久之后，我的右手手腕又被人握住，整个人也被拉了起来。

才迈出了一步，我就明白了刚才发生了什么，因为面前多出了一座积雪小山。估计是从屋顶上滑落下来的巨大雪块吧。应该是这位默不作声的恩人发觉有雪块滑下，为了救我才将我推开的吧。

眼前响起了拉门滑开的声响。在恩人的拖拽下继续走了几步，我就感受不到暴风雪的横向攻击了。一阵地板上的脚步声响起过后，停了一拍，又响起了一个老妇人的说话声："哎呀！风雪这么大，居然平安来到这儿了，真是难为……"

"不好意思。"我气喘吁吁地说道，"能让我暖暖身子吗？我是来找人的，不料遇上了暴风雪……"

"您是村上先生吧？"

听她说出了我的名字，我惊讶得说不出话来。

"我是稻田，稻田富子。正等着您呢。"老妇人温和的话语声让我放下心来，"来吧，快请进。"

我将脸转向恩人所站立的方向。

这位默不作声的恩人为何会知道稻田富子的家在哪儿？

他们认识吗？抑或他知道我要寻访稻田富子？或者……仅仅是因为最近的人家正好就是稻田富子家？这位默不作声的恩人救了我的命，可我却觉得不能轻易相信他。

就在我踏上门槛之后，拉门的滑动声又响了起来。有人气喘吁吁地跑进来了。

"暴、暴风雪……"比留间的声音中透出了惊诧的意味，"啊！村上先生！原来您平安无事啊。我的手机掉了。跟您失散时，我还想这可怎么办呢……"

他的声音里分明带着一种遇到了不该遇到的人时——对了，是在葬礼上遇见了应该已经死去的那个人时的困惑。看来，我原本确实是会死在暴风雪里的。

我将脸转向心中预估的恩人所站立的方向，说道："是这位救了我。"

比留间沉默半晌之后，用紧张的声音对我说道："您没事就好，没事就好。"

第十三章

　　黑暗中不时响起劈柴燃烧所发出的爆裂声。将脸转向那个方向后,我能隐隐约约地感觉到光亮。暖炉烤热了我的身体,在我出现低温症之前延续了我的生命。

　　"喝吧。"稻田富子递给了我一个温暖的杯子,"您刚才戴手套了吗?快暖暖手吧。"

　　"戴了,可还是快冻僵了。"

　　我用双手捧着杯子,一时竟十分珍惜杯中那滴了几滴白兰地的咖啡的温度。我感到手掌的血管扩张了开来,已经被冻住的血液融化了,重新流动了起来。

　　然而,室内却充斥着一种诡异的紧张感。要让我领教一下被冻死滋味的比留间、一直不肯亮明身份的默默不语的恩人、非常了解我哥哥的稻田富子,还有我,四个人都一声不吭地坐着。

　　"刚才真是多亏了您啊。"我打破了沉默,对那位默不作声的恩人说道,"我一定要请教您的尊姓大名,可以吗?"

　　不出我的意料,对方仍是默不作声。对我来说,所遇到的人全都与人的影子无异。但通过交谈或肢体接触,我就能感受其存在的真实性。可唯独他——凭着手腕被抓住时的触感,我断定他是一位男性——依旧形同幻影。连他是否坐在我将脸转向的地方,我也不得而知。

"稻田女士,"比留间的声音打断了我的思考,"正像我在电话里说的那样,今天我们登门拜访,是想听您说一下龙彦——也就是这位村上和久先生的哥哥的情况。"

"好的。在中国东北,我们一家人跟村上先生全家都有来往,所以我记得很清楚。和久先生在他母亲卧床不起时,每天都拍着毽子,唱着数数歌,祈祷她早日康复。真是令我感动不已啊。"

我把脸转向她的声音传来的方向。她的话刺激了我的记忆,过去生活中的一些零星片段又在我的脑海里复苏了——当时确实有一位经常招呼我的女性。她总是穿着散发着青草味、沾满泥土的扎腿式劳动裤,头上扎着手巾,手上尽是破了的水泡。母亲病倒后,就由她做饭给我们吃。哥哥和我都跟她很亲。后来在逃难时,我们似乎也是一起走的。

"稻田女士,"我低头行礼道,"在中国时,受了您不少照顾,非常感谢。您现在身体还这么轻健,我十分高兴。想必您在那边也吃了不少苦吧?"

"是啊,为了能活下来,每天都得跟严酷的环境作斗争啊。"

"死亡的阴影一直在身边徘徊。那片枯萎的白桦林,就像从地下伸出的白骨手臂,是吧?"

老妇人没有马上回答。也难怪,对她来说,在中国东北的逃难经历,自然也是一段痛苦的回忆。

"……是啊,那片俯瞰着开拓团营地的白桦林,真是阴森恐怖啊。在那个连汗水都会结冰的地方,每天都要为活命而拼死挣扎。不过村上先生,我真是要感谢您的母亲啊。生活那么艰难,她居然还将宝贵的玉米分给我们。"

我说的是逃难时的事情,她却像是误以为在谈开拓团里的生活了。

"回国后,您的日子也过得很艰难吗?"我转变了话题。

"……在'访日调查'的活动中,我总算找到了失散多年的儿子,可与大城市不同,身边又没个翻译,连跟儿子交谈都很困难啊。因为我儿子已经把日本话忘光了。唉,要是政府在战后马上就援助遗孤回国就好了。有时遇到了会说日本话的中国游客,还得请人家来做我们母子间沟通的桥梁。"

"家人之间语言不通,真是太不幸了。"

"是啊。即便跟人谈起这些苦楚,也只会遭到老于世故的人的责难,说什么'明明是你自己丢下孩子的'……对了,您哥哥也回国了,是吧?听说他被留在了中国,熬过了那些动乱年代。"

"嗯,是的。"我有些吞吞吐吐地说道,"不过……他是否真是我的哥哥,我还有些怀疑。"

"啊?怎么会有这种事?您从本州大老远地跑了来,就为了这事吗？"

"我只是想知道事情的真相。"

"您怀疑自己的哥哥，有什么根据吗？"

"他背上的刀伤，位置是反的，再说，他十分顽固地拒绝去医院做有可能查明血缘关系的检查。"

"就这些吗？"

"……他具有攻击性，只想着自己，而失散之前的哥哥，是很为他人着想的。"

"村上先生，"比留间的声音插了进来，"您要理解他。龙彦他没在中心学习过。"

您就别若无其事地装好人了！我突然产生了一种要指着他的鼻子揭露其卑劣行径的冲动。但是，如果他坚持说自己只是回去找掉落的手机，并且很不走运，暴风雪把我们俩吹散了，我也拿不出任何可用以反驳的证据。所以我只能强压怒火，对他说道："您说的'中心'，是位于埼玉县的研修中心吗？"

"是的。"接着，比留间就开始解释了起来。

一九八四年二月，政府在埼玉县的所泽市设立了"中国归国孤儿定居促进中心"。研修大楼是一栋白色的建筑，里面有二十间教室。宿舍楼里有六十来个几铺席大小的房间。厨房、厕所、浴室都是公用的，一家人都挤在一个房间里。早餐要靠发的伙食费自己来做，午餐和晚餐都吃分发的盒饭。回国定居的遗孤及其配偶、未成年的子女，就在这样的环境中接受四个月共五百小时的研修，内容包括日语、礼仪、生活习惯、社会常识等。全体人员还要到邮政局、市政府、银行去学习如何办事，简直就跟小学生的社会参观似的。

"仅仅四个月，学得了这么多东西吗？这不是强人所难吗？龙彦是一九八三年回国的，所以他只能靠一己之力来适应在日本的生活。当时的所谓援助，就是对回国的遗孤们做一晚上说明介绍，再给一盘学日语用的磁带，仅此而已。自学本来就是十分艰难的，上了年纪再自学语言，就更是难上加难了。"

我蓦地回想起了自己的经历。双目失明之后再学习盲文，简直就跟学习第二门外语差不多，令我苦不堪言。常年生活在中国的遗孤们早就把日语忘得一干二净了，要他们从头开始学习日语，其难度恐怕还在视障人士学盲文之上吧。

"遗孤的艰辛是超越常人的。"比留间继续说道，"研修结束后，他们可以领取八个月的生活保障金，同时在公营住宅里暂住。在此期间，他们可以去日语班上课。但这样的话，就永远不能把孩子接来一起生活了，所以他们只能去打工。他们拼命工作，可等他们将子女从中国接来后，却由于国家对成年的遗孤子女不予援助，只能将他们初来乍到、连东南西北都分不清的子女直接放到社会中去。被日本社会所淘汰，也就是在所难免的事了。"比留间的声音中透着由自己的无能为力导致的焦躁感，"到了五六十岁才回国的遗孤，不用说，他们的子女自然已是成年人了。可能够在中心接受研修的，却仅限未成年人。尽管我们成立了援助组织，在诸多方面伸出了援助之手，可作用毕竟还是相当有限的。"

听了他这番发自肺腑的真挚的话语，我竟然觉得他将我抛弃在暴风雪之中，试图造成事故性死亡一事，也只是我的迫害妄想[1]罢了。想来，他应当是个极为诚恳的人，他是真心在担忧遗孤现状的吧。莫非他与"哥哥"抱有某种难言之隐，以致他萌生了害人之心？

那个理应在场的默不作声的恩人依旧保持缄默，甚至没发出一点点衣服摩擦的声响。

默不作声的恩人真的存在吗？这个屋里，莫非只有……只有三个人？

默不作声的恩人与比留间，会不会原本就是一人分饰两角？譬如说，他一声不吭地救了我，并将我带到稻田富子家后，又从内侧打开拉门，装出一副刚从外面跑进来的模样——现在回想起来，我得救时被拖拽着的是右胳膊，而他故意用左手抓住我，不就是为了不让我发觉他的右手缺了两根手指吗？我这么一想，原本就没有实体的默不作声的恩人，就完全与黑暗融为了一体，消失得无影无踪了。

可是，比留间这么做又有什么意义呢？我想不出把自己打造

---

[1] 精神病学术语，主要症状为患者毫无根据地坚信自己或亲属受到了别人的迫害。

成一个杀人未遂者对他有什么好处。抑或这仅仅是超出了我的想象，而他是有着不得不这么做的理由的？

说到底，那个默不作声的恩人真的存在吗？稻田富子可从未提及他，这是否说明他根本就不存在呢？但是不管怎么说，眼下就去弄个水落石出，似乎并非明智之举。要是让比留间知道我已察觉他不得不一人分饰两角，恐怕我就性命堪忧了。

"……稻田女士，"我朝着她的方向说道，"听说我哥哥的右臂上有烧伤的伤疤，像是碰到了暖炉，被烧伤了的痕迹。"

老妇人并未马上回答。她像是陷入了沉思，或是正在尘封已久的记忆中寻找吧。此时传入我耳中的，唯有门窗在暴风雪中咔嗒作响的声音。那简直就是大自然对人类的恫吓。

"帮着干农活儿的时候，您哥哥总是挽着袖子，但他的胳膊上没有什么烧伤的伤疤呀。"

这真是一条出乎意料的证言。大久保的记忆与她的记忆，我到底该相信哪个？

"其实……"她继续说道，"您哥哥还来找过我呢，在大约三年前。"

"真的吗？为了什么事？"

"他说他要起诉日本政府。"

"原来是为了打官司的事啊。哥哥的这一举动令我不厌其烦。为了诉讼费，他找我要钱也不是一次两次了。事到如今，怎么还这么耿耿于怀呢？我怀疑他是个冒牌货，生活困难，为了搞钱才给政府找麻烦。"

"请您不要这样说自己的哥哥。您知道遗孤们发起的签名行动吗?"

"不知道。"

于是,她就开始说明了起来。遗孤们为了自己老后的生活有保障,曾给国会递交过一份有十万人签名的要求支付特别补偿金的请愿书。但由于有些年轻议员连遗孤到底是日本人还是中国人都搞不清楚,故而请愿书未获得一致通过,成了废案。

于是为了再次递交请愿书,遗孤们开始了第二次签名行动。但是,近七成遗孤都是靠生活保障费生活的,根本拿不出活动费,所以能参加的并不多。

"您哥哥给协助者提供了交通费。听说他为此搬出了出租屋,住进了廉价公寓,把存款都用光了。他所做的这一切,全都是为了将来全无保障的遗孤们。您想想,他要是个私欲极强的冒牌货,能为了别人而出钱吗?"

这倒是头一回听说。我像是看到了任性胡为的"哥哥"的另一副面孔。他居然为了遗孤自掏腰包……

"……这第二份请愿书,后来怎么样了?"

"跟上一次一样。说是因为要是给遗孤支付了特别补偿金,那就也得支付补偿金给别的受害者——核爆受害者、空袭受害者,还有被押往西伯利亚的日本人。就是因为遭受了这些挫折,遗孤们为了自己的将来,才不得不起诉国家的。"

接着,她又说起了"两千人诉讼"的事情。那是一场指出国家在推动遗孤归国与帮助他们生活自立上存在职务怠慢,要求国家予以赔偿的诉讼。约有两千两百人在全国十五个地方法院做了原告,人数达到了归国孤儿的百分之八十八。尽管他们也犹豫过,担心诉讼会给身份担保人带来麻烦,自己会被停发生活保障金,会被国民当作卖国贼,但在二〇〇二年十二月,遗孤及其家族共计八百人,从国会议事堂游行至霞关附近后,还是递交了诉状。经过漫长的审理之后,大阪和东京的地方法院驳回了支付请求。据说法院在承认国家在帮助遗孤尽早归国与提供生活自立援助方面有所怠慢的同时,又认定此情况尚不符合《国家赔偿法》中对"违反义务"的规定。

而神户的地方法院却对国家下达了赔偿命令。之后,国家上诉了。考虑到在正式判决前可能去世的遗孤恐怕也不在少数,最后,遗孤们在国家答应援助的前提下撤诉了。

"事到如今,我哥哥再提起诉讼,据说会给有些遗孤带来麻烦。因为好不容易达成了和解,他们不愿意再起波澜。"

"也并不是任何人都赞成和解的。"老妇人用十分清晰明确的声音说道,"虽说国家承诺支付全额老年基础养老金,以及为单身者提供每月最高八万日元的特别补偿金,可如果有厚生养老金和其他收入的话,其金额的百分之七十会在特别补偿金中予以扣除,这一点并没有改变。事实上,在遗孤之中,也是有人赞同和解,而有人不接受的。只是为了避免在遗孤中造成分裂,大家才在无奈之下撤诉的。"

"可是，事到如今还非要打这个注定会败诉的官司，不是很奇怪吗？"

"那是因为时效的关系。不在归国定居五年后的二十年之内提起，诉讼是要被驳回的。我觉得您哥哥就是为这个才急不可耐的。"

"哥哥"是在一九八三年归国定居的，起诉是在二〇〇七年。如此说来，一年后，时效就到期了。

"村上先生，"稻田富子颇为严肃地说道，"诉讼是为了找回尊严，而不是为了金钱。毫无疑问，您哥哥就是您哥哥。三年前见面时，我们聊了不少在中国东北时的往事，尽是些只有本人才知道的事情。"

她那郑重其事的语调中充满了自信。

"那些往事，会不会是冒牌货在中国时从真哥哥那儿打听来的呢？哥哥告诉他，自己从前在中国过着如此这般的生活，经历了如此这般的事情之类。"

"他的脸上也保留着当年的模样呀。您母亲不是也认了他这个儿子吗？母亲的眼睛是瞒不过的。"

"可是，在'访日调查'活动中，也有搞错了的先例呀。失散了四十年嘛，搞错了也很正常啊。"

"绝不可能。"她斩钉截铁地说道，"您哥哥所讲的细节，与我的记忆是一致的。我可以保证，您哥哥绝对不是冒牌货。"

那位默不作声的恩人直到最后仍是默不作声，连一点儿存在的气息都让人感觉不到。我倒是很想跟稻田富子确认一下他是否真的存在，可提高警惕的比留间一刻也不离左右，根本不给我们单独相处的机会。

第十四章

东京

医院的透析室里,透析器发出轻微的机械声响。我坐在一只圆凳上,双手的手指在大腿上交叉着。

要是老家的哥哥不是冒牌货,即打电话到我手机上的徐浩然不是真哥哥而是诈骗犯的话,那么为夏帆提供器官的希望也就破灭了,我就无法将她从每周三次、每次五小时的束缚中解放出来了。

"我的肾脏派不上用场,真是抱歉啊……"

我一伸手,手掌就接触到了一只小手,一只温暖的小手。

"这也是没办法的事嘛,外公。"

夏帆的声音十分明快。然而,一个未满十岁的孩子已经失去了未来,而她居然还在笑——这样的处境令我心疼不已。

"……要是能做肾脏移植的话,你就不用做透析了。"

"今天肾脏的状态好着呢。我也不感到恶心了,很轻松。"

要是那个一直被我信以为真的家伙——母亲一直把他当作亲生儿子的家伙，竟是个只想获得永住权和金钱的外人——虽说我并不想要如此噩梦般的真相，可倘若果真如此的话，那么只要真正的哥哥尚在人间，他就有可能成为器官捐赠者。一想到这儿，我就懊恼万分。

"要是不用做透析，你就能踢足球了……"

"尽想些做不到的事，又有什么意思呢？还是想想能做到的事情比较开心啊。近来，我在看漫画呢。以前，接受了妈妈的肾脏后，我一贪玩，妈妈就会说：'快用功去！'可是，妈妈现在不怎么说了，可以放开了看漫画了。不过我学习还是很用功的。嗯，她不逼着我用功了，我倒自己想用功了，还真有点儿不可思议呢！"

尽管幼小，却积极上进。夏帆的话深深地打动了我。反观自己，我又是怎样的呢？自从双目失明之日起，我就怨天尤人，憎恨中国东北，责怪母亲，视整个世界为敌，还将帮助我的家人当作撒气对象，不断地用责难的棘刺刺激她们，就跟非要挑战她们的底线似的。

结果，我得到什么了吗？我什么也没得到，反倒失去了一切。

"老师说了，"夏帆继续说道，"神明什么都知道，所以不会给人以无法通过的考验。只要通过考验，作为奖励，他就会给予人们幸福的。"

"……是啊。虽说现在做不到的事情还有很多，可只要从小事学起，勤勤恳恳的，能做的事情就会一点点变多的。这也是很开心的哦，夏帆。"不知不觉间，说给外孙女听的话，也成了说给自己听的话，"即便在漆黑一片之中，也一定存在着光明。意识不到这一点，只会给自己带来不幸。虽说会花费一点儿时间，可也不能老在黑暗中坐着，要主动去寻找光明。"

我这话说得有点儿绕，也不知夏帆是否能理解，可她却十分明快地回答了一声："嗯！"

"哦，对了！"我也用不输给外孙女的明快的声调说道，"今天我有礼物要给你呢。能让你解闷的……"

"哎？是什么呀？"夏帆颇感兴趣地问道。

"是我秘藏的——啊，这个词有点儿难，或者说，是我最喜欢的吧——是我最喜欢的一本相册。上面还有你妈妈的照片呢。那时她好年轻啊，你看了一定会大吃一惊的。"

"啊！我要看！快给我看！"

"啊……"这时，背后响起了由香里的声音，"爸，这些老照片，夏帆肯定会觉得无聊的。"然后她又转向夏帆说道："夏帆，你还是喜欢看漫画，是吧？你看，这是最新的……"

"我要看相册！我要看妈妈年轻时的模样！"

由于我当年抽烟不慎引发了火灾，除了这一本，别的相册全都被烧毁了，想必夏帆也没看过几张妈妈的老照片吧。

我在包中摸到了相册，将它抽了出来。尽管眼睛看不见，可哪一页上有什么照片,我却记得清清楚楚。

第一页的右上角,是婴儿时的我,脚上还系着带有乌龟图案的缎带。第五页的左下角,是在"七五三"节上身穿和服的由香里。第七页的右下角,是参加小学开学典礼的由香里……

我将相册翻到贴有由香里照片的最前面的那一页,递给了夏帆。

"你看。这就是你妈妈刚生下时的样子。"

我听到了夏帆的呼吸声,想来她看得相当入神。

"……哎?"不料她的声音里充满了困惑,"外公,一片空白,什么都没有呀。图像消失了吗?"

"这又不是热敏纸,照片上的图像是不会消失的。"

"可是……真的什么都没有呀。哦,是翻错了页吧?"随即便响起了翻动相册的声响,"啊?其他页面上的照片,也全都是一片空白的呀。"

"这怎么可能?该不是被人替换掉了……"

"爸,"由香里的声音插了进来,"不是被替换掉的。"她有些吞吞吐吐地说道:"原本就是空白的。"

"这不可能,这些都是我双目失明前拍摄的照片。"

"不是的。其实……在失火那会儿,照片全都烧掉了。所谓爸爸最喜欢的一本相册安然无恙,是我骗你的。"

"你胡说什么?后来我们不是还一起看过好多遍吗?你还一张一张地说给我听呢!"

"我陪你看了那么多遍,"她像是露出了不好意思的苦笑,"哪一页上的哪个位置贴着什么照片,我早就记得一清二楚了。"

"你为什么要骗我呢?"

虽说我立刻就明白了,可还是想听她本人说出来。

"我……我当时想,要是说了实话,爸爸一定会很难过。因为那本相册是爸爸最喜欢的。所以我就买了一本一模一样的相册,贴上了空白的照片。"

当时的我,觉得自己只能生活在对过去的回忆之中,故而想从那些根本看不见的照片上寻找安慰,觉得那些照片比现实中的声音和话语更具真实感。倘若得知那些照片全都灰飞烟灭了,就会觉得之前的人生经历已丧失殆尽,想必我会因此而被击倒吧。

每当我打开相册,女儿就会给我讲解她已牢牢记住了的照片内容。这是善意的谎言。而我没意识到她的体贴,只是一味地任性胡为,还成了女儿婚姻的绊脚石。结果,女儿未婚生子,使夏帆失去了本来能给她提供肾脏的父亲。

我不知道该怎么表达歉意才好,只是茫然地翻动着这本虚幻的相册。我翻到了第八页,回忆着深藏于内心的记忆。

"这张照片,拍的是你在运动会上摔了一跤,正哇哇大哭呢。你还记得吗?"

"……当然记得。老师正十分担心地从那边跑过来呢。"

"是啊,是啊。"我又翻到下一页,"这张,是你在吃便当的照片。"

"嘴边还沾着饭粒呢。"

我苦笑道："我可看不到你嘴边的饭粒啊。"

"真的。"由香里颇为自信地笑道，"我狼吞虎咽地吃着饭团，嘴角上都是饭粒。"

我的记忆又增添了一些细节，这张照片也在我的脑海里变得越发清晰了。

"下一页的右上角上……"说到这儿，我觉得胸口有些发堵，"是你妈妈拍的照片。风铃摇曳着的檐廊上，你正给我揉着肩膀呢。"

"嗯，我喜欢这张。一派盛夏风味，连蝉鸣声也隐约可闻。爸爸望着院子里的向日葵，阳光照在你的脸上。"

"好让人怀念啊！一切都让人怀念。"我猛地攥紧了相册，"你是个好孩子，总是为我着想，从前这样，现在也这样。"我心潮澎湃，内心懊悔不已："可我却将失明的痛苦一直发泄到你身上，甚至……毁了你的人生。"

沉默降临了。

"……爸爸，有件事，我必须向你道歉。"半晌过后，由香里才开口，她的话音中透着苦涩，一字一句都说得十分沉重，"我仗着你眼睛看不见，对你撒了谎。虽说只有一次，却是绝对不可原谅的谎。"

"你说什么了？"

"你那天朝我扔过来的玻璃杯……"

"我其实不是要扔向你,是想摔到墙上去的。唉,我也真是的,既然眼睛看不见,干吗还要做这种蠢事呢?"

"是摔到墙上了,确实摔到墙上了。玻璃杯碎了,碎片飞溅起来……可是,我没有受伤。我说我脸上受伤了,是骗你的。我说我那伤疤一辈子都不会消失,是骗你的。我对你撒了谎,一个卑劣的谎言。"由香里的声音带上了哭腔,"我是不想再照顾你了,才撒了这么一个狠心的谎。我利用了你的残疾,我对不起你。"

如果说我从未怀疑过这一点,那也是谎言。只要求助于视力正常者,应该不难弄清真伪吧。可是,我当时确实很害怕,害怕知道女儿是为了要从我身边逃走才撒了谎——就跟为了从我身边逃走而骗我在离婚协议书上签字的妻子一样。

"这全都是我的责任。是我让你撒了谎,是我把你逼到了如此境地。你不必自责。"

我当时以为女儿照顾我是理所当然的事情,并且会一直这么照顾下去。所以无论是洗澡时替我搓背也好,帮我换衣服也好,照料我吃饭也好,我都没有说过一声"谢谢"。我颐指气使,仿佛女儿照顾我是天经地义的事。我强迫她提供无偿的善意,这无疑是我的傲慢。

无论是身体健全者,还是残障人士,做了坏事就该道歉,得到了别人的帮助就该表示感谢,这是做人的基本原则,而我居然忘记了。我觉得她是我女儿,就可以一直赖在她身上了。

如今我总算明白了，无偿的善意，本该是父母给予孩子，而非孩子给予父母的，就跟给夏帆移植肾脏那样。

"我，我要重新找回家庭……"由香里那带着哭腔的声音，终于变成了真正的呜咽声，"我不要家人七零八落，反目成仇。"

我也深有同感。我因自己疑神疑鬼，怀疑哥哥是冒牌货，一直对他冷若冰霜。什么哥哥觊觎财产正在给母亲下毒，恐怕只是我的庸人自扰吧。哥哥住在岩手县的老家，照顾着年老体弱的母亲，这不正是他的关心体贴吗？

人生就像一只被固定了的巨大的沙漏，即便上层的沙已经所剩无几了，也不可能将其倒过来放。我的人生尚有遗憾吗？我爱过该爱的人，帮助过值得帮助的人吗？我还剩下多少沙子呢？年老的母亲还剩下多少沙子呢？

带母亲出去旅游一趟应该不坏吧。我应该相信稻田富子的话，不再怀疑哥哥。让我们三人一起创造一些共同的记忆吧。

第十五章

京都

京都车站的站台被噪声淹没了。呼啸而过的风声、跑步而来的脚步声、父母跟小孩的说话声、上班族之间的牢骚声，凡此种种，不一而足。

站台上总是弥漫着一种能减损人寿命的紧张感。好比一座架设在山谷之上的桥梁，倘若没有栏杆，即便是视力正常者，又有谁敢闭着眼睛走过去呢？

哥哥推着母亲坐着的轮椅。母亲的膝盖原本就不好，上次回老家时，想必她就是硬撑着给我们做饭的吧。由于事先跟乘务员打了招呼，所以我们在上下电车时得到了热情帮助。不仅仅是母亲，我也得到了帮助。如今我已不再单方面要求获得身体健全者的帮助，而是觉得即便自己身有残疾，也应该为身体健全者考虑——这也成了我微不足道的一点儿骄傲。

对我来说，京都车站实在是太大，结构太复杂，简直跟机场没什么两样。我还闻到了从右侧飘来的甜甜的奶油香味。

"我已经有几十年没离开过岩手县了!"母亲的声音里充满了喜悦。

当年没去中国东北的伯母在岩手县去世后,母亲孤身一人回到故乡,继承了家业。从那以后,母亲不要说离开岩手县了,就连走出村子的次数也是屈指可数的。

我们三人坐上出租车,来到了后院有一大片竹林的旅馆——女儿在预约时确认过。放下行李,打开窗户后,我马上就听到了"咣——咣——"的声响,许是"惊鹿[1]"的竹筒承受不住水流而在石头上敲击发出的吧,富有情趣的日本庭院的景象立刻在我的脑海中浮现了出来。

"和久,"哥哥说道,"我去放洗澡水,你去替妈脱袜子吧。"

尽管母亲坚持说"自己脱",可我还是摸到了她的小腿——骨瘦如柴、硬如铁棒的小腿。

"妈妈的脚,竟然变成这样了……"

"这就是照料宝贝儿子的证据啊。可是,如今我已经照料不了了。看着你受苦,我却连站都站不起来,真没用啊。"

"妈,你别这么说。我自己就能站、能走的。"说着,我脱下了母亲的袜子,"有什么自己干不了的事,尽管跟我说。"

---

[1] 一种利用水流和杠杆原理,让带切口的竹筒间歇性地在石头上敲出声响的装置。原本具有惊吓、驱赶鸟兽的功能,现多用于日式庭院,提示幽静,增添情趣。

"傻瓜！做妈的怎么能给儿子增添负担呢？"

或许对母亲来说，儿子无论多大了，也总是儿子吧。四十也好，五十也好，六十也好……

"要是妈妈走的时候，能把你的眼病一块儿带走，该多好啊……"

刹那间，我感到胸口发堵，心似刀绞。这要是放在我与女儿重归于好之前，我想必会以为是母亲的赎罪之语吧。因为我以前抱有一种先入为主的想法，认为在中国东北时母亲判断失误，没有及早逃难，从而导致我在难民收容所期间因营养不良而令眼睛落下了病根。

"我已经习惯了，所以你就不要再这么说了。"我握紧母亲的手说道，"妈，你可不能早死，一定要长寿啊。"

母亲没有回答。我则继续说道："妈，我以前总是把气撒在你身上，一次又一次，真是对不住你啊……就算你恨我，我也无话可说。"

"傻瓜，做父母的怎么会恨自己的孩子呢？"

母亲的语调令我惊讶不已。如此说来，母亲已经原谅我了？哎呀！我真是如释重负啊！

接着，我们三人便轮流洗澡。母亲洗澡时，哥哥怕她摔倒或呛水，一直在一旁照料着。隔着浴室的门，我能听到他那热心、体贴的话语。我由衷地感到，他是十分尊敬、关心母亲的。他怎么可能是冒牌货呢？那个消失了的砒霜小瓶，肯定是个误会。什么哥哥利用我的记忆障碍,想把杀母之罪嫁祸于我的想法,想必就是我疑神疑鬼的产物吧。

晚饭吃的是京料理[1],店是我让女儿在网上找的。主要食材是当天早上刚挖的京都竹笋,菜色有竹笋瓦釜米饭、煮笋尖、竹笋刺身……

"'吃菜吃时鲜,活到七十五。'"我说道,"妈,从前你这么说过,是吧?家乡的俗语。"

竹笋很嫩,只需轻轻一咬就断成了两半,煮得也相当入味。

"又嫩又好吃,是吧?就算牙口不好也吃得动。"

"是啊。"母亲的声音欢快得如同孩子一般,"真好吃!"

听到母亲如此欢快的声音,我顿时觉得这趟旅行真是来对了。母亲的声音如同摇篮曲一般温柔,让我感到十分宽心,十分安谧。连日来的苦恼全都消失在了遥远的过去,我此刻的内心洋溢着满满的幸福感。我充分感受到,七十在望了,自己终于又找回了人生的乐趣。

"妈,你可一定要长寿啊,比我更长寿。"

"傻瓜,哪有活得比儿子更长的父母呢?"

"不管怎么说,还是希望你长寿啊。"

我笑了。我听到母亲也发出了苦笑声。

---

[1] 体现京都文化特色的日式料理。

第二天，我们去了产宁坂[1]。双目失明之前——应该是三十五六岁那会儿吧——我曾经来过一次。铺着石板的坡道，以及鳞次栉比的、镶着虫笼窗[2]的老屋，还有茶店风格的住宅、土产商店、陶瓷器店、料亭[3]，都极具风情，给我留下了深刻印象。

"街市像是江户时代的，是吧？"

"是啊。"母亲用感慨颇深的语调答道，"真是古色古香啊！"

"樱花怎么样？"

在我记忆的映象中，乌黑的瓦屋顶上，垂挂着软条樱花那纤柔的枝条，每当饱含着新绿与鲜花香味的春风吹过，那些枝条便像从天上悬挂下来的粉红色蕾丝窗帘似的，轻轻飘荡，并撒下片片樱花花瓣……

"多么漂亮的樱花呀！到底是京都啊！"

我忽地心念一动：母亲或是为了照顾到我而隐瞒了现代化对原有景色的破坏亦未可知。要是产宁坂已不复三十年前的旧日模样，该如何是好？使人仿佛置身于江户时代的建筑早已被悉数推倒，取而代之的是一排排商住大楼……

我用导盲杖敲打着地面往前走着，忽然，脸颊像是被什么东

---

1 又名三年坂。位于日本京都市东山区的一条石板坡道，也是清水寺的神道。现为著名的观光地，纪念品店、陶器店和餐厅林立路旁。附近有八坂神社、圆山公园、高台寺、法观寺。

2 临街房屋中楼上的格子窗，因格子较密，形如虫笼而得名。

3 高档日式餐馆，通常设在古典庭院之中，服务周到，食材应季且新鲜。

西轻轻地触碰了一下。我用手指尖一捻，竟是一枚花瓣。要是街市早已面目全非的话，恐怕樱花也就不复存在了吧。想必京都古风犹存，依旧愉悦着游客的双眼吧。

"我说妈妈她呀……"哥哥说道，"说'婴儿的洗澡水要是泼在太阳底下，孩子就多灾多病'，所以每天都把你的洗澡水泼到背阴的地方去。"

这又是一句家乡的老话吧。母亲对我的养育可谓是无微不至，可我居然时至今日才体会到……

我们朝着四条通[1]缓缓前行，到了八坂神社的门楼处，来自祇园[2]的喧嚣声也就清晰可闻了。我的肌肤能感受到柔和的春日阳光，微风则抚弄着我的前发。祇园白川，倘若也一如往昔的话，应该是一条石板街向前延伸着，道旁是成排的带有格子门的茶屋，身穿艳丽和服的艺伎们往来交错，街上盛开着的樱花树落英缤纷，无数的花瓣随着河中的潺潺流水漂向远方……

这时，上方传来了细微的花瓣相互摩擦的声音，许是走入了樱花行道树所形成的"隧道"。与春风一同轻抚我肌肤的，想必就是那缤纷落花了吧。

"怎么样，妈，这儿的景色好看吗？"

"太好看了。"母亲的声音带上了些许感慨，"快要入土的妈

---

1 京都的街道名。东西向横贯整个京都市，东端是八坂神社，西端是松尾大社。
2 地区名。位于日本京都市东山区八坂神社前。

妈看得见这么好看的景色，还要好好活下去的儿子却看不见。神明真是太不公平了。"

"别这么说，妈，我早就习惯了。"

哥哥推着的轮椅在石板路上行进着。我听着轮椅发出的声响，与它并排走着，手中的导盲杖发出有规则的敲击声。

我的内心隐隐作痛。莫非母亲直到今天还怀有罪恶感？这全都是我的错。就在明确失明已无可避免之时，母亲是想到我家来照顾我的。可我不仅断然拒绝了她，还对她说了"要不是战败那会儿你判断错误的话……"之类的话。

当时，母亲在向我不住地道歉之后，为了祈祷我的眼疾康复，还拍起了毽子，唱起了数数歌。可我听了只觉得刺耳，心情越发烦躁了，还拍落了毽子。母亲则默默地捡起毽子，没有半句怨言，继续拍了起来。我转身离开了母亲，而哀伤的数数歌却追了上来。

正当我边走边回忆令我懊悔不已的过去时，我忽然听到了位于车轮声之上的母亲的说话声。

"对了……阿和，从前妈妈病倒时，你还为妈妈唱数数歌祈福来着，是吧？那会儿，妈妈真高兴啊。"

说着，母亲就哼起了数数歌：

一是最好的第一宫，
二是日光的东照宫，

三是佐仓的宗五郎，
四是信浓的善光寺，
五是出云的大社……

我也不假思索地跟着她一起唱了起来：

六是各村的守护神，
七是成田的不动明王，
八是八幡的八幡宫，
九是高野的弘法大师，
十是东京的招魂社，
诚心祈求众神明，
保佑我儿病早愈。

只不过我将最后一句中的"我儿"改成了"母亲"。唱完之后，有好一阵子我们谁都没有说话。所能听到的，只有樱花花瓣的窸窣细语。

"我呀，近来总感到生命正从自己的身体里往外逃啊。而我一直在拉住它，不让它逃走。"她咳嗽了几声后，继续说道，"我实在不放心扔下你们这两个儿子自己先走……"

母亲这种像是眼望着彼岸说话的口吻，令我心痛不已。此刻，轮椅仍在樱花行道树旁的石板路上缓缓前进着。

"阿和，要是妈妈死了，就把我的器官给夏帆吧。现在就可以先办手续了。"

"……不行的，妈。那是只适用于夫妻与父母之间的。"

最近，《器官移植法》已得到修改，死者的器官确实可以优先提供给自己的亲属了，但祖父母以及曾祖父母却不在此范围内。虽说肾脏移植原则上并无年龄限制，但一般还是以七十岁为上限，所以已届高龄的母亲是很难做活体移植的。

"妈，你即便去世了，器官也还是只能先提供给陌生人，是轮不到排队排在后面的夏帆的。"

"……这样啊。我还以为自己死后还能帮上点儿忙呢，看来这事也不大好办啊。"

"妈，你就别说这些不吉利的话了！夏帆她肯定也是希望你长寿的。"

"看到曾外孙女受苦，我心里难受啊，阿和。"

"夏帆她……会有办法的，一定会有办法的。"

我这话一半是说给自己听的，与此同时，我也留意着正推着轮椅的哥哥的动静。他为什么要让母亲说出如此伤心的话？他要真是个孝顺的儿子，为什么不说出"要不就让我去体检一下试试"之类的话，让母亲宽心呢？他明明可以这样做，却依旧固执地拒绝体检……

疑惑再次在我心头冒了出来。去了一趟北海道后，原本我已经对哥哥刮目相看了。不过，我还没有完全相信他，我没法儿欺骗自己的心。

因为谜团仍在，并未彻底消除。那么多封用语骇人的俳句信件，把电话打到我手机上、自称是我哥哥的徐浩然——入境管理局的官员说他是诈骗犯，还有，"哥哥"说村里有人看到我拿着装有砒霜的小瓶走出储藏室的目的，又是什么呢？

这个"哥哥"是我的亲哥哥吗？一旦存下了疑心，是很难将其抹掉的。

"阿和……"母亲以试探的口吻低声说道。

"什么？"

"你跟你哥之间有什么事吗？"

"怎么问起这个来了？"

"你们之间可有些生分啊。我是你们的妈，一眼就看出来了嘛。"

"……我们没事，你不用担心。"

"你们要亲亲热热的才好啊，毕竟是兄弟嘛。"

我们是兄弟……吗？

这时，"哥哥"替我做出了回答："妈，你不要担心。我们会互相帮助，好好过日子的。你就不要说这种扫兴的话了。"

"哥哥"的话在我听来，显得十分空泛、苍白。

接着，我们走进了一家茶屋，稍事休息。店内洋溢着一股桧木的香味。我们坐在吧台前，吃了带有淡淡的樱花香味的豆沙包。

其间,"哥哥"去上厕所后,我不由得做了一个深呼吸。

我应该跟母亲说出心里话吗?

她要是知道了我心中的怀疑,恐怕会十分难过吧。当年她喜极而泣,大叫"我儿子还活着!"的声音,令我终生难忘。要是她得知这个儿子竟是个毫无血缘关系的人,所受打击之大,恐怕会令她的心脏停止跳动。可是,倘若果真有人冒充我哥哥,且有所图谋的话,我也不能总将此事藏在心底啊。母亲要是抛弃先入为主的观念,以怀疑的眼光来审视的话,应该是能够辨别出来的吧。

"……妈,哥哥他人呢?"

"还在厕所里吧。"

"是嘛。"

"怎么了,阿和?"

我做了一个深呼吸,不知不觉间,连拳头也攥紧了。考虑到自己的一句话将会彻底改变家庭成员之间的关系,我便不由自主地抿紧了嘴唇。想必我这副紧张的模样全被母亲看在眼里了吧。

"其实……"我勉强张开了重如墓碑的嘴唇,"我对哥哥的真实性有所怀疑,他有可能是个冒牌货。"

耳边响起了母亲倒吸一口凉气的声音。"阿和,你、你怎么会……"母亲的声音微微发颤,显得她十分紧张,"你在说什么傻话?"

"自从我开始怀疑后,就发现他在许多地方都不对劲。于是我就去找曾在同一个开拓团的移民、遗孤了解了一下情况。我也曾怀疑自己是不是过于疑神疑鬼，可还是放心不下啊。你想起什么没有？他真是我哥哥吗？有句话尽管很难说出口，可我还是要问一下，妈，你会不会被他骗了，只是一厢情愿地相信他就是自己的儿子？"

母亲沉默了半晌。坐在远处的游客的喧哗声又变得清晰可闻了。

"阿和，你，不行啊，不行。"母亲的口气十分强硬，连游客的谈话都中止了，"不能干……不能干这种事！事到如今，还去调查自己的哥哥，绝对不行！"说到这儿，她难受地咳嗽了起来，就跟喉咙里堵着一团棉花似的："真的也好，假冒的也罢……已经没什么关系了。"

母亲的这一说法，令我惊愕不已。冲击之大，仿佛长年来深信不疑的世界翻了个个儿，瞬间分崩离析了一般。心脏声响如破钟，汗水喷涌而出。

原来母亲早就知道他是冒牌货了！

原来是这样啊！我恍然大悟。怪不得比起"哥哥"来，她平日里对我更好，原来不是因为我是她的小儿子，也不是她与"哥哥"分离了四十年的缘故，而是因为他是个冒牌货啊。

"妈，你是跟他一起在老家生活了以后才发现的，还是在参加'访日调查'活动那会儿就知道了？你是在完全知情的前提下认亲的吗？"

倘若是在完全知情的前提下认的亲,那母亲又为什么要将这么个冒牌货当作自己的亲生儿子领回家呢?莫非有什么特别的理由?这个假冒我哥哥的家伙跟母亲又是什么关系?母亲知道自称我亲哥哥的那个徐浩然吗?凡此种种,我一无所知。

"妈妈什么都回答不了,阿和。你就别再干这种刨坟掘墓似的事了,妈妈求你了……"

第十六章

东京

  由于得到了夏帆病情恶化的消息，原定四天三夜的旅行，我们只住了两宿就提前结束了。由香里在电话中说，必须尽快实施肾脏移植手术。她恳求我再去拜托伯父一次，我却无法照她的话去做，因为我已经知道他是个冒牌货了。即便他同意，在配型检查中判明他并非亲属后，医生也不会同意移植的。

  可话说回来，母亲明知他不是自己的儿子，却依旧认下了他，还流着泪装出久别重逢的激动模样，到底是为了什么呢？将一个毫不相干的中国人当作日本遗孤接回家，又有什么好处呢？

  中国人？

  "哥哥"要是日本人，又会怎样呢？要是母亲出于同情，接受了一个想回国却因找不到身份担保人而无法回国的日本遗孤的话……不，即便他是日本人，母亲也没理由对一个陌生人如此热情吧？因为，只要母亲与儿子重逢了，志愿者组织就不会再继续寻找"村上龙彦"了。由此可见，将一个假冒者认作亲生儿子，不就等于抛弃了自己的亲生儿子吗？

决定逃难的那天，母亲用日文和中文将我们的名字和老家的地址刻在了家中的柱子上。当时她所说的理由是："你们的爸爸回来找不到我们，会很着急的。"可冷静下来想一想，就会发现没有必要告诉父亲老家的地址。因为，他们在去中国之前，不就一起生活在那里吗？如果要刻字的话，只需刻一句"回岩手老家了"也就够了，根本不需要刻地址。

还有，为什么还要同时刻下中文呢？这也实在令人费解。莫非这些我看不懂的中文里，藏着写给什么人看的暗号？

说到底，京都旅行无非是昙花一现式的幸福罢了。不仅如此，还产生了新的谜团与疑惑。露出了一点儿光亮的希望，就像一只深夜里误入都市的萤火虫，一闪之后，就被茫茫黑暗吞没了。

一回到东京，我直接就去了医院。看望了住院的夏帆后，我告诉由香里说："我恳求过了，可他还是说什么都不答应。"女儿沮丧的叹息声——一丝希望消失后的黯然之声，令我心如刀绞，几乎喘不过气来。

真正的哥哥还活着吗，还是已经死了？这一问题令我苦恼了好多天。

一天晚上，我正在家里吃晚饭时，门铃响了起来。我摸到了墙上的对讲门禁后，便问道："请问是哪一位？"

"是村上和久先生吧？"门禁中传来的是一个三十多岁的男人的声音，"我是东京入境管理局的出入境警察，鄙姓巢鸭。"

东京入境管理局？是为了那个自称真村上龙彦的徐浩然而来的吗？但我只跟徐浩然用手机通过一次话而已啊。

"有什么事吗？"

"可以进去说吗？"

我犹豫片刻之后，回答了一声："可以。"随即，我就在黑暗中沿着墙走到玄关处开了门。出入境警察像是有两位。重新打过招呼后，我将他们引进屋，在起居室的沙发上坐了下来。

"还是为了那个诈骗犯的事吗？"

我之所以如此单刀直入，是因为陌生人在家里待久了，会令我坐立不安。别人过度介入我的生活，我会有种戴上眼罩后被扒得一丝不挂的感觉——浑身上下毫无防备。

"诈骗犯？"巢鸭的声调显得十分惊诧。

"我也是从你们的同事那儿听说的，大概在两周前吧。"

"这就怪了。入境管理局的人跟你接触，这还是第一次呀。"

接触？尽管这种用于罪犯身上的词语令人恼火，可我还是控制住了自己的情绪："是在路上叫住我的，他们确实自称东京入境管理局的。"

自称东京入境管理局的——我被自己的这句话吓了一跳。确实，那两人只是自称东京入境管理局的。这并未得到证明。不对，有位路过的女性看过他们的入境管理局证件。可要是那人是个托儿呢？也就是说，他们让第三名同伙假装过路人，来证实他们是入境管理局的。我竟然就这么相信了。那么那两人是何许人也？他们说起话来没有中国口音，应该是日本人吧？他们声称，徐浩然是个诈骗犯，想要知道他的下落。

"看来——有人在欺骗你啊，村上先生。"

"……你们的目的又是什么呢，就当你们真的是入境管理局官员？"

"如果你需要证明，不妨请你信得过的人过来确认。"

巢鸭说得泰然自若，不带一丝慌张。

"不必了。"

"是嘛，那我就开门见山了。事情是这样的，今年二月中旬，发生了一起利用日本集装箱船偷渡的案件。"

"这个我在收音机里听到过，说大部分人都死了。"

"是的，但有两名幸存者。一人钻空子逃跑了，另一人现在正由入境管理局控制着。"

逃跑的就是徐浩然，之前他在电话里就是这么说的。

"村上先生，你又是如何参与其中的呢？"

这话令我不由得一愣。

"参与？要是我说那艘集装箱船就是我开的，你们满意吗？"

"我这话要是令你不快，还请原谅。老实说，我并不认为你参与了此案。"

"可你对我有所怀疑，是不是？能请教一下理由吗？"

"……是因为盲文俳句。那是寄到你老家的，是吧？"

我没想到他会突然提到那些俳句。

"我确实收到了，内容惊悚却又叫人摸不着头脑。因为没写名字，我也不知道是谁寄出的。"

"寄信人就是刚才提到的那个已被控制起来的偷渡者。"

"啊？是那个偷渡来的中国人吗？这就更叫我一头雾水了。"

"你是否隐瞒了什么？"

"你怎么会这么想呢？我可没有中国朋友。在你还没出生那会儿，我在中国东北倒是有几个中国玩伴，不过那已经是六十五年前的事了。你说的这个中国人叫什么名字？多大年龄？"

"那人名叫马孝忠，年龄嘛，好像是三十五岁。不过这是否属实，我们也不太清楚，毕竟只要肯花钱，就能够造出假的身份证件。"

果然不出我所料，寄来那些俳句的就是中国人啊。汉俳不重视季语，而那些用语惊悚的俳句里也没用季语。看来这样的推理是成立的。

这时，稍远的地方——架子方向响起了轻微的声响。我立刻绷紧了神经，十分专注地听着眼前之人的声息。眼下，我面前恐怕只坐着一个人吧。

"我可没看到搜查证啊。"我紧盯着架子方向，故意用确定无疑的口吻说道，"在视障人士的家里'偷鸡摸狗'，这倒是媒体感兴趣的行为啊。"

沉默了片刻之后,从架子方向传来了一个带点儿神经质的男人的声音:"我们确实没有申请搜查许可,不过请你也不要误会。我只是闲得无聊,不经意间碰了一下架子上的摆设而已。"

"要不我借个铃铛给你?你要是觉得闲得发慌,就请玩玩铃铛吧。这样至少能让我知道你在哪儿。"

"抱歉了。"随着脚步声靠近,桌子对面的沙发发出了承受重量后的微弱声响。

"不管怎么说,我可不认识那个姓马的中国人。"

"这就奇怪了。"巢鸭的口吻变得严厉起来了,"他会给一个毫不相干的人寄俳句吗?我们认为,这些俳句中藏着某种暗号,俳句的内容暗示着偷渡时的情形。马孝忠的妻子就死在透气孔被堵住的集装箱里,她手里攥着天后宫的护身符,断气的模样真是惨不忍睹啊。"

我回忆了一下还记得的部分俳句的内容,发现果然有"梦已碎,我子与我妻""向往日出之国""死亡暴风雨"这类的说法。不过,比起这些来,我更关心的是另一件事:"这么说来,你们入境管理局是掌握这些俳句的内容的,是吧?两周前,我怀疑家里进了贼。那是你们干的吗?为了偷看那些俳句,你们溜进了我家?"

"你要是觉得家里进了贼,那就应该报警啊。我们可不是通过非法手段了解到俳句内容的。那些信,就是在入境管理局的协助下寄出去的。"

"啊?"我扬起了眉毛,用面部表情要求对方做出解释。

"你觉得,在入境管理局官员的监视下,那个中国人能偷偷摸摸地寄出那么多封信吗?没有我们的协助,是根本办不到的。"

"那你们干吗要这么做呢?"

"好吧,我就从头开始跟你讲吧。那个马孝忠,我们就偷渡手段和组织者审问他时,他死活不开口。经过调查,我们发现在两年前,他就已在日本非法滞留了十年,怪不得日语说得很溜呢。经过我们的再三追问,他终于说出他因非法滞留被遣送回国,所以这次只得铤而走险,非法偷渡了。因为受到遣送回国处分的人,五年内是不得再次入境的。"

"他偷渡来日本,是为了钱吗?"

"这一点自然无法排除,不过最主要的动机似乎还不在于此。他第二个孩子上不了户口,才想一家四口一起移居日本。我们从他本人口中了解到的,只有这些。老实说,我们也为此伤透了脑筋。因为除了已经逃跑的另一个偷渡者,他就是唯一的'信息来源'了。不料有一天,他居然提出要给在日本的朋友写信。"

"……哦,所以你们就想到要对此加以利用了,是吧?检查一下信件内容,就能获取有用的信息。"

"你的洞察力可真强啊。当然了,马孝忠对此也是心知肚明的吧。所以他又说:'对方是个盲人,我要写盲文给他。给我找本盲文教材来。'我们给他准备好后,他盯着那本盲文书看了一整天,然后用我们给他的盲文书写器鼓捣了好一阵子,最后终于写出了一句俳句。而收信地址，就是你的老家。我们也研究了俳句，可读不出什么意思来。后来，他每隔一天就写一句俳句。我们猜想，等他把要写的俳句全部写完，其中隐藏的暗号或许就会显露出来了。前些天，总共十四封俳句信全部寄出后，他说：'盲文书写器用不着了。'可我们将所有的俳句排列在一起，还是看不出什么名堂来。无奈之下，我们只好直接来找你了。"

"如果我是他的同谋，肯定会说那不是什么暗号吧。"

"……其实入境管理局也没把你看成偷渡组织——'蛇头'的同伙。很抱歉，其实我们已经监视过你几天了。由于你并没有什么可疑的举动，所以监视很快就解除了。"

"老实说，我确实一无所知。等等，那些俳句，真的是寄给我的吗？"

"收信人写的是村上和久。"

"都是先寄到老家，再由我哥哥转寄过来的。这么说来，哥哥要是想偷看俳句，也有的是机会啊。会不会那个马孝忠是表面上寄给我，实则是在给我哥哥发送暗号呢？"

"这个我们也考虑到了，可既然他用的是盲文，这种可能性恐怕不大。你哥哥有什么值得怀疑的地方吗？"

　　妈妈什么都回答不了，阿和。你就别再干这种刨坟掘墓似的事了，妈妈求你了……

母亲哀切的恳求声在我的耳边再次响起，令我胸口发闷。母亲不让我查明哥哥身份的真相，这到底是为了什么呢？假冒我哥哥的这个家伙，又是何许人也？倘若将这个秘密告诉入境管理局官员，恐怕会令母亲伤心吧。

可是，既然那家伙是个冒牌货，我是无法将他认作亲哥哥的。不管这里面有着怎样的缘故，说起来，母亲还是信不过我，不是吗？她要是信得过我的话，就不该对我有所隐瞒。

"我哥哥是日本遗孤。"我仰天长叹了一口气，"可我怀疑他是个冒牌货，总觉得是什么人假冒了村上龙彦，在我的老家若无其事地生活着。"

"哦，这倒是一条很有意思的线索啊！"

巢鸭的口气显得相当兴奋。要是眼睛没毛病的话，我或许都能看到他眼里的闪光了吧。

"其他的，我就什么都不知道了。很抱歉，没能帮上你们什么忙。"

"……哪里哪里，多谢你提供的宝贵信息。"巢鸭的声音的位置在往上升了，"要是你解开了俳句之谜，还望通知我们。"

我则一边回忆着母亲的面容，一边暗自祈祷：希望以后不会为说出了心中的疑惑而后悔。

巢鸭留下电话号码离去后，我就将收到的俳句全都拿出来，一屁股坐到了沙发上。"哥哥"后来又寄来了三封，其中包括我们在京都旅行时寄到老家的。全部加起来，一共十四封，我按照先后顺序将它们排好：

まいそうも されずさまよう たましいよ
没被安葬的灵魂啊，四处游荡。

おんねんが こころのほのお もやさせる
怨恨，将燃起心头之火。

んもなくし われとらわれて かごのとり
不走运的我，被人捉住，成了笼中鸟。

さいおうの うまはかえれど われひとり
塞翁之马回来了，我仍孑然一身。

もうあえぬ わがことつまは ゆめやぶれ
梦已碎，我子与我妻，再难见。

にげまわる うらぎりのいぬ おいつめる
狗叛徒，逃到天涯海角，也将紧追不舍。

ろがおどり こころもへやも ゆれうごく
橹舞动，心灵与房间，随之摇晃。

ひのいずる くにをめざして ちをあびる
向往日出之国，难免兜头浴血。

かくいどり ちまみれのては ぬぐえない
食蚊鸟，沾满鲜血的双手，无法擦净。

けおされる しのおおあらし いきぐるし
令人气馁的，死亡暴风雨，使人窒息。

たえだえに もがきくるしむ しかばねよ
奄奄一息，垂死挣扎着的，将死之人啊。

はがれづめ かきむしるかべ ちがはねる
抓挠墙壁，指甲脱落，鲜血迸溅。

やえざくら つみかさなりて あらしのよ
八重樱[1]，堆积起来了，暴风雨之夜。

このあたま さかさまにして こえをきく
把这个脑袋，倒过来，倾听人声。

---

1 樱花的一个品种，有着八重花瓣，故名。

由于是在明知会受到入境管理局官员审查的前提下寄出的，所以这些盲文俳句中肯定隐藏着某种暗号。

抚摸着这些横排的盲文，我努力读取着其中的含义。我也试着纵向读，甚至斜着读，将文字调换位置读。可不论我如何尝试，如何努力，这些俳句也仍是一句句骇人的俳句，我根本读不出隐藏的深意。不过，在用手指抚摸了这些俳句几十遍之后，我也突然发觉了一丝蹊跷。那就是，这些控诉在集装箱里痛失妻子与孩子的俳句中，只有一句是与众不同的，就是最后一句：

このあたま さかさまにして こえをきく
把这个脑袋，倒过来，倾听人声。

只有在这一句里，感受不到其他俳句那样的怨恨。所谓"人声"，会是谁的声音呢？应该是……寄信人的声音吧。也就是说，最后这一句提供了解开谜团的线索。将"脑袋"倒过来，就能解开谜团了吗？那么"脑袋"又是什么呢？是指"孩子的脑袋"，还是指首位假名？

まおんさもにろひかけたはやこ

我将每一句俳句的第一个假名从上往下读了一遍，可这不成为句子。看来问题在于"倒过来"。该怎么"倒过来"才好呢？于是我又将这些首位假名从下往上倒着读了一遍：

こやはたけかひろにもさんおま

配上可能的汉字就是"小屋は岳か広にもさんおま"——依旧读不通。不过我觉得自己的想法并没错，"脑袋"和"倒过来"仍是解开谜团的关键。

另一句让人觉得有点儿怪的，是"んもなくし　われとらわれて　かごのとり（不走运的我，被人捉住，成了笼中鸟）"。开头的假名是"ん"，通常，它是应该写作"うん"，即运气的"运"的。倘若是为了凑字数，那写成"うんなくし"就行了。他非要写作"ん"的理由，又是什么呢？是不是为了"倒过来"？也就是说，为了首位假名"倒过来"后读得通，第三句俳句的首位假名必须是"ん"？如此一来，"ん"不就成了首位假名连读的关键？

可问题是，"倒过来"到底是什么意思呢？

苦思冥想之间，我突然想起了巢鸭说过的一句话："我们给他准备好后，他盯着那本盲文书看了一整天，然后用我们给他的盲文书写器鼓捣了好一阵子，最后终于写出了一句俳句。"

那个马孝忠为什么要花一整天来看盲文书呢？既然他日语说得很溜，眼睛又不瞎，那他看着盲文对照表直接点出盲文不就行了吗？即便要花时间琢磨墨字——非盲文的普通文字——的暗号，也没必要紧盯着盲文教材呀。

真正的暗号，会不会就藏在盲文里呢？

我抚摩着首位假名，想象着那一个个点排列着的形态。

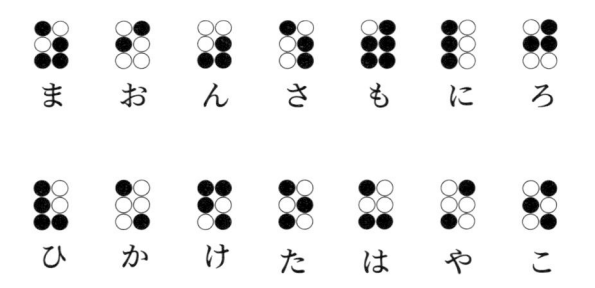

我还在脑海中上下左右地交换着这些点的位置。

将"ま"的首行和末行的点调换位置后，就成了"つ"，将"ま"左右两列的点调换位置后，就成了"ほ"。

如此这般，我也尝试了别的假名。可是，将"お"的首行和末行调换后，就成了单纯的符号了，而"ん"成了"る"，"さ"成了"よ"，"も"成了"せ"，可"つおるよせ……"这样的排列是毫无意义的。我又试着调换左右两列的位置，依旧读不出什么意思。

253

随后，我稍稍休息了一会儿，走到餐厅打开了冰箱。我摸了一下冰箱门的内侧，取出了放在最右侧的牛奶盒。这个像屋顶似的盒顶上有一个半圆形的缺口，表示这是百分之百的鲜牛奶。

回到起居室后，通过装在玻璃杯上的液体探针，我倒牛奶倒了八分满，随即便端起杯子喝了一口。蓦地，我觉得留在舌头上的牛奶有些发苦。莫非早已过了保质期？由于看不到保质期，所以买的时候，我只能相信便利店。要是买来的东西里混入了过期食品，我自然是察觉不到其提前腐败的。

放下杯子后，我在嘴里搅动着带有不快感觉的舌头，重新研究那些暗号。过了三十来分钟吧，由于一直想象着那些变换过的盲文，我的大脑已相当疲劳了。于是我决定一边用盲文书写器做记录，一边思考。我没有盲文专用的打字机或电脑，用的还是以前的老式工具——一个塑料的便携式盲文点字器。一个大尺似的塑料板上，三十个一行的方孔共有六行，将盲文专用纸夹入其中后，就可用前端带针的点字笔，一孔一字地点出盲文来。

点字比读字麻烦多了。由于要在盲文纸的正面形成凸点，所以点字笔必须点在其背面。这样的话，文字的排列自然就变成从右往左，盲文那六个点的排列，自然也是左右颠倒的了⋯⋯

颠倒？！

我摸了一下点出了首位假名的盲文纸的背面。这里排列的不是凸点，而是凹点。莫非⋯⋯为了验证一下自己的灵感，我又往点字器中夹了一张新的盲文纸。莫非"倒过来"是指不要读盲文的凸点，而该读凹点？

我用点字笔点出首位假名的凹点：

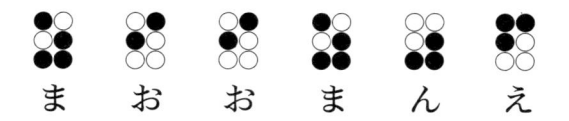

まおおまんえ

将"ま"的凹点当作凸点来读，就成了"お"。"お"成了"ま"，"ん"成了"え"，"さ"成了"の"，"も"成了"あ"。不过，"に"的三个凸点都在左侧，而与此相对应的、右侧为三个凸点的假名是不存在的，所以"に"就仍当作"に"了。再往后，"ろ"变成了"は"，而"ひ"与"に"一样，也没有相对应的假名，只得保留。接着，"か"变成了"と"，"け"变成了"を"。

随着这个句子的含义逐步显现，我直感到脊背在发凉，握着点字笔的手，也渗出了冷汗。

"た"成了"こ"，"は"成了"ろ"。

不会吧……

怦怦直跳的心脏，似乎随时都会破裂。

"や"成了"し"。最后，"こ"成了"た"。

这不是与偷渡有关的暗号，这是向我做出的举报。寄信人马孝忠在向我告发假冒我哥哥的那个家伙所犯下的罪行。

你的哥哥，杀了人。

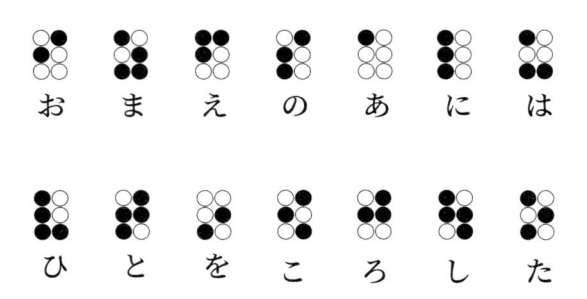

おまえのあには

ひとをころした

刹那间，我感到全身的汗毛都倒竖了起来，后脖颈一阵发麻。

是谁？被假冒我哥哥的家伙杀了的，是谁？是在哪儿被杀死的？直到两年前被强制遣送回国，马孝忠曾在日本生活长达十年。那么，他就是在那会儿得知假冒我哥哥的家伙杀了人的吗？还是在那个冒牌货通过"访日调查"回国定居之前，即在中国的时候吗？

被杀的那个，会不会是我的亲哥哥呢？母亲对这一切都知情吗？她是在知情的情况下认亲的吗？果真如此的话，她为什么要这么做？

我一无所知，只能直接去问母亲，别无他法。

胃部突然不舒服起来了，那感觉，就跟有只沾满泥浆的手在抓挠其内壁似的。只要杀过一个人，那么杀第二个人的时候，恐怕就不会迟疑了吧。那瓶消失了的砒霜，到底要用在谁的身上？

是母亲吗,还是……

毫无疑问,胃部的不适感是心理因素引起的。

我对自己这么说之后,就抓起玻璃杯去了餐厅,将已经变质的牛奶倒进了水池。

第十七章

岩手

　　故乡的大地完全被茫茫大雨封闭了。与建筑物密集、空间狭小的东京不同，在农村，雨点是直接砸在地面上的。故而我所能听到的，只有田间小道上的泥水因雨点砸落而迸溅的声响。湿漉漉的青草与泥土的腥味，从我的脚边直往上冒。

　　我一边用导盲杖的杖头敲破积水，一边往老家赶去。

　　你的哥哥，杀了人。

　　假冒我哥哥的家伙杀了谁？为什么要杀？他是个冷酷的杀手吗？他要杀的下一个人是谁？他要将声称被我拿走的砒霜用在谁的身上？

　　由于周围所有的环境信息都被雨声遮盖掉了，我就跟四面八方都被瀑布围住了一般。突如其来的宛如大树被撕裂似的雷鸣声，让我的心脏差点儿跳出嗓子眼儿。轰鸣声就在附近响起，我仿佛已经走进了雷云。我甚至觉得看到了将漆黑一片的天空劈为两半的白色闪电。

我呆立在原地，一步都跨不开。一进村，就遭到了暴雨袭击，真不走运啊。我该往左边走，还是该往右边去呢？距离老家还有多远呢？我全然不知。这么大的雨，连个过路人都没有，想请人指点一下也不可得。

我任由暴雨浇着，东一头西一头地走了十几二十来分钟。这雨大得都能将乌鸦击落下来了。仰起脸来，甚至感觉自己会被砸在脸上的雨滴淹死。就在这时，背后传来了一个老妇人的声音。向她求助后，她就领着我朝老家走去。脚底的感觉及听到的声响，就跟走在米糠酱上似的。

"当心了，门口放着水田耙[1]呢。"

水田耙？我回想起以前母亲常说的家乡俗语："三四月里打雷要吊起水田耙。"看来，尽管因为膝盖疼而卧床不起的日子变多了，可母亲还没忘了要讨吉利。我谢过老妇人之后，小心翼翼地避开吊着的水田耙，拉开了拉门。屋里寂静无声。我脱下鞋，用晾衣服的夹子夹好后，将导盲杖靠在了玄关的鞋架上。

"喂——"我大喊了一声，可声音完全被大雨给抹杀了。承载着我的体重的走廊地板在嘎吱作响，脚步声却被雨声盖过了。

---

[1] 日本固有的一种碎土农具。一根横杠上带有多根铁齿，用牛或马拉着碎土。

我抚摸着粗糙的土墙墙面,朝茶间走去。已被淋得像只落汤鸡的我,听到水从身上滴滴答答地滴在地板上,觉得像是滴血的声音。

忽然,我产生了一种正走在通往地狱的洞穴之中的感觉。这是怎么回事?上次回老家的时候,这儿的一切还让我感到那么亲切呢……可现在,我却感受到了一种异样的氛围。

被雨完全淋湿的内衣和衬衫紧紧地贴在身上,让我极不舒服,就跟被一大块浸透了泥水的抹布包裹着全身似的。

走到土墙的尽头后,我拉开了纸拉门,紧握着门框走进了茶间。我闻到了一股微弱的煤气味。我踩着微塌的榻榻米往里走去。

"……有人吗?"

没有回应。连人的气息都没有。强烈的惶恐不安勒住了我的脖子。出门去了?可是,"哥哥"姑且不论,难道连膝盖无力的母亲也会冒着倾盆大雨到外面去溜达吗?

一种不祥的预感揪住了我的心。

走着走着,我突然被什么东西绊了一下,紧接着整个人就倒在了一个像是沙袋似的东西上。我手脚着地地趴在那儿用手摸了一下,原来是一床鼓起的被褥,里面……分明还躺着一个人!

"……妈妈?哥哥?"

我战战兢兢地喊道。心脏狂跳,胃部剧痛。我用手按住胸口,一个劲地告诉自己:"要镇静!镇静!"可是没用,心脏反倒越跳越快了。

我屏住呼吸，轻轻掀开被子，伸手进去一摸，包在衣服里面的是瘦骨嶙峋的身体。不是哥哥，是母亲。

心跳得越发厉害了。我将手掌探到衣服下面，接触到她的肌肤。可母亲毫无反应，吓得我立刻又将手抽了回来。

莫非……不会吧？怎么会……

我不敢再摸了，可又想否定现实。于是我便抱着豁出去了的决心，再次伸出了手臂。我听到自己的血在血管里奔流的嘈杂声音。手掌再次触摸到了肌肤，连一丝生命的暖意都没有。

我喘息着，用双手抚摸着。别这样！别这样！母亲的身体却毫无反应。

母亲……已经断气了。

我摇了摇头。我来晚了！母亲已被杀害了！被"哥哥"杀害了！对了，踏入茶间时我闻到了一股微弱的煤气味，是"哥哥"拧开了总阀，让煤气泄漏了？母亲是因一氧化碳中毒而死的？

奔流全身的血液已经沸腾了，可我的脑袋和五脏六腑却冷得发战。我发觉自己的上半身正在摇晃，这是晕厥的前兆。我赶紧将手撑在榻榻米上。

"怀着半吊子的好奇心而介入过深，可是会惹祸上身的呀。"

母亲之所以被杀，很可能就是因为我将对假遗孤的疑惑告诉了入境管理局官员。母亲明明说过："事到如今，还去调查自己的哥哥,绝对不行!"可我还是将这事告诉了别人。如今,"哥哥"不就是为了灭口,才杀了知道自己是冒牌货的母亲吗?母亲不就是因为我要调查过去的事情才死的吗?我太大意,太鲁莽了!我咒骂着自己。

母亲的声音永远消失了。我再也听不到自己身体衰弱却仍只担心我的母亲的声音了。这就是我深爱着的母亲的结局吗?我悲从中来,咬紧颤抖着的嘴唇,不让自己发出哽咽之声。

报警!必须报警!

我站起身来。可就在这时,在被雨声支配着的黑暗之中,我仿佛听到了衣服轻微的摩擦声。我的心跳陡然加快。我感觉到,就在离我几步之外,有个人影隐藏在黑暗之中。有人!我感觉到了人的气息。

凶手就在茶间里。

我咽了一口唾沫。干涸的喉咙里发出的声音大得吓人,仿佛连对方都能听到似的。

"……谁?是谁在那儿!"

我往前跨了一步,却听到毫不犹豫行动起来的脚步声。踩在榻榻米上的脚步声,绕了个大圈子出去了。

"站住!"我紧追上去,不料小腿碰到了一个很硬的障碍物,将那玩意儿撞得摇晃起来。随着什么东西滑动的声响,榻榻米上响起了沉闷的掉落声,紧接着又传来液体飞溅的声音。

就在我咬牙忍着小腿上的剧痛的当儿,铺着地板的走廊上的脚步声迅速远去了。尽管很不甘心,可我也明白,自己是不可能追上一个视力正常的人的。

该死!现在想来,刚踏入茶间时,凶手就在我的对面。想必是暴雨声和雷鸣声分了他的心,他才没过早发现我吧。在我拉开纸拉门的那一瞬间,他肯定吓得不轻吧。可当他发现我有视觉障碍之后,就屏住了气息,等候着逃跑的机会。

一想到杀害母亲的凶手曾经就在我的眼前,我懊悔不已,差点儿将牙齿咬碎。

我双膝跪地,双手在矮桌和榻榻米上摸索着,想要弄清楚刚才掉落的是什么东西。这玩意儿是……长方形的坚硬物体,是陶器吗?不,从形状上来看,这应该是一块砚台。这么说来,飞溅开来的液体就是墨汁了。莫非母亲临终前正在写信?

我又摸了一下矮桌的桌面,上面没有纸张。面对母亲的遗体,我觉得很不可思议,倘若已经写完了,应该连砚台也一起收好才对。既然没收好,那就是在她还在写的时候就遭到了袭击?那么,信又哪儿去了呢?是被凶手拿走了,还是跟砚台一起落到了榻榻米上,只不过我没找到?母亲在给谁写信,写了些什么呢?

就在这时,远处传来了"哥哥"的喊声:"大门洞开着呢!田里没事,别担心!"

第十八章

一切都如同电光石火一般飞速进行着。

我将闻到煤气味和屋里有可疑之人的事情告诉了警察,警察也立刻就展开了调查。综合诸多情况来看,母亲的死亡时间在下午六点五十分至七点半之间。"哥哥"告诉警察:"门口吊着水田耙呢,可见母亲在刚开始打雷时还活着。"警察似乎就是根据这一信息将开始打雷到下雨后我到达之间的时间,推断为母亲的死亡时间的。

"哥哥"说,从刚开始下雨到回家为止,他一直跟村里的另外三人待在田里。这个不在场证明,真可谓"铁证如山"。可是,倘若"哥哥"真是凶手,那么他所说的母亲挂水田耙的推论就不足为信了。因为,他完全可以在预测到天将下雨的情况下将母亲杀死,挂上水田耙后再下地去。可他要是凶手的话,那躲在茶间的家伙又是谁呢?

我坚信,通过警察的侦查,一切都会真相大白。但是等到司法解剖的结果出来后,警察却做出了"非刑事犯罪"的判断,说死因为急性心脏病。我提出了一氧化碳中毒和砒霜中毒的可能性，却被他们用一句"妄想"给驳回了。最后，我坚持主张："确有可疑分子逃走了！"他们却不予理睬，说："你并没有看到对方，是吧？该不是把雷声误听成脚步声了吧？"

晚上举行了守灵仪式，村民们也都出席了。在四处弥漫着的沉香的香味中，和尚的念经声不绝于耳。时不时地，身旁还传来一两声哗啦啦的念珠声。

"哥哥"担当丧主，尽管我不怎么认可。将出院的夏帆交给女护士室友照看后，由香里也出席了葬礼。

"哥哥"他是以什么样的表情面对母亲的死亡的呢？就算嘴里说着哀伤的话语，却不经意间露出了笑意，全盲的我也是无从得知的。我的内心不禁产生了一种想要抚摩他的脸，确认他样貌的冲动。说真的，要是我能察觉出记忆中的哥哥的脸，与这个已回国定居了的"哥哥"的脸的差异就好了……

在和尚的提示下，继"哥哥"之后，我也去上了香。由香里搀扶着我，走到了香案前。想必我的正前方就悬挂着母亲的遗像吧。尽管是我先发现母亲去世的——当时还那么惊慌——可直到现在，我还是没有母亲已永远离开了这个世界的真切感受。自从双目失明以来，我一直生活在只有声音的黑暗世界里。因此即便母亲死了，对我来说，也跟母亲默不作声时没什么两样。

我左手握着念珠，双手合十，在女儿的引导下，用三根手指捏起一撮沉香，将其举到额头高度，再撒落在香炉里。

守灵仪式结束后，便是招待来客的宴席。菜肴是符合乡下习俗的素斋。参加守灵的人们都觉得我母亲是寿终正寝的，因此说起话来毫不悲伤，回忆起共同的往事来，一个个说得津津有味。

"你媳妇怎么没来？"

面对老人的如此提问，那个年轻人答道："不是说'孕妇参加丧事会难产'吗？所以就没来嘛。虽说我也不太相信……"

"喂，喂，前人的教诲，还是遵守为好啊。不是有句话说'把鸡生的头一个蛋扔过屋顶，鸡以后就会生许多蛋'吗？有一次我忘记了，结果那年鸡就没怎么生蛋。"

"可我是城里的呀……"

我根本不想参与这类交谈，便掏出两颗带来的镇静剂，用酒冲服了下去。其实我最近已经不服用镇静剂了，可这次因母亲去世，实在是不能不服了。

每当我喝干杯中的酒，就有人嘴里说着"来，喝吧，多喝点儿"，替我满上。

"我说，和久，"身边响起了"哥哥"带着酒气的声音，"在守灵的夜里说这事或许不太合适……"

"什么事？"

"哦，是这样的，我想把老家这屋子卖了，连同土地一起。"

"这可是祖祖辈辈传下来的家呀。"

"办丧事和弄墓地，要花钱吧？再说，我一个人住也太宽敞了点儿。"

"你是想用这钱来打官司吧？"

"不……"他停了一下，又继续说道，"我已经不打算打官司了。说起来，为了打官司，给你也添了不少麻烦，真是对不住啊。"

他怎么突然回心转意了？这个曾经那么固执地要打官司，为了打赢官司愿意奉献一切的家伙，如今到底又在打什么主意？

"和久，我可不是为了打官司要花钱，才想要把这个家卖掉的。只是……出于各方面的考虑，觉得现在是时候卖掉了，仅此而已。"

"就跟炒股票似的，瞅准了时机，当机立断？"

"什么时机不时机的，妈妈都死掉了！混账！"

"妈妈被杀时，出现在我跟前的那人是谁？不就是你雇用的凶手吗？"

周围的闲聊声戛然而止了。

"别胡说八道！""哥哥"声嘶力竭地喊道，"警察不是已经说了吗，死因是心脏病！"

"我闻到煤气味了，虽说警察来的时候已经散掉了，可我确实闻到了。就算没雇用凶手……你打开煤气总阀再出门，也一样能有不在场证明。"

"你喝多了吧，和久？胡思乱想也得有个度吧！如果是煤气泄漏，妈也会闻到的。"

"你瞅准了妈睡觉的时候打开的。"

"那会儿还不到七点钟呀。谁会那么早睡觉呢?"

"哥哥"的口气开始变得急不可耐了。很好,就要他激动起来。他情急激动了,就有可能漏出真话来。

我借着酒势继续说道:"妈妈年纪大了,觉得累了,就躺下了,这也完全有可能啊。"

"……说到底,厨房用的煤气,能毒死人吗?"

"如果不是煤气,那就是你下了砒霜。"

"把那个小瓶拿走的,不就是你吗?"

"你想嫁祸于我吗?"

"你才想……"

"……什么叫'你才想'?你把话说完,好不好?"

"好啊,那我可就说了。妈死后,你把那个小瓶埋在石熊神社里,是吧?你不就是想隐藏用过的砒霜吗?"

这突如其来的反击,让我有点儿不明所以,差点儿就把它给漏听了。酒精与镇静剂已开始发挥作用,我立刻用开始发昏的脑袋思考了一下。

"你又在造新的谣了,是不是?"

"村里有人看到了。妈妈去世的那天夜里,你戳着导盲杖去了石熊神社,然后用铲子在神木[1]的树根处挖了起来,手里还攥

---

[1] 神社院内的树木。人们通常认为其与该神社有着某种因缘,会在四周围上绳子,加以特殊保护。

着那个小瓶子呢!"

"哥哥"说得有鼻子有眼的,我心里不免有些七上八下。由于镇静剂的副作用,有关那天夜里的记忆如同被裹在浓雾里一般。而在一片迷雾之中,神社那通红的鸟居[1],仿佛真的浮现出来了。

我喝光了杯中的酒后,就拿起酒瓶来给自己斟酒。由于没用液体探针,酒溢了出来,顺着手背往下滴。我毫不理会,端起杯子就喝了一口。

"你想操控我的记忆吗?"

"你要是不信,就去问问岩渊吧。"

"有什么好问的?反正你们是串通好的,是不是?还打算分母亲的遗产吧?"

"哥哥"长长地叹了一口气,似乎已经死了继续与我争辩的心。

"我说,"这时,正对面响起了一个老妇人的说话声,"你们这对傻兄弟,怎么在这种场合吵架?"

我没理她,继续对"哥哥"发难:"你真的是我哥哥吗?"

"……我当然是你的哥哥了。以前是,现在也是。"

"那些盲文俳句,可是举报信哪,里面藏着一句'你的哥哥,杀了人'的暗号。寄信人是一个被入境管理局逮住了的中国

---

[1] 日本神社入口处耸立的牌坊,用于区分俗世与神域。

人，名叫马孝忠。他可知道你过去的一切！"

"我没杀过人，也不认识什么叫马孝忠的中国人。"

这时，右边响起了一个老人严厉的声音："说你呢，别再胡闹了！你这么胡说八道，会让你妈寒心的！你哥哥可是一直尽心尽力地照料着你妈！"

我拿起杯子，又喝了一口酒。这种灼烧着喉咙、一条线似的流入胃中的辛辣液体，令我陶醉。

"我会调查清楚，让真相大白于天下！"

这是我要表明的决心，不，这是给"哥哥"下的挑战书。

"浑蛋！要不是你多管闲事……"

多管闲事？什么意思？他是想说，要不是我多管闲事，就不用杀死母亲了吗？他是不是又在嫁祸于我？

"村上先生……"不知是谁在喊我，"有位坐着轮椅的曾根崎源三先生带着护理人员一起来了。"

来得好！刹那间，我连酒都醒了。先前，确定了守灵的日期后，我就跟了解母亲和哥哥的原移民们取得了联系。其中，因为外祖母的忌日——五月十二日快要到了，张永贵正在攒回国扫墓的钱，不能请假。他十分抱歉地说："在中国东北，是村上秀子女士操办了我外祖母的丧事，如今我却不能出席她的葬礼，真是太过意不去了。"

"是我邀请来的。"我朝着通报的人说道，"能将曾根崎先生领到这儿来吗？"

曾根崎跟"哥哥"见了面，会有什么样的反应呢？

几分钟后，多人踩踏榻榻米所发出的脚步声传入了我的耳朵。有个男人——估计是护理人员吧——说了声"请！"，曾根崎便应了一声。我去特别养护老人公寓拜访他时，他说他正在找我哥哥，不过没说明理由。他当时对我说："我很想与他本人交谈，在我有生之年……"

这时，耳边响起了曾根崎的感叹声："啊！村上……你是村上龙彦吧。回日本后，我就一直想和你见面。听说你被留在中国几十年……"

"你是……""哥哥"颇为诧异地问道。

"曾经在同一个开拓团的移民啊。"我替曾根崎回答道，"怎么，你忘记了？"

"啊……曾根崎？我不记得有过这么个人哪。"

"你当然不记得了。"我用带着轻蔑与讥讽的语调说道，"不光是他，恐怕别人的名字你也都记不得了吧？"

"没有的事，大河内、金田、高村、稻田、平野、原、大久保……我还能想出好多人呢。"

"有了开拓团名册可真方便啊，是不是？你是在援助组织那儿看到的吧？"

"你要是怀疑我，只要去查查你说的那本名册不就行了吗？那上面有曾根崎这个名字吗？"

"你听我说，村上先生。"曾根崎插进来说道，他的嗓音依旧令人联想起遍体鳞伤的老树,"他不认识我,这也难怪啊。其实……我原本就不是开拓团的成员。"

面对曾根崎的如此坦白,我一时竟无言以对。他上次明明跟我说,他跟我们家是生活在同一个开拓团里的,逃难时也是一起走的,到了难民收容所,他才跟他儿子分开。还有,日后他在"访日调查"活动上与儿子久别重逢,却因为没钱,说了"不是我儿子"之类的话,之后一直为自己这种不负责任的行为而自责。

"我是为了向村上龙彦先生谢罪,才来到这儿的。"

谢罪?这话令我一头雾水,我实在猜不透曾根崎的心思。

"我……"听他这口吻,仿佛他这棵老树上又增添了几道伤痕似的,"我……不是去中国东北的移民,我是原关东军。我没有跟村上一家在同一个开拓团里待过,是在逃难途中遇上的。我就是那些军人中的一个啊。"

我想起来了。我们逃难时遇到的那几个关东军士兵,后来都剥了死人的衣服穿在身上,装扮成老百姓了。那个带着孩子的士兵,就是曾根崎吗?他跟我们并非老乡之谜——他那长野县出身之谜——自然而然地解开了。说起来,他说话的腔调确实有点儿像军人。

"空袭、炮击、袭击……把我们搞得筋疲力尽,我们总以为苏联军舰正在松花江上等着消灭我们。孩子的哭声会向敌军暴露我们的位置。所以……"从曾根崎的声音里可以听出,他快因内心的自责而崩溃了,"那天的那个瞬间,我至今没忘。我说:'这孩子的哭声跟敲锣打鼓也没什么两样,快堵上他的嘴!'然后我就拔出军刀,要砍死你的弟弟。"

"对,于是我就替和久挨了一刀。"

"是的。你扑了上去,我的军刀划开了你的后背。"

我费了好大的劲儿,才抓住了这句快要从我耳边滑过去的话。

差点儿被军刀砍死的居然是我?在我的记忆中,哥哥可是为了救一个婴儿而受伤的。原来事实并非如此。哦,对了。哥哥那会儿是背着个背包的,从不离身。按理说,他不可能被砍伤背部呀。既然他受了伤,那就说明……还发生了什么。

我一使劲回忆,脑袋照例又剧痛了起来。但我不能逃避了,必须面对事实真相才行。

背着背包的哥哥、逃难、饥肠辘辘……

对,逃难时,谁都是饥肠辘辘的。马车被苏联的飞机打坏了,粮食只能用背包来装,故而十分有限。没过多久,连干面包都被吃光了。四岁的我饿得哇哇大哭。关东军士兵越来越不耐烦,母亲慌了神,到树林里给我找吃的去了,说是也许能找到一些野菜。

被留在原地的我依旧哇哇大哭。哥哥打开了背包,想翻看一下是否还剩下一点儿食物。就在这时——

"这孩子的哭声跟敲锣打鼓也没什么两样,快堵上他的嘴!"

一个关东军士兵对我说了这么句话。哥哥为了保护我,背部受了伤——原来是我为了保护自己的心灵而篡改了记忆。毕竟对一个四岁的孩子来说，哥哥因自己而死，这样的真相太过沉重了。

"你被河水冲走，全是我的罪过。因为，是我砍伤了你。你正发着高烧，却不得不独自过河，结果被浊浪卷走了。"

不，全是我的罪过……哥哥是为了我才受了重伤的。可即便如此，母亲依旧背着我过了河。

"在那战败后最混乱的局势中，我丧失了为人的良心。可是那天，那个为了保护幼小的弟弟甘愿牺牲自己的男孩子，深深地打动了我。可以说，是你让我找回了为人的良心啊！"

想来也是，当时那个将麻绳绑在对岸的大树上后，又涉水回来的人，不就是那个挥刀砍伤了哥哥的关东军士兵吗？他要是嫌妇女孩子是累赘，完全可以扔下我们不管吧。可他并没有这么做，而是特意带着那根"救命索"回来了。

"后来，我辗转打听到你已经回到了祖国，我总算松了一口气。可与此同时，我又陷入了深深的悔恨之中。你成了遗孤，被抛弃在中国许多年，这一切都是我造成的。所以我觉得必须向你谢罪。我知道我是不会被原谅的，可……"这时，他的说话声往下移，最后落到了榻榻米上，"可我还是要向你道歉，我实在是太对不起你了……"

我心想，他根本没必要谢罪。对一个冒牌货，有什么必要谢罪呢？可是，"哥哥"所发出的长长的叹息声中，却饱含被强忍着的愤怒。莫非当年从刀下救了我一命的，真是眼前的这个"哥哥"？我的信心开始动摇了。

"我绝不会原谅关东军。这不是针对你个人，是针对关东军的。他们竟然扔下开拓团成员，自己先逃跑了。保护开拓团成员本就是他们的使命，难道不是吗？"

"不……军队的使命，是保护国家利益。"曾根崎的声音里交杂着悔恨和苦恼，"就这一点来说，开拓团也是一样的。中国东北所处的位置，在军事上有着举足轻重的意义。就因为这个，我们才根据关东军特务部的命令，压低价格，从中国人手中强行买下了土地，强迫他们在土地出让书上盖了章。第一批开拓团拿到的土地有三成左右是现成的农田，根本无须开垦——如今这些都已是众所周知的事实了。昭和九年[1]三月，三千被剥夺了农田的中国农民武装起来进行了反抗，这就是所谓的'土龙山事件'。以此为开端，各地的暴动此起彼伏。"

我默默地倾听着。不，其实我是根本说不出话来了——由于挖掘出了被幼小的心灵长期封存的事实真相。

"将移民集中到中国与苏联的边境地带，并不是由于那儿土地肥沃，而是出于防卫目的。"他继续说道，"只要那儿居住着大量的日本人，就能暂且撑起门面来。挑选思想单纯、身体强健的贫农，以同乡为原则组编开拓团，也是出于这样的考虑。因为，

---

1 即1934年。

无论是从军事上来看,还是从政治上来说,那块地方对日本都是必不可少的。"

"你是说,我们都上了日本政府的当了……"

"上当?"曾根崎用自嘲的口吻说道,"那会儿,无论是军人还是农民,都必须为了国家——为了保卫日本团结起来嘛。"

"是把我们当作用过就扔的棋子吧?就是这种所谓的国策毁了我的人生。我一直活在对政府的憎恨之中,这种憎恨成了我活下来的动力。"

"哥哥"变得令我无法理解了。他对曾根崎所说的话中,分明饱含着一个因遭到关东军的背叛而被抛弃在中国的受害者的愤怒。这可绝对不是什么演技。

"这一切都是因为战败了。"曾根崎说道,"我不会忘记的。昭和二十年[1]八月九日零点,苏联发动了进攻。当时,一大半关东军已经撤走了。他们早在两年前,就转移到南方去了。"他的语气中流露出越来越强烈的苦楚:"那是为了准备本土决战,是执行命令,是为了打赢战争。"

"我对军队的说法不感兴趣。""哥哥"愤愤不平地说道,"反正,由于军队的怠慢和欺骗,我们成了牺牲品。"

"怠慢和欺骗……嗯,受到这样的指责也是罪有应得啊。当

---

[1] 即1945年。

时,'新京¹广播电台'老是对开拓团播放些蛊惑人心的宣传,说什么'关东军坚如磐石,开拓团的诸位大可放心,只需努力生产就行了'。可与此同时,军官家属——将官、佐官²的家属却提前坐上了逃难的列车。"

"他们将开拓团当作牺牲品,见死不救!"

"对此……我无法辩解。军队撤退时,还炸毁了公路和桥梁,甚至特意停下列车,炸毁了铁桥和电话设施。为了不让苏联军队利用,不得不这样。我还听说,军队在炸毁东安火车站的时候连带着炸飞了一列逃难列车,伤亡一千来人。"

"你怎么就没坐上逃难列车呢?"

"那是优先给军部大人物的家属坐的。我的任务是将想要乘车的老百姓赶下车,不,准确地说,是将他们踢下车——为了保证列车的安全嘛。可到了要开车的时候,已经成了暴徒的老百姓,伸出了魔鬼一般的手臂,把我和我儿子拉下了车。所以我们就留下来了。无奈之下,我们只得跟几个同伴一起翻山越岭,朝哈尔滨走去。其间,好多伙伴在苏联士兵的冲锋枪下一个个地倒下了。在这种情况下,我们在半道上遇到了你们。"

就这样,我们这些开拓团成员就同关东军的残兵败将一起逃难了。结果,哥哥被士兵砍伤了后背。要是真的哥哥,见到了曾

---

1 即长春,1932年日本侵略占领后改名,1945年复名。
2 日本军衔,相当于中国的校官。——编者注

经伤害自己的原关东军士兵，公开发泄愤怒与憎恨也很正常吧。可眼前的"哥哥"却只将针对曾根崎的敌意藏在了心里。为什么？对此，似乎只能解释为："哥哥"虽不是村上龙彦，却是真正的遗孤。

"我非常理解你仇恨日本政府的心情。其实在当时，'东北地区联络日本人救济总会'也曾提出：'各地不断有人死亡，状况犹如人间地狱。'可政府根本不予理睬，反倒让日本人在那儿落地生根。这是有证据的，一九九三年，苏联……哦，那时是俄罗斯了，俄罗斯的档案馆公开了关东军的文件。那上面说，日本政府的回应是：'定居满鲜[1]者，不妨解除其日本国籍。'留一些日本人在那儿，作'决起'之内应。但真实意图或许不在于此。由于战败，日本国内早已是民不聊生，倘若移民大举回国，估计政府根本养不活吧。所以你说得没错，开拓团成员确实被抛弃了。"

"应该说，是我们救了日本，不是吗？正是大批人员在战前的'大萧条'中去了中国东北，战后又留在了那里，日本国内的民众才得以存活下来。没有我们这批人做出牺牲，行吗？可政府呢？在日本已经复兴之后，也没有帮助我们回国！"

"……我听说，你在起诉日本政府。当然了，你仇恨日本政府，也在情理之中。只是，生活在对国家的仇恨之中，就会无视

---

[1] 指中国东北地区和朝鲜。

近在眼前的幸福。"

"遗孤的痛苦，只有遗孤才会懂。有的孤儿觉得自己有双重身份，有的孤儿觉得自己连一个身份也没有。在中国，我们被歧视为'日本人'；在日本，我们又被歧视为'中国人'……"

"一旦因愤怒而失去了理性，最后就会仇恨所有人。我担心的，其实就是这个。"

"早早就回到国内，还拿到了抚恤金的人，说起话来就是冠冕堂皇啊。我这种在中国的穷乡僻壤长大的人是学不来的，只能由着自己的感情行事。"

看来，"哥哥"虽说已经决定不打官司了，可心中那愤怒的火种仍未熄灭，跟曾根崎一见面，立刻就重新熊熊燃烧起来了。

"战后的日本，跟你回国那会儿可大不相同啊，人人都为了活下去而拼上了老命。我能理解你心中的愤怒，毕竟你被抛弃在中国长达四十年嘛。其实我儿子也一样，而我……居然抛弃了自己的儿子。虽说在'访日调查'活动中与他重逢了，我却没有认他。等到'特别身份担保人制度'确立时，他已经病死了。我也恨这个国家，恨日本政府。其实，我是不敢直面自己的罪孽，是在转嫁责任。我现在也不是要你原谅国家，只是希望你不要忽略了'真正重要的东西'。我不希望你像我这样被家人抛弃，只能在养老院里孤零零地死去。"

曾根崎的这番话未必能打动"哥哥"，却令我产生了共鸣。

我过去不就是在妻离子散的黑暗世界里一步步地走向死亡的

吗？完全被家人抛弃，孤零零地死去是在所难免的。然而，待我采取积极心态，不再怨天尤人之后，原本同我断绝关系的由香里和夏帆却又回到了我的身边。

"对不起……实在是对不起。"看来他非但没因吐出了心中的苦楚而轻松起来，反倒心情越发沉重了，"所谓希望你获得幸福，或许只是我这个毁了你一生的人的一厢情愿。或许我只是因为大限将近，才想要给自己所犯下的罪孽做个清算吧。"

"哥哥"一声不吭。不过我听到了沉重的呼吸声，他仿佛正在极力控制着自己的感情。

充分感受到"哥哥"内心的愤怒之后，我就意识到，这种情绪一旦爆发出来，他应该什么事都做得出来，完全有可能在一时冲动之下杀死了母亲。可是……可是，事情真是这样的吗？"会不会……"——不知为何，一种无可名状的恐惧与不安萦绕在我心中，挥之不去。

我第一次对记忆模糊不清的自己产生了怀疑。

第十九章

　　夜雾浓郁而深邃，仿佛要将我的身体吞没。到处弥漫着湿漉漉的空气。我在陌生村民的引导下，来到了石熊神社。倘若石熊神社三十年来从未得到过修缮，那么矗立在我面前的鸟居，想必已朱漆斑驳，陈旧不堪了吧。手中的导盲杖所敲击到的，不是柔软的泥土，而是坚硬的石阶。

　　我从守灵后的宴会上溜了出来。

　　我真的拿着装有砒霜的小瓶去了神社，并将其埋在了神木的树根处吗？在觉得"哥哥"那"村里有人看到了"的说法是胡说八道的同时，我又觉得非得去确认一下不可。

　　"请问神木在哪儿？"

　　"你问神木吗？"村民回答道，"就是正殿右边的那棵大杉树，树龄五百年了。四周围着注连绳[1]呢，很容易找到的。要我

---

[1] 为阻止恶神进入而在神前或举行神道仪式场所周围拉起的界绳，以示神域的界限。一般为稻草绳。

带你过去吗？"

"不，不用了。"

要是村民看到我这种会遭报应的行为——在神木的树根处挖掘，一定会怒不可遏吧。

脚步声远去后，我就用导盲杖敲打着，一级一级地走上了石阶。清脆的敲击声在四周回荡着。凭借鞋底的触感，我知道石阶的开裂处长出了杂草。我提高了警惕，不让杖头刺入其中。在浓郁的泥土、石头和草木的气味中，还混杂着一股植物腐烂后所发出的臭味，刺激着我的鼻孔。

我算是踏入"疑神疑鬼的无底泥沼"了，越往前走，陷得越深。

这时，杖头敲到了一个坚硬的物体。为了搞清楚这是个什么障碍物，我用导盲杖上下左右将它敲了个遍，又弯下腰，用手掌抚摸了一遍。原来是一块长满了青苔的石块。边上还有一块圆柱形的石块，是个石灯笼吧。可是灯笼上部的灯堂却不见了。哦，脚边那块刚才摸过的石块，估计就是灯堂吧。

参道[1]的石板路上，茂密的杂草从两旁往路中央蔓延，每走一步，我都感到杖头和脚踝被它们缠上了。

我蓦地浑身一震，打了一个寒战，感到浓稠的黑暗经由全身的毛孔钻入了我的体内。

---

1 日本神社中供参拜的人行走的道路。——编者注

这时，我的脚尖踢到了一个什么东西。有个轻飘飘的声音在石板路上弹跳了两次。上前几步后，我用导盲杖在脚边探寻了一会儿。杖头触到了一个较轻的东西，我捡起来一摸，发现是个木制水勺。将手深入勺口后，我立刻感到有个什么东西在沿着我的中指往上爬。出于条件反射，我挥动胳膊，扔掉了水勺。想必是什么昆虫在那水勺里做了窝吧。

这时，我的左手又摸到一道齐腰高的石墙，手指浸入了不冷不热的液体里，水面上还漂满了树叶。多半是个没人管的洗手亭。不过，恐怕如今也没有参拜者来此处洗手了吧。这个石熊神社，现在基本被废弃了。

随后，我又摸到一座长满了青苔的石狮子，就从那儿右拐，踏入了参道旁的护神林。树林里充斥着潮湿的腐殖土的气味，几乎能弄脏我的鼻孔。每踏出一步，湿漉漉的枯叶都会使鞋底打滑。夜风呼啸，宛如幽灵凄厉的哀嚎。头顶又传来了枝叶摇动的沙沙声。想必那些参差不齐、遮蔽了夜空的枝叶缝隙中，也漏下了几缕明亮的月光吧。

听着鞋底踩碎枯叶、杂草时发出的声响，我觉得自己像是走进了一片废弃了的坟地。身边耸立着的不是高大的树木，而是无数命丧中国东北之人的坟墓。四处弥漫着黝黑的哀苦和怨恨……

每当导盲杖的杖头敲到了树木，我都会用手掌抚摩树皮，来确认它是不是我要找的树。敲到第八棵树的时候，我摸到了注连绳。随即我就让手掌往下滑，摸到了宛如肌肉隆起的手臂一般的树根。

母亲死后，我真的将装砒霜的小瓶子埋在了神木的树根下吗？我极力在记忆中挖掘着，可怎么也找不到。那段记忆仿佛已被深深埋入了浓雾弥漫的坟地里。

吐出一口充满紧张感的长气后，我感到自己的心脏和胃部一阵剧痛，就跟被一只冰冷的手揪住了似的。我下定决心，用手抚摸着积了厚厚一层枯叶的土地，将铁铲扎了下去。

夜风凄厉，如泣如诉。每当一阵夜风吹过，我头上的枝叶就会发出如同骸骨倾轧般的声响。我觉得我就是在掘自己的坟墓。随即，我听到了沙沙声，就跟无数只蟑螂在蠢蠢欲动似的。可那到底是昆虫爬行所发出的声响呢，还是茂密的杂草相互摩擦的声音呢？

突然，响起了像是草丛被踢散似的声音。我的心一下子跳到了嗓子眼儿。我回过头去，怒喝了一声："什么人！"可回答我的只有猛烈到快要扯断枝叶的夜风声。

是什么人正在观察我吗，还是我因恐惧而产生了幻听——就跟把柳树错看为幽灵似的？

我用力摇了摇头，将恐惧抛诸脑后，重新用铁铲在神木的树根处挖了起来。在我那总是漆黑一片的世界里，唯有清晰的挖掘声在回响着。每当挖了二十来厘米却还是一无所获时，我就稍稍改变一下挖掘位置。

突然，扎入泥土中的铁铲头发出了咔的一声。碰到什么东西了！刹那间，我全身都起了鸡皮疙瘩。我用双手扒开泥土，将那个东西挖了出来。一个玻璃小瓶子！摇一摇，里面发出了粉末上下移动的声响。

莫非真如"哥哥"所说，它是我埋在这里的？可是，当夜的记忆已经被深深地埋入土中，没能像这个小瓶子一样被挖掘出来。不，或许是我缺乏将其挖掘出来的勇气亦未可知。倘若真是我用砒霜将母亲毒死后，为了湮灭证据而将小瓶子埋在这里的话……

这会不会是"哥哥"为了让我这样想而跟村民勾结起来做的骗局呢？因为，一旦警察发现母亲是被人毒死的，那就需要犯罪嫌疑人了嘛。也可能这瓶子里装的根本就不是什么砒霜，而是面粉或别的什么粉。因为，所谓的"砒霜"到了我的手里，我就会放下心来，而他就有机会对我下毒了。我有了先入为主的想法，也就不会发觉食物里被人下毒了——要是那本就是无味无臭的毒药的话。

手里紧紧地握着小瓶子，我心乱如麻。真相到底是怎样的？我的记忆支离破碎，宛如一面摔碎了的镜子，各个碎片相互映照着，却凑不出一幅完整的景象。我如同误入了不见天日的迷宫一般，虽说在寻找出口，可事实上一直在原地打转，只是自己不知道而已。

回到家里后，由香里对我说："爸，我照你所说，去翻了伯父的书桌。"

"找到信了吗？"

说的是以前那些曾让"哥哥"大惊小怪的信件。我怀疑他与中国的什么人保持着私下联络。

"找到了。不过，我怕被他发现，没有拿出来。再说，都是用中文写的，我只能凭汉字猜个大概……我觉得内容是有关假认亲之类的。"

假认亲？这倒是从第二代遗孤张永贵那儿听说过的。是钻《国籍法》修正案的空子，给中国人日本国籍的偷渡"生意"。莫非"哥哥"也牵涉其中了？

"知道寄信人是谁吗？"

"信封上写着名字呢，是徐浩然。"

那个在电话里声称是我亲哥哥的家伙，他的名字怎么又出现在这儿了？要是徐浩然是真正的村上龙彦，那"哥哥"就是剥夺了他的户籍与人生的冒牌货。徐浩然确实曾对我提出忠告，说待在岩手县的"哥哥"是假冒的，叫我千万别相信他。可到底什么是真相，什么是谎言呢？莫非"哥哥"与徐浩然之间发生过什么，成了相互通信的朋友？还是说，他们曾经是这样的朋友，后来反目成仇了？

我到底应该怀疑我自己，还是应该怀疑"哥哥"呢？我极力回想母亲去世的那天晚上自己做过的事，可我的记忆就像断了线的风筝，飘上了天空，最后变成一个小黑点，消失得无影无踪了。

第二十章

我感觉到"哥哥"在茶间里站起了身。

"你要去哪儿?"

"下地去。""哥哥"答道。

"葬礼结束还没过三天呢。"

"那又怎么了?"

"……妈以前不是说过吗?'看望孕妇或参加葬礼后,三天别下地。'"

"地里的活儿要是耽误了,是会影响收成的。这可是生死攸关的事啊。"

"妈已经死了,你还这么在乎收成吗?"

"妈是死了,可活着的人还要活下去呀。既然不卖房子,除此之外还有什么办法呢?"

"可现在已经……"我用语音报时手表确认了一下时间,继续说道,"七点钟了呀,太阳都落山了吧?"说到这儿,我突然意识到,这次回老家,我已经听了好多次语音报时手表了:"'布谷鸟'怎么不叫了？"

"太老了，坏了。"

"你不是说那是你的宝贝吗？怎么不拿去修呢？"

"……嗯，拿去修了。可修钟也得花时间啊。"

他回答之前停了一拍。恐怕那只从曾祖父母那一代起就一直用来计时的老古董钟，已被他毫不犹豫地换了钱吧。那可是钟表匠手工制作的，想必价格不菲。

对我的沉默显示出戒备态势之后，"哥哥"的脚步声就离去了。我没能继续追究那个装砒霜的小瓶。因为，他要是倒打一耙说"不就是你埋的吗？"，记忆模糊的我是无法反驳的。

当我正沉浸于木材与蔺草的芳香之中时，手机突然响了起来。一接听，才知道是今天一大早就回东京的由香里打来的。

"爸，夏帆她……夏帆她……"

她的声音颤抖着，听得出情形十分急迫。我的心脏仿佛停止了跳动，肯定是夏帆的病情恶化了。她还好吗？该不会……

我简直不敢听由香里接下来要说的话了。

"夏帆她……怎么了？"

"她……她放学后没回家。班主任说两个小时前就看到她走出校门了，可是……可是……她到现在都没回来。"

"你说什么？"这太出乎我的意料了，"你能想到她去哪儿了吗？"

"我去公园里找了，也给她要好的同学家里打了电话，可还是找不到啊。"听那口气,她似乎快要崩溃了,"我想再找一会儿,不行的话就报警。啊!有电话打进来了,我回头再打给你。"

挂断电话后,我就一屁股坐了下来,等她再次打电话过来。可我心神不定,坐立不安,无奈之下只得又站起身来,手摸着墙壁,在室内走来走去。

过了一会儿,我感到了尿意,就朝屋外的厕所走去。我用手摸着外墙往前走,以免走错了地方。头顶上传来枝叶被强风吹弯后刮擦着屋顶的声音。我推开铰链吱呀作响的厕所门,进去小便。出来后,我再次摸索着外墙,往回走。

突然,我的后背被什么东西咚地撞了一下。紧接着,我的脖子像是被一条大蛇给紧紧地缠住了。我的心脏一下子跳到了嗓子眼儿。

我明白,我是被什么人用胳膊勒住了脖子。

"想……想干什么?!"

就在我用右胳膊肘朝后面打去的同时,有个冷冰冰的东西抵在了我那被扭得后仰的脖子上。

"村上先生,"耳边响起了一个像是从被香烟熏坏了的喉咙里发出的沙哑的嗓音,"我不想伤害你。你还是别再抵抗了吧。"

"找我……有什么事吗?"

"当然有,而且是关于你那个可爱的外孙女的。"

出于条件反射,我的心脏收紧了,紧张感陡然强烈了起来,原本就握着的拳头,也握得更紧了。

"夏帆怎么了？"

"你可以跟你女儿联系一下嘛。你那可爱的外孙女应该还没回家吧。"

"你……你是什么人？"

"无名之辈。""哑嗓子"笑道，"红色书包上挂着带小兔子挂件的钥匙圈，真可爱啊。"

"你绑架了……"我听到自己的声音在发抖，"夏帆吗？"

"只要你交出徐浩然，一切就回归日常了。"

喉咙处冰冷的东西消失了，我的脖子被放开了，他无声无息地离开了我的身体。出于本能，我往后挥了一下胳膊，可什么都没碰着。

"我不知道徐浩然在哪儿，"我紧盯着对方可能在的方向说道，"也没跟他碰过头。"

"他跟你接触过吧？"声音是从右前方传来的，"你要是包庇他，可没好果子吃！"

我握紧拳头，跨前一步。但我很快就打消了鲁莽的念头。因为，即便我制服了眼前的这个家伙，也是无济于事的。夏帆是在两小时前走出校门后不见的，就这么点儿时间，将她绑架后再从东京赶到岩手来，是来不及的。这个哑嗓子的家伙肯定有同伙。我的抵抗只会让夏帆更危险。

"徐浩然只给我打过一次电话，后来就再无音讯了。"

这时，黑暗中传来了捋绳子的声音，还有玻璃的摩擦声。这些声音到底是什么东西发出的，我不得而知，这令我感到恐惧。站在几步之前的家伙在干什么？是在做拷问我的准备，还是在习惯性地把玩什么东西？

"不说实话可不好啊。那个徐浩然，是你的亲哥哥，是吧？"

"不是。徐浩然是个诈骗犯，是个想冒充我哥哥的诈骗犯。入境管理局的官员……"

不，说这话的是假冒入境管理局官员的两个家伙。他们这么说，是怕我相信徐浩然并藏匿他，是为了让我打探出徐浩然的藏身之处吧。徐浩然到底是不是诈骗犯？直到现在，我还是无法确定。

我回想起假冒入境管理局官员的话后，又猛然一惊。眼前这个哑嗓子男人的声音听着耳熟。

"你……你不就是那两个假冒入境管理局官员的人中的一个吗？"

"嗅东嗅西的犬，往往不知道自己已经走进捕兽夹。我劝你，在吃大苦头前，就悬崖勒马吧。""哑嗓子"压低了声音，却提高了威胁的力度，我仿佛看到了一个挥舞着剁肉刀的大汉，"你要是报警，那就只能到河底去打捞你那个可爱的外孙女了。"

"喂，喂——"

那家伙的气息融化在空气中，消失了。

随后，我取出了手机，拨通了女儿的号码。

"你报警了吗？"

"还没呢。她到底在哪儿,我毫无头绪。"

"是这样啊。其实,"我停了一拍后继续说道,"夏帆可能被绑架了。"

"啊?你在说些什么呀!"

"就在刚才,我遭到了不知什么人的袭击。那人说,要想让夏帆回家,就得交出徐浩然。"

"为……为什么要绑架夏帆……"由香里的声音在发颤,"徐浩然,就是写信给伯父的那个人?爸,你到底摊上了什么事?"

"那个徐浩然,声称自己是我的亲哥哥。"

"这……到底是怎么回事?"

我按照先后顺序,将事情的来龙去脉叙说了一遍:我怀疑"哥哥"是假遗孤;调查其过去以及他的真面目;受到遗孤援助组织的比留间的威胁;原移民大久保说哥哥的胳膊上有烧伤的疤痕,可北海道的稻田富子又说没有;当我四处调查时,突然接到了徐浩然打来的电话,说待在岩手老家的那个家伙是冒牌货,他才是真正的村上龙彦,由于"村上龙彦"已经回国定居了,他只能偷渡回日本……

说着说着,我的声音在喉头噎住了。因为我突然想到,那个"哑嗓子"让我以为他已经离开了,其实很可能就在一旁听着呢。他想从我跟女儿的通话中听出徐浩然的下落。

我顿时感到黑暗中存在着某种恶意。这是现实,还是我的妄想?我什么都看不见,只得一边戒备着有人偷听,一边继续说:"之前,假冒入境管理局官员的家伙想知道徐浩然的下落。我觉得绑架夏帆的就是他们,因为声音是一样的。"

"那是些什么人?"

"不知道,但肯定是正在追踪徐浩然的坏蛋。不管怎么说,我马上回东京。不找到徐浩然,夏帆是回不来的。"

"你觉得我该报警吗?"

"那人说……要是报了警,夏帆就性命难保了。这话估计是真的吧。他们的目的不是赎金,没法儿跟他们接触,我觉得警察也很难逮捕他们。他们是个团伙,这一点是可以肯定的。所以,即便抓到跟我们联系的人,其同伙也会加以报复的吧……"

这时,我听到了由香里撕心裂肺一般的哀叹声:"没时间了呀!明天就是夏帆做透析的日子呀!"

第二十一章

东京

  由香里的公寓房间里充斥着怒气,来来回回地走在木制地板上的脚步声一直没停。她昨天似乎就没合过眼,连呼吸声中都充满了怒气。同住的女护士像是上班去了。

  "马上就要透析了,可是……"突然砰地响起了敲打声,紧接着是碟子发出的咔嗒咔嗒的碰撞声,"夏帆要是有个三长两短……"

  深受肾功能衰竭之苦的患者,为了去除血液中的毒素,每周必须做三次透析,否则,将无法存活。

  我抑制着想用语音报时手表确认时间的冲动,因为那种冷冰冰的电子语音肯定会令由香里更加烦躁不安。我可不想给原本就两眼紧盯着秒针的女儿再增添痛苦了。

  "那个叫徐浩然的人,该怎么找呢?"由香里极其烦躁地问道,"就不能问一下伯父吗?"

"在搞清他们俩的关系之前，还是不轻易去问为好啊。要是他将那些人逼近的消息告诉了徐浩然，我们就更难找到他了。"

"那么，从徐浩然打给你的电话中，能否找出一些线索呢？"

"我不是跟你说了吗？他只说他是真正的村上龙彦，是在走投无路之下才偷渡入境的。"

"还有呢？你再好好想想。"

"还有……"我在记忆中翻找着，"我记得我曾对他说，他要是我亲哥哥的话，就跑到我跟前来，证明给我看。然后……他拒绝我说，危险的家伙正在找他，他一露面，就会被杀死。"

"就是那些危险的家伙绑架了夏帆……"

"徐浩然还说，除了他，我谁也不能信，否则我的生命也有危险。后来……我问他是怎么知道我的手机号码的，他就跟我打马虎眼，说办法有很多。"

"手机？"由香里用试探的口吻问道，"爸，他是打到你的手机上的吗？"

"是的。可我回拨过去，就打不通了。才过了三十秒钟，就打不通了。"

"我没问这个。我是说，对方的号码还留在手机里吧？"

电话号码？对呀！只要看一眼通话记录不就知道了吗？这么简单的事情，我居然没能想到。是失明时间太长的缘故吧。

"可他要是用公用电话打的呢？不就毫无意义了吗？"

"既然我们已经走投无路了,那就什么都得试一下。快把手机给我。"

我将手机递给了她。

"嗯……那个叫徐浩然的人是什么时候打进来的?"

"上个月的……十九号。"

由香里默不作声,像是正在操作手机。

"十九号,没记错?"

"接到了那样的电话,我怎么会忘记呢?"

"可是,爸……你的时间感……"

"正因为眼睛看不见,所以我对几月几号、星期几特别在意。我就是靠这个跟世界联系起来的嘛。你干吗问这个?"

"因为……十九号只有一个来电,留下的还是你家的电话号码。"

一时间,我的脑子没转过弯来。我家的电话号码留在了我的手机里?

等到脑子转过弯来的那一刻,我感到后背像是被一柄冰冷的毛刷刷了一下一般,浑身汗毛倒竖,心脏猛烈地跳动了起来。

"徐浩然他……"我简直不敢说出口,"他是用我家的固定电话给我的手机打的电话?"

"啊!"我猛然想起了一件事:以前"哥哥"曾告诉我家里的电话打不通,我后来一查,是电话线被拔掉了。我还怀疑是入侵者拔掉的,目的是不让我打电话求助。现在看来根本不是那么回事，那是徐浩然为了不暴露自己的所在地而拔掉的。为了避免我一回拨，家里的固定电话就响，他不得不拔掉电话线……

"原来是这么回事啊！偷渡入境的徐浩然无处落脚，就藏到我家里了。毕竟他没钱，能过夜的地方十分有限，公共场所又太显眼。"

怪不得以前盥洗室的水龙头松了，响起了滴滴答答的滴水声。原来并不是我没拧紧，而是徐浩然用过了吧。闯空门的小偷，想来是不会用人家的自来水的。

橱柜里的现金不翼而飞，也是被他拿去用了。我不在家时，他便使用盥洗室和卫生间。

扔垃圾的日子，邻居家的主妇不是说有人把垃圾扔到她家门口了吗？那也是徐浩然干的吧。隐秘生活也会产生一些厨余垃圾，一直放在家里，就会被我闻到臭味，可要是扔在我家门口，到了扔垃圾的日子，就会被我的导盲杖探到。所以他就只能扔到别人家门口去了……

既然他藏在我家里，要知道我的手机号码，自然就轻而易举了吧。在我洗澡或睡觉时，偷看一下本机信息就行了。

"快去我家！"

三十分钟后，我和由香里坐出租车来到了自家门前。不知为什么，玄关的门居然没锁。耳边立刻响起了女儿跑进屋去的一连串的脚步声。

"爸，走廊上有好多个鞋印！"

随即，她的脚步声就上楼去了。我脱了鞋扔在一旁，一步跨到了室内。上面传来了房门猛烈开关的声响。

"徐浩然！"我扯开嗓门嚷道，"你在屋里吗？！"

没有回应。我能听到的，只有由香里跑过铺着地板的走廊时发出的脚步声。想要抓捕徐浩然的那些人已经知道他躲在我家里了吧。只是他们闯进来后，发现他已经金蝉脱壳了。所以他们才绑架了夏帆，让我去找他。可要是这样的话，我又该上哪儿找他去呢？

我走进起居室，跟往常一样伸手去摸电灯开关——竟传来奇妙的粗糙触感。怎么回事？莫非墙壁上多出了一些像是用图钉扎出来的小孔？

由于我的眼睛多少还能感受到一些光亮，所以平时在家时，房间里的电灯总是亮着的。这些开关旁的小孔，昨天还没有呢。我每天都会摸这面墙，不会搞错的。这些小孔，是有人故意扎出来的——

莫非是盲文？

我又用手指尖摸了一遍，发现这些小孔的排列果然是有规则的。至于所用工具是锥子，还是图钉，抑或是我的点字笔，就不得而知了。或许是没用点字器的缘故吧，这些盲文有的左低右高，有的左高右低。

这时，脚步声突然来到了我的身边，吃惊之余，我不由自主地回过头去。

"没办法了，"随后响起的，是由香里那气喘吁吁的声音，"他不在这里。虽说桌子底下塞了饮料罐，还另有一些有人在此生活过的痕迹，可是……"

"刚才，我在墙上发现了一些像是盲文的小孔，"我抚摸着墙壁说道，"就在这儿。"

由香里的呼吸声来到了我的身边："还真是！不把脸凑近了仔细看，还真发现不了。开关旁确实有许多小孔。啊，餐桌上还放着盲文书呢！"

"原来是照着我的盲文书扎的呀。估计是留给我的什么信息吧。他看到我每天用手摸索着去找起居室的电灯开关，觉得扎在这儿就能只让我一个人发觉了吧。"

"写了些什么呢？"

我用手指将墙上的那些小孔摸了好多遍。由于盲文通常是摸着凸点来识读的，所以仅凭凹孔很难读懂。但在反复触摸之下，我还是读懂了：

敌人要来了,我在岛田谷工厂。

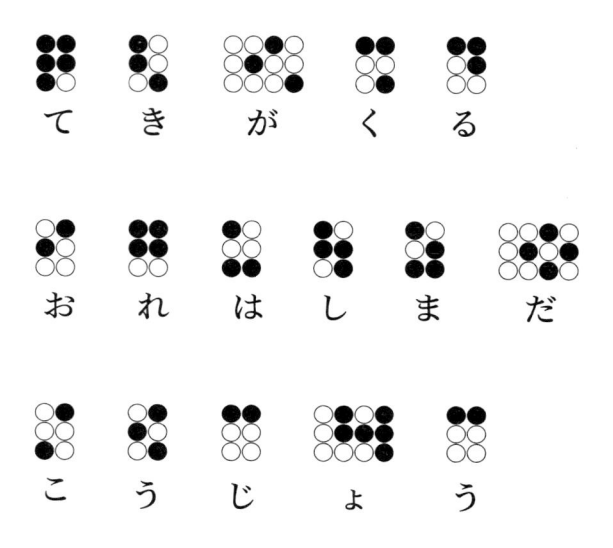

て　き　が　く　る

お　れ　は　し　ま　だ

こ　う　じ　ょ　う

"写的是'敌人要来了,我在岛田谷工厂'。"我说道,"看来他是发觉那些人要找上门来了,才慌忙留下去向后逃走了。"

"我们赶紧去岛田谷工厂吧!"

"这恐怕是他偷渡入境后知道的工厂吧,应该离这儿不远。"

"这个就交给我吧,我马上就用手机来查明位置。"

由香里搜索时,我一声不吭地在一旁等着。

"有了!"女儿大喊了一声,"大田区有一家'岛田谷工厂'。准确地说,是有过,三年前因倒闭而废弃了。汉字是海岛的'岛',农田的'田',山谷的'谷'。"

"废弃工厂容易藏身。其他地方还有'岛田谷工厂'吗？"

"查过了，只有这一家。我们快去吧！"

我们立刻坐上出租车奔赴大田区的岛田谷工厂。下车后，我抓着由香里的右胳膊肘，跟着她往前走。四周一片死寂，耳边能听到的只有导盲杖的杖头敲击在混凝土地面上所发出的声响。眼前漆黑一片，就连街灯那微弱的光亮都感觉不到，让人觉得自己正走在一条通往地狱的单行道上。

找到了徐浩然，又能怎样呢？难道为了救夏帆，就要把这个可能是我亲哥哥的人交给那些恶棍吗？

"……真是破旧不堪啊。"由香里说道，"我们要进去了。"

虽说我们十分谨慎地踏入了工厂，可就我的视野来说，一切自然是没什么变化的。

"漆黑一片。爸，你每天看到的世界，也是这么令人心里发毛的吗？"

"打开手电筒吧。"

为了进入废弃工厂，我们早就做好准备了。

"嗯。"这时，我听到一声轻微的咔嚓声，"啊！地上有玻璃，当心了！"

随即，鞋底下就发出了咔嗒一声。夜风带着凄厉的呼啸声横向袭来。这时，我的脚尖踢飞了一块较重的东西。

"啊，好疼……"我咋了下舌，"工厂里面是什么样的？"

"嗯……混凝土柱子之间穿着许多铁管，十分危险。这些沾着泥土和红锈的管子纵横交错，就跟可供几百人玩的阿弥陀[1]签似的。细的跟我的胳膊差不多，粗的可以钻一个人进去。还有……曲折拐弯的楼梯、破旧的铁梯、大铁桶、巨大的压缩机，所有东西都生了锈，周边散落着跟我的拳头差不多大小的螺丝和螺帽。"

我靠边走着，身边充斥着带油渍的铁锈和腐殖土所发出的恶臭。视网膜后浮现我在做摄影师时看到的废弃工厂的景象：纵横交错的钢架、铁管；卷成卷的电线；遗弃的阀门、储罐……

"爸，前面有交叉的钢丝绳，当心！"

我用导盲杖的前端打探了一番，发现钢丝绳上像是拴着绳子，又从绳子上垂下了一块油腻腻的布。于是我就撩开了布，低头钻了进去。尘埃纷纷飘落，空气中充满了血腥味——是铁锈的腐臭味让我联想到血的吗？

我小心翼翼地走着。尽管这样，脚尖还是好几次踢到了混凝土碎片。

"有人吗？"我大声喊道。声音从墙上反弹回来，被空气吸收掉了。从回声的情况来看，屋顶高十米以上，可见这个废弃工厂还是相当宽敞的。

"爸，你觉得他真的在这儿吗？"

---

[1] 一种按人头画线并标上金额，然后遮盖起来抽签的游戏。因线的画法呈放射状，与阿弥陀佛的背光相似，故名。

"……估计在吧。"

我们继续朝废弃工厂的里面走去。通常情况下,人一累,胳膊肘就会弯曲,而导盲杖也就偏向右边了,左边就会形成杖头触碰不到的死角。要是一个人走路的话,就会自以为走的是直线,事实上却是弯的。所以,幸亏现在有由香里在前面领着我。

"这些巨大的管道像是随时都会把工厂压垮似的。还有装满了阀门、仪表的机器,就跟放大了的汽车引擎似的。啊,小心头上,挂着好多根断掉的电线呢!虽说估计不会让人触电,可看着挺吓人。"

"要留神那些阴暗角落,说不定会有人突然蹿出来。"

"嗯。啊,右边有一辆拆开了的推土机,液压机械都露在外面,小心别夹着手。"

我加大了导盲杖在黑暗中甩动的幅度。甩到右边的时候,杖头敲到了什么铁制品。

为了不撞到推土机,我靠左走着,鞋底踩到躺在混凝土地面上的电线好多次。要是导盲杖没能及时探出障碍物的话,我恐怕早就摔跤了吧。

"是和久吗?"

突然,从斜上方传下来一个熟悉的声音。声音经过破旧的机械设备的反射,已经很难准确判断出其方位了。

"我看到了墙上的盲文!"我大声回应道。

"你不是一个人啊。身边是谁?!"

毫无疑问，这就是我在电话里听到过一次的徐浩然的声音。

"是我的女儿。我希望她一起参与交谈。"

"不行！我不想跟视力正常的人见面，至少现在不行。"

"可是……"

"你要带女儿来，我就逃走。反正我留着逃跑的后路呢。"

"爸，"由香里开口了，"我无所谓，你们俩谈就行了。别把时间浪费在争吵上。"

"……好吧。"我点了点头，松开了握着由香里右胳膊的手，往前跨了一步。

"爸，前面有座Z形的楼梯，走上去就是二楼了。不过栏杆上有些铁条脱落了，要当心。"

我用导盲杖的杖头敲打了一下前方，发现钢铁所发出的声响已经取代了之前混凝土所发出的声响。与此同时，平地也被台阶取代了。我小心翼翼地迈开了脚步，将鞋底放到了第一级台阶上，铁板立刻发出了像是快要折断了似的嘎吱声。

我将导盲杖的持握方式改成了垂直式，边确认面前的台阶边往上走。走了十五级后，我来到了一处平坦的地方。这时，楼下传来了女儿的声音："那儿是楼梯平台，下一段楼梯在四点钟方向。"

估计她是用手电筒照着，给我以提示的吧。我用导盲杖确认了位置后，又踏上下一段楼梯，一级一级、脚踏实地地往上走去。

"在这儿。"黑暗中传来了徐浩然的声音,"笔直地往前走就行。"

我照他所说,用导盲杖的杖头敲打着金属楼面,往前走着。不一会儿,我就感到徐浩然的气息近在咫尺了。我与他保持着触手可及的距离,面对面站着。

"总算碰头了。你一直藏在我家里,是吧?"

"住在弟弟家里,有什么不可以的?"

"……你还坚持说自己是我的亲哥哥?"

"事实如此,我是真正的村上龙彦。"

他抓住了我的手腕,引导我的手掌去摸他的胳膊。那儿的肌肤确实如抽搐一般,是烧伤的伤疤。

"你不记得了吗,和久?这是为了保护你而烧伤的。"

这事我在咖啡馆听大久保说过。当时我已经不记得了,可他说哥哥为了保护我,被暖炉中的火烧伤了,还留下了一块形似大佛的伤疤。

"要是这样的话……那个待在老家的村上龙彦又是谁呢?"

"假冒的。我跟他是在中国认识的,后来成了朋友。我和他无所不谈。我在开拓团里耕种大豆、玉米啦,一家四口的日常生活啦;后来日本战败后,我抛下村子去逃难;为了在日本兵的刀下保护你,我后背被砍伤;在横渡松花江的支流时,我松开绳索,被河水卷走;我在下游被一对中国夫妇救起,成了他们的养子。诸如此类,我全跟他说了。"

"被他知道你是日本人，你不会受欺负吗？"

"他跟我一样，也是日本遗孤，是日本人呀。所以我敞开心扉，知无不言。可结果是——他占用了我的人生。"

"为什么呢？"

"……他太孤独了，找不到亲生父母。在'访日调查'活动中，他没找到自己的亲人，只得垂头丧气地回到中国。知道我的家人在日本后，他就假冒成我，回国定居了。"

"你在那会儿说出真相，不就行了吗？"

"我也是在好多年后，才发现'我'居然已经回国定居了。问了日本的志愿者后我才知道，我妈跟'我'重逢后，高兴得泪流满面，后来就跟'我'一起生活了。于是我就觉得，事到如今再去拆穿他的谎言，妈肯定会很伤心。"

"如果仅仅是戳穿冒牌货，想必妈妈会伤心，可要是与此同时，亲儿子回到了自己身边，妈非但不会伤心，还会很高兴吧？"

"……也许吧。现在我也是这么想的。可那会儿，我心乱如麻，根本无法冷静思考啊。"

"只是这里还有个疑问：明知'哥哥'是冒牌货，妈为什么还要认亲，并让他回国定居呢？妈活着的时候曾透露过，她知道真相。"

徐浩然沉默不语。漆黑一片中，我所能听到的，只有夜风从破碎的玻璃窗吹入时发出的如泣如诉的声音，以及不知垂挂在哪儿的布帘的飘摆声。

"……妈是怎么想的,我不知道;那家伙跟妈是什么关系,我也不知道。"

母亲的真实意图仍是一个谜。她为什么要将一个毫无血缘关系的遗孤当作自己的儿子接回家呢?她是以为自己的儿子已经死了,于是想找个替代品吗?

"那么,你这次是为了揭露真相才偷渡入境的吗?"

虽说我现在已不认为徐浩然是什么诈骗犯了,可要称这个才出现在我的人生中不久的人为"哥哥",我依旧叫不出口。

"是的。因为我知道老家的地址,所以从集装箱里逃出来后,就靠着手头现有的钱去了趟岩手县。假装成游客后,从交通方式到购票方法,都有许多热心的日本人愿意教我,所以毫不费事。由于母亲对假儿子深信不疑,所以我才想要先跟你谈一谈。我当时就藏身于老家的储藏室,等待着时机。等那个假冒的家伙下地干活儿后,我就偷偷地溜进家里寻找线索。结果我找到了你寄到老家的信,那上面是写着你家的地址的。"

你以前写来的信,也不见了。

我想起了回老家时"哥哥"所说的话。怪不得呢,原来是徐浩然为了知道我的住址而偷走了。

"后来你就藏在我家里了,是吧?可是,你为什么不当面跟我讲明事情的真相呢?"

"我……我也是不得已啊。"

他如此回答道,却并不想解释到底有什么"不得已"。他还隐瞒着什么。他隐瞒了些什么呢?

"那些想要抓你的家伙又是些什么人呢?"

"是被称为'蛇头'的中国的偷渡组织。"徐浩然答道,"起初,我委托'蛇头'帮我偷渡入境。他们说只要付一大笔钱,就能通过假认亲成为日本人,堂堂正正地入境。这是因为日本修改了《国籍法》,只要有日本人肯认亲,不用DNA鉴定,便可承认住在外国的外国人为日本人。但这是个骗局,被我看破了。因为日本的入境管理局和警察会进行严格审查,所谓的假认亲,是根本行不通的。"

我想起了第二代遗孤张永贵说过的话。他说他在一年多以前,曾因协助假认亲而被捕,还说为了不让自己忘记被戴上手铐的那一刻的绝望感,后来一直在手腕上套着一个铁环。

"我所委托的'蛇头',是个纯粹的诈骗集团,专骗那些对日本法律一无所知的中国穷人,卷了钱就跑。"

或许就是张永贵所说的那些家伙。要是这样的话,他们在假认亲的生意失败后,就改作赤裸裸的欺诈了吧。

"我跟那些中国人说了真相,然后我们集体逃亡了。我断了'蛇头'他们的财路,他们自然就把我当作了'眼中钉'。"

"可那些要找你的人,说起话来不带一点儿中国口音呀。我听着像日本人。"

"是住在日本的中国人吧。'蛇头'有接应偷渡者的帮手。他们会给偷渡者在日本找工作、住所。偷渡费是预付一半，到日本后再付一半的。那些偷渡的中国人都很穷，他们从家人、亲戚那儿借来钱后，先付了预付的那一半，剩下的，要在日本打工后，再每个月一点点地还。因此，要是入境后马上被捕，并被强制遣送回国的话，他们就只剩下一身债了，无论是偷渡者还是'蛇头'，都会损失惨重。"

听了他的这一番话，我还是搞不清正在找他的那些人到底是什么来头。光听那一口流利的日本话，我还以为他们是土生土长的日本人呢。

我到底该怎么办才好呢？将他蒙在鼓里，等那些人跟我联系时，再将他的藏身之处告诉他们吗？明知落到他们手里后，徐浩然会被残酷折磨至死，我还要用他——这个或许就是我的亲哥哥的人，去换夏帆的一条命吗？

"事情是这样的。"我十分艰难地开口道，"我现在遇到了一件非常棘手的事情。我的外孙女——还只有八岁——被他们绑架了。不把你交出去，他们不肯放人啊。"

面前响起了倒吸一口凉气的声音："你出卖了我？"

"没有，我还什么都没跟他们说呢。我看到你留下的盲文信息，就跟女儿一起赶来了。老实说，我也不知道该怎么办才好啊。"

"报警呀！日本的警察是十分优秀的吧？"

"可对方的目的不是赎金。没有接触的机会，就没法儿弄清他们的身份和藏身之地。再说……也没有时间了。外孙女得了严重的肾脏疾病，必须马上做透析，否则就没命了。正常情况下，今天傍晚她就该在医院里了。"

"你是不知道黑帮的手段有多残忍啊。"徐浩然的声音中透着恐惧，仿佛正俯视着自己的墓穴说话似的，"'蛇头'的老板是个穷凶极恶的家伙。他会将我的手指一根根地切掉，然后削去我的鼻子、耳朵，让我长时间遭受比死更可怕的痛苦之后，再杀死我。这可不是开玩笑。"

我感觉到他像是要离去了，便慌忙伸出手去，碰到他的衣服后，就紧紧地拽住。

"等等！你别走！你一走，夏帆她——"

匆忙间，我突然触碰到他外套的内口袋里藏着的一个信封，于是不假思索地抽了出来。

"这是你取走的我写的信，还是那个冒牌货写给你的信？"

待在岩手的"哥哥"，在抽屉里藏着一封用中文写的有关假认亲的信。由香里说，寄信人就是徐浩然。

然而，我一展开这封信，就嗅到了一股淡淡的墨香——我觉得是墨香。墨？我跟"哥哥"都不用毛笔，写的信自然也不会有墨香。

"啊……原来是你啊！"

"你在说些什么？"徐浩然的声音略显慌张。

"母亲被杀那会儿,凶手就在茶间里!"

"我听不懂你在说些什么。这是我的信,快还给我!"

一眨眼的工夫,那封信就被他从我手中抽走了。

"好,那我就解释给你听!"我充满怒气地说道,"当时,我在追那个逃跑的脚步声时,撞到了桌子,碰洒了墨汁,连砚台都掉在了地上。也就是说,母亲是在写信时被杀的。茶间里却没有信,想必是被杀死母亲的凶手拿走了。"

"我没杀死母亲!哪有儿子杀死自己的亲生母亲的?"

"那你为什么带着母亲的信?"

"你……你眼睛又看不见,怎么知道这是母亲的信?"

"因为信上带着淡淡的墨香。因为这封信对你不利,所以你就拿走了,是不是?"

"不是!不是这么回事。我拿走这封信,是……"

突然,下面传来了由香里的尖叫声。我的心一下子跳到了嗓子眼儿,身体一个踉跄,差点儿摔倒。出于本能,我的双手在黑暗中乱舞,想要抓住铁栏杆。这时,一只有力的手抓住了我的手腕。

"由香里!"我朝下面大声喊道,"怎么了?"

"他们来了。"徐浩然替她回答道,"他们闯进来了,估计是尾随你们而来的吧。"

随后他像是要逃走了。我条件反射似的伸出胳膊,紧紧抓住了他的衣服:"等等!你要是逃走了,夏帆她可就……"

"可我也不想死啊!求你了,让我走吧。"

哀切的声音令我心如刀绞。我要为了夏帆而出卖他吗?一边是外孙女,一边是亲哥哥,我该选择谁?

不过我也只纠结了一眨眼的工夫。考虑到他的行踪已经暴露,不可能再藏在我家里了,他肯定需要钱,于是我就从怀里掏出了钱包,塞到了他的手里。

"快走吧,千万别让他们抓住。"

"对不住。"

脚步声立刻在我眼前响起。随着一连串踩踏金属楼板所产生的刺耳的声响,徐浩然飞速离去了。

另一边,响起了越来越近的、沉重的脚步声——就跟将大号铁钉钉在铁制的棺材上似的。

"他人呢?"一个沙哑的嗓音气喘吁吁地问道,"那家伙跑哪儿去了?"

徐浩然说他留好了逃跑的路线。想必对他而言,逃离这个玻璃窗破损、机器堆放得乱七八糟的废弃工厂并非难事吧。

"他……不在这里。"

"是你放跑的吧?看来你是不想要外孙女了,是吧?"

"我女儿……"下面传来了由香里的怒吼声,"我女儿没事吧?她的身体没出什么状况吧?"

"就是有点儿晃晃悠悠的,""哑嗓子"捉弄似的笑道,"像是喝醉酒了。"

"别胡说八道!"

"喂!"我朝着"哑嗓子"的方向喊道,"快把夏帆还给我们!她肾功能衰竭,必须马上做透析啊!"

"你不是选择徐浩然了吗?"

"是因为你们闯了进来,他才逃跑的。我根本来不及拦住他。"

"你想见外孙女,是吧?那就快说他逃哪儿去了!"

"我不知道,他没告诉我。"

"也就是说,你要放弃外孙女了?"

"我……无法在外孙女和可能是我亲哥哥的人之间做出选择。"

"哑嗓子"突然放声大笑了起来:"看来你有个天大的误会。你以为我们找徐浩然是为了杀他吗?"

"你们不就是想报仇吗?"

"是想报仇,事情总得有个了结啊。可报仇的对象不是徐浩然。"

"想糊弄我?我可不信。"

"报仇的对象,是那伙中国人,也就是'蛇头'。"

"你们……不就是'蛇头'吗?"

"我们是日本人。我们用集装箱将中国人运了来,结果被人堵上了透气孔,他们几乎全闷死了。活下来的只有两个,一个被入境管理局官员逮住了,另一个在逃。"

"我从新闻里听到了。你们是那家家具进口公司——应该是'大和田海运'——的吧?"

"喂!你要玩推理,最好在脑子里玩,别说出来。要知道,在猎人跟前叽叽喳喳乱叫的野鸡,可没好下场啊。"

听他这口吻,像是要用斩肉刀把人剁成肉酱似的。

"……你们为什么非要追九死一生的偷渡客呢?是为了追讨尾款吗?"

"因为我们抢了'蛇头'的生意嘛。堵住集装箱上的透气孔,就是他们干的,想必是为了报复那些跑到我们这边来的偷渡客。这下可给我们惹了大麻烦。这次,就轮到我们给那些'蛇头'一点儿颜色看看了。可是,我们不知道对方是些什么人,因为'蛇头'也跟蛇似的,尽躲在洞里。所以,要找到这个团伙,就只有向与他们接触过的偷渡客了解情况了。"

"哦,原来你们找徐浩然,不是要杀了他呀!"

"我们只想了解偷渡客们最先接触的'蛇头'的情况。"

看来,"密闭集装箱事件"是两大团伙争夺偷渡客所导致的惨案。

"既然是这样,你们自己去找他就是了,何必把夏帆也卷进来呢?"

"我们不知道徐浩然的长相。见过他的人不是在港口被入境管理局官员抓走了吗?光凭一个名字怎么找呢?我们查了一下合同,那上面写着:'我是日本遗孤,有个弟弟在日本,偷渡费的另外一半很快就能支付。'要知道哥哥的下落，自然只能从弟弟身上下手了呗。"

就在我要反驳他的时候，下面传来了许多人的脚步声以及喧闹声。黑暗中响起了粗野的叫喊声："我们是入境管理局的！""东京入境管理局的！""都别动！"

脚步声乱成一片，怒骂声此起彼伏。皮鞋跑在混凝土地面上的声音、跑在铁板上的声音、推搡扭打的声音……搞得我一头雾水，根本不知道发生了什么事。

"浑蛋！""哑嗓子"咋了个响舌，说道，"是你向入境管理局举报的吧？"

"不是的！"

"跟村上先生无关。"巢鸭的声音在我膝盖高的地方响起——估计他正站在楼梯上吧，"我们早就盯上你们了。"

"罪名呢？""哑嗓子"怒吼道。

"涉嫌组织偷渡入境——违反了《入境管理难民法》。"

第二十二章

一走出位于港区的东京入境管理局大厦，我就不由得长叹了一声。由香里则毫不客气地说了声："真没用……"

我们向出入境警察报了案，说了夏帆遭绑架的事。可是他们说，那几个被逮到的家伙在审讯时全都一问三不知。结果，由于入境管理局官员闯进了废弃工厂，我反倒没法儿知道外孙女的下落了。

出入境警察仅承诺："我们会展开侦查的。"可问题是，留给夏帆的时间已经所剩无几了。正常情况下，今天傍晚她就必须在医院接受透析治疗了。说不定，眼下她就已经因带有毒素的血液流遍全身而病情恶化，晕倒在地了。

眼前，颇为沉重的汽车行驶声来来往往，空气中充满了难闻的汽车尾气。

"爸，你觉得入境管理局官员和警察能帮我们找回夏帆吗？"

我无法回答。要让那些给嘴上了锁的坏蛋开口是很难的，因为夏帆要是有个三长两短，他们的罪名就会加重，想必他们是不会承认绑架的吧。为了到时候能把这事推到小喽啰头上，他们是绝不会开口的。

我们俩一声不吭地坐上了出租车。由香里那焦躁不安的喘息声，一直围绕在我身边。

夏帆她在哪儿呢？没时间了。要是等到明天，就算找到了，也为时已晚哪！可是怎么找呢？

回过神来时，我发现自己正抖动着小腿，握紧的拳头中也满是汗水。

这时，身体突然向车门一侧倾斜，我不假思索地紧紧抓住了前排座椅的头枕。应该是出租车拐了个弯吧。这个嗓音苍老的司机开车十分"野蛮"，我都快晕车了。由于眼睛看不见，无法预测身体的晃动，所以我比一般人更容易晕车。

"我说，"我说道，"请再开慢一些。"

"哦……好吧。"

随后，凭体感，我知道他放慢了车速。正是要开动脑筋的时候，哪能晕车呢！

晕车？

刹那间，大脑的某个部分像是突然卡住了。浮上脑海的话语就跟漂在水面上的树叶似的，每次去抓它，都被它逃跑了。我死命开动脑筋，想要去抓住那一闪而过的念头。为什么"晕车"会令我这么在意呢？"哑嗓子"。我的脑海中回响起了那个"哑嗓子"所说的话——

"就是有点儿晃晃悠悠的,像是喝醉酒了。"

对了!由香里担心夏帆的身体状况时,那个"哑嗓子"捉弄人似的笑道:"像是喝醉酒了。"当时,我以为这只是他在调侃担心孩子安危的母亲。可真的仅仅是调侃吗?如果人质是个喜欢喝酒的成年人,这种调侃倒是成立的。可人质是个小学生呀,他怎么会开这种突兀的玩笑呢?

倘若"哑嗓子"不是在调侃,而是在说真话呢?

醉[1]……酒、车,还有——船。

那家叫作"大和田海运"的家具进口公司,是拥有集装箱船的。要是夏帆被监禁在摇晃不定的船上,那么她因肾功能衰竭而晃晃悠悠的模样被人当作晕船,也就十分正常了。

"在'大和田海运'拥有的船上!夏帆很可能被监禁在那儿。"

"船上?可是……日本的港口那么多……"

"他们绑架了孩子,恐怕不会去横滨港或名古屋港那么远的港口,那太危险了。去的应该是离夏帆的小学最近的港口——东京湾吧。"

"对呀!还真有可能。等等,我用手机查一下。"

由香里上网搜索的当儿,我用双手用力按着自己的膝头,不让小腿抖动。我感到一股莫名的兴奋涌遍了全身,连心跳都陡然

---

[1] 日语中,表示喝醉酒的"醉"的"醉う",还可以表示晕车、晕船的"晕"。

加快了。

"能搜索船舶状况的网站有倒是有……就是说,能实时查询停泊在海港里的所有船只的全长、吨位和预订出港时间等信息,可是……眼下停泊在东京湾里的'大和田海运'的船舶,连一艘都没有啊!不行,根本查不到。"

"见鬼!这一招不管用吗?"

沮丧和绝望一下子就把我打倒了。那感觉,就跟希望之苗刚刚冒出嫩芽,就遭到了坏蛋的践踏似的。细想起来倒也是,港口的出入口肯定警备森严,将绑架来的孩子藏在车里带到船上,肯定很难吧。看来是我的推理出了问题,夏帆也可能被监禁在山上的小屋里,或者在小喽啰居住的廉价公寓里。

不对,等一下。那个"哑嗓子"勒住我的脖子时,是怎么说的?

你要是报警,那就只能到河底去打捞你那个可爱的外孙女了。

河。有可能不是港口,是河道。

"由香里,港口以外能停泊船只的地方……造船厂之类的地方呢?"

"啊!"

"如果是他们公司拥有的造船厂,就便于他们利用了吧。"

"我查一下。"由香里十分认真地说道,"有了,'大和田海运'的主页。看一下'公司信息'的话……嗯,有造船厂,说是为了制造小型船只。在江户川区东葛西。"

"别的造船厂呢?"

"仅从主页来看,没有了。"

"就是那儿了。"我点了一下头,对司机喊道,"快去江户川区东葛西,拜托了!"

"这位乘客……我可不想卷入什么麻烦事里啊。"

"事关孩子的生死,快开!"

"好……好吧!"

我感到汽车明显加速了。随即,我取出手机,给出入境警察巢鸭拨了个电话。他接听后,我就连珠炮似的将自己的推测告诉了他。

"请等一下。"巢鸭的口吻显得有些为难,"仅凭你的想象,我们是不能出动的。搜查民间机构,得有法院的搜查令才行啊。请你保持冷静。我们也会尽快……"

"官僚主义!"

我恶狠狠地骂了一声,就挂断了电话。倘若打的是固定电话,我恐怕就要将听筒重重地拍在支架上了吧。现在,我只能紧紧地握了一把手机。

我在内心祈祷这次猜得没错。因为留给夏帆的时间已经所剩无几了,若不能在造船厂找到她,那我就只能面对饱受肾衰竭之苦而死去的外孙女的遗体了。

等待的时间仿佛无穷无尽。出租车一停，我就握紧了导盲杖，在由香里的搀扶下下了车。迎面吹来的是潮湿的夜风。

"能看到什么吗？"

"嗯。"由香里回答道，"造船厂有屋顶，但只有侧面有墙，所以……能看到正在造的船的骨架，还有停在河里的小船。"

"告诉我，那里是什么样的？"

"阴森恐怖，没有亮光。船的骨架就跟肋骨似的。简直就是座船的坟场。还有盖着蓝色塑料布的大箱子似的东西、装了好多个轮子的铁墙、一个小型吊车、钢铁平台……一切都是冷冰冰的，不像有人。夏帆或许不在这儿。"

"不，反倒是这种没有人气的地方用来囚禁人质正合适。小船呢，你刚才不是说河里有小船吗？"

"嗯，河里是有一只小船，停在突出水面的几根木桩旁，正上下浮动呢。长时间被关在这样的船上……当然会晕船了。啊！黑暗中有人影晃动，在船上。"

"造船厂夜里还有人影？这就奇怪了。可能是看守人质的吧。"

"夏帆在那艘船上吗？"

"有可能。"我取出了手机，"等一下，我再给入境管理局打个电话。"

"没用的。等他们拿到搜查证，夏帆她早就……"由香里毅然决然地说道，"那儿搭着跳板呢，我过去看看。"

"啊？喂……"

我阻拦不及，她那故意放低的脚步声已经远去，把我一个人留在了原地。在没有光明的黑暗世界里待得久了，夜里甚至能听到黑暗相互倾轧的声音。强烈的惶恐与不安，憋得我几乎透不过气来。饱含着河水气味的夜风，掠过我那裸露的面庞。

这个像是陷入了永久休眠的场所没有一点儿声响。与被高楼大厦包围着的都市中心部不同，这儿既没有车来车往的声音，也没有夜生活人群的喧嚣，唯有寂静，死一般的寂静在四处弥漫着。想必四周连行道树都没有吧，因为我连夜风中摇晃的枝叶的声响都听不到。

几米前的地方会有些什么呢？是跳板的边缘、躺倒的钢材、沉重的拖车，还是危险的裁断机？

空空如也的黑暗之中，其实尽是障碍物。贸然行动的话，恐怕就要大吃苦头了吧。倒也不是不能用导盲杖敲打着前进，只是如此一来，我就成了一只脖子上系着铃铛的猫，一动就会被人发觉。

我咬紧牙关，握紧拳头。我这个人多么没用啊！女儿前去救自己的孩子了，而我却只能待在原地等着。

我侧耳倾听，可所能听到的只有自己的心跳声。由香里的脚步声也好，尖叫声也罢，一概听不见。她顺利潜入了吗？还是——来不及呼叫就被抓住了？强烈的不安死死地揪着我的心。

我将导盲杖放在地上后，就紧握着手机——为了随时都能报警——跨出了一步。这一步，我是让鞋底擦着地面，十分小心地跨出的。还好，大地依然存在，没让我一下子掉入河中。

松了一口气后，我又跨出了第二步。为了试探是否有障碍物，我又伸出了左手。然而，除了空气，我的手掌什么都没有摸到。第二步踩上的仍是地面。第三步，第四步——这么走一米的话，恐怕要花几十秒钟吧。我从未像现在一样感到如此无能为力过。心脏不停地剧烈跳动着。

又跨出了一步之后，我突然感觉不到吹拂着的夜风了。伸出的手掌触碰到了一块冰冷的东西，我抚摸了一下，觉得它像是一根横在半空的工字钢。估计是一根梁吧。为了避免撞到头，我弯下腰，钻了过去。

又走了几步，我感到地面不仅在嘎吱作响，还微微下沉着。脚下是木跳板吗？果真如此的话，那下一步就该倍加小心了。

我抬起脚，警惕着跳板边缘，让鞋底满满地蹬过去。没事，木跳板还在往前延伸着。

"爸！"由香里的喊声打破了沉寂，"夏帆她……"

脚步声是从右前方传来的，而且比她平时的脚步声要沉重许多。

"怎么啦？"我大声回应道，"夏帆在那儿吗？"

"我背着呢。虽说软绵绵的，不过没事！可是……"

"站住！"充满敌意的男人的喊声直逼了过来。木制跳板上响起了两道脚步声。

"由香里！"我大声喊道。

一道脚步声在我面前停了下来。"有人追来了，"这是女儿那紧张的声音，"我得快逃！"

"你快去医院！"

"嗯。"

沉重的脚步声从我身旁经过，很快就远去了。当我重新转向正前方时，另一道脚步声就逼到跟前了。

"滚开！"

就在脚步声逼到我跟前的同时，我扔掉手机，朝来人猛扑了过去。我豁出去了，一切全凭感觉。我感到两人的身体撞到了一起。那家伙嗷地闷哼了一声。我死死搂住他的身体，想把他摔倒，可那家伙就像植根于土地的大树一般，纹丝不动。

一分钟，不，哪怕三十秒也是好的。我要尽量争取时间——

我的下巴被他的手掌往上顶着，脖子被迫往后仰，感觉肌肉都要被撕裂了，耳边传来了颈椎发出的声响。紧扣在他背后的双手也快要松开了。随即，我的前额遭受了打击，就跟被大锤子猛击了一下似的，应该是吃了他一记头锤吧。对眼睛看不见的我来说，所有的攻击都是突然袭击，我也无法为即将发生的疼痛做好心理准备。强烈的疼痛让我怀疑自己的头盖骨已经被撞碎了。

就算赔上这条老命，我也要保护好女儿和外孙女！

只要能保住她们俩，我就别无所求了。送掉老命也在所不惜。所以神明啊！快赐给我力量吧！

我强忍着剧痛，竭尽全力，拼命抵抗着。可由于下巴被往上推，手上就使不上劲了，扣着的手指终于被分开了。紧接着，有一块很硬的东西撞在了我的肚子上——我被他一脚踹开了。我上半身朝后仰着，脚下一个踉跄，鞋底踩空，整个人都摔了下去。

出于本能，我赶紧伸出了双手，可除了黑暗什么都没抓到。在重力的拖拽下，天地倒转了。就在我感到后脑勺碰到了地面的瞬间，那"地面"居然自动分开，将我全身都吞了下去——我掉到河里了。

吸足了水的衣服像铅一样沉重，不住地将我往河底拽。我在水中拼命挣扎着。胳膊露出水面了，我赶紧将脸也钻出水面，贪婪地呼吸着空气。但很快就有波浪从一旁打来，又将我淹没在了水里，还灌了我几口水。我感到一阵剧痛从鼻孔直冲脑门儿。

我使劲扒拉着围在我身边的水，往水面探去。不一会儿，我又将胳膊伸出了水面。我在到处是水的黑暗中拼命挥动着胳膊，但既没碰到跳板，也没碰到小船。我怎么才能回到陆地上呢？

波浪横向拍打过来。由于眼睛看不见，不知道周围是怎么个状况，所以一切都是突如其来的。我突然想起，就在我落水之前的一刹那，像是听到了喊叫声："喂——在哪儿呢？！"虽说断断续续的，但那人似乎就是这么喊的。

有人！

我试图大声喊叫。因为，在漆黑的夜里掉到了河里，不告诉人家方位的话,别人是想救也没法儿救我的。

波浪将水灌入了我的口中,我又沉了下去,根本来不及叫喊。随着记忆的洪流汹涌而来,不知不觉间,我仿佛被松花江的浊流冲走了。昔日的亡灵们抓住了我的手脚,把我拽入河底。此刻的我,已经丧失了对上下的感觉。位置……一定要告诉人家我的位置……

一个念头闪过之后,我立刻打开了腰包。取出要找的东西后,我立刻松开了手。

肺部遭受重压,像是随时都会破裂似的。体内仅剩的空气都跑光了。河水从口腔、鼻孔进入体内,我的身体不住地沉入河底。

就在我觉得死神已然降临的瞬间,我的衣领像是被什么东西挂住了。应该是漂浮在河里的树枝吧。可它像是有意抓住我的衣领,还在往上拉呢!

于是我便停止了挣扎,将自己的身体完全托付给了它。随即,我的脸破水而出,快要压破的肺部尽情地吸入了空气。

一阵"噼噼噼"的声响从右侧传来,那是浮在水面的液体探针发出的。这种一接触到液体就会发出电子声响,从而避免液体溢出杯口,便于视障人士使用的小工具,竟然在意想不到的地方派上了大用场——将我溺水的大致位置告诉了救援者。

"谢……谢您,"我气喘吁吁地对救援者说道,"谢谢您救了我一命。"

然而，这个抱着我的男人——凭体感可知是个男人——却一声不吭。我在他强有力的胳膊的引导下游了几下后，他就抓住了我的手腕。在他的引导下，我很快就触摸到了像是跳板的木板。我紧紧地攀住木板，撑起上半身，然后将右脚放到木板上，克服铅一般沉重的衣服的拖拽，好歹爬了上去。

那人像是跟在我的后面，也爬了上来。从两人衣服上滚落的水滴砸在跳板上，滴滴答答地响个不停。

"要不是您出手相救，我就淹死了。请问……"

对方没有回应，还极力控制着粗乱的呼吸声。我突然想起了一个人——

"默不作声的恩人"。

就是那个把我从北海道的暴风雪中救出来的男人。他到底是何许人也？他已经救了我两次，可一声也不吭，影子似的潜藏着。

先前我还怀疑是不是比留间一人饰二角呢？他会是谁呢？冷静思考的话，北海道的"默不作声的恩人"与眼前的"默不作声的恩人"，未必是同一个人。有什么线索能查明其真实身份吗？

这时，踩在木板上的脚步声远去后，很快又回来了。我的手触摸到了什么东西——导盲杖和手机。

"谢谢！"

我给由香里打了电话。呼叫音响过几遍后，女儿接听了。

"爸？"她的声音像是紧张到了极点，"你没事吧？"

"我没事。你呢?我没能拦住那个家伙。"

"我们在派出所呢,没事。我已经把事情都讲明了,警察应该马上就会去你那儿。"

"夏帆怎么样了?"

"刚叫了救护车。"

"哦,这样的话,我就待在原地等警察吧。"

听到"警察"二字后,"默不作声的恩人"似乎就迈开了脚步。我挂掉了手机,说了声"请等一下!",想留住他。

"您能带我走出造船厂吗?我可不想再掉到河里啊。"

他像是犹豫了一会儿,随即就抓住了我的胳膊。于是我就摆动开导盲杖,在他的引导下往前走去。地面由木板变成了混凝土。又这么走了一阵,眼前的黑暗也由漆黑一片变成了青黑色,应该离街灯或建筑物上的灯光不远了吧。

这时,"默不作声的恩人"的手松开了我的胳膊,我再次道过谢后,他的脚步声就离我而去了。突然,一个念头闪过我的脑海。我打开了手机的录像功能——以前学过却一直没用过。想到开始拍摄时,手机会自动发出防止偷拍的声响,我就先大喊了一声"请等一下!",然后按下了录像键。

"我有一事请教,是非常重要的事!"

听到了我这像煞有介事的喊话后,"默不作声的恩人"的脚步声停下了。他肯定也转过身来了。

我以十分自然的动作将手机镜头对准前方。

"您为什么要救我呢?"我说这话纯粹是为了拖延时间,"您到底是什么人呢?"

"默不作声的恩人"依旧默不作声,不过我并不在意这一点。因为手机自会拍摄到这个自以为已消失在我的黑暗世界里的人,并将他清晰地呈现出来。

警车的警笛声由远而近,"默不作声的恩人"的脚步声很快就远去了。

第二十三章

由于女儿在医院里陪伴着夏帆,我便独自一人面对一位中年刑警和出入境警察巢鸭。虽说此刻已是深夜,可警署内依旧一片嘈杂。

我知无不言:"大和田海运"的人绑架了夏帆,要我交出自称我哥哥的偷渡客徐浩然;我们自己找到了夏帆的监禁地,并前去搭救……

全部讲完后,我又说了解读俳句暗语的事。

你的哥哥,杀了人。

"我以为那个叫马孝忠的中国人知道冒名'村上龙彦'的家伙所犯的罪行,于是想用俳句暗语来告发他……"

"这个……不,"巢鸭的口吻显得有些踌躇,"我想你是理解错了。应该说,我跟你以前都理解错了。当初马孝忠提出要给你寄俳句信的时候,我们怀疑你跟偷渡入境事件有某种形式的关联。这是个误会。现在知道了暗语的内容，我们也就明白马孝忠的真实用意了。其实，有件事还没告诉你。"

"是对我有所隐瞒吗？"

"不是隐瞒，只是觉得这事跟你无关罢了。我还是从头说起吧，两个月前，入境管理局拘捕了'集装箱事件'的幸存者——马孝忠。死了心的他又供出了另一名幸存者，就是那个在逃的徐浩然。"接着，巢鸭就叙述了整个事件的来龙去脉。

马孝忠和徐浩然是在集装箱里认识并亲近起来的。他们相互倾吐着偷渡的动机以及对未来生活的向往。徐浩然曾说过："我想找到住在日本的全盲的弟弟，让他证明我是日本遗孤，这样我就能获得永住资格了。"马孝忠觉得这可是宝贵的人脉资源，就哄着他说出了联系地址。徐浩然似乎还给他看了写有岩手县老家地址的信件。

然而，接下来就出事了。由于透气孔被人堵上了，集装箱内的氧气越来越少，身体虚弱的偷渡者开始一个接一个地死去。马孝忠的妻子和孩子也死了。

不过，由于这个"悲惨的棺材"中呼吸氧气的人不断减少，幸存者得以苟延残喘。可话虽如此，到后来，就连身强力壮的马孝忠，也开始头昏眼花、意识模糊起来了。这时，他突然觉得徐浩然有些不对劲。因为徐浩然乍看奄奄一息，其实却好着呢。

马孝忠强打起精神，在一旁观察他，发现了他的一些诡异的举动。原来，集装箱上有一个透气孔漏堵，被徐浩然一人独占了。可能是有一缕月光从那孔中射进来，才被他发现的吧。

徐浩然靠在集装箱的侧壁上，装出一副气息奄奄的模样，其实却将脸蛋凑近那个透气孔，贪婪地独自吸着空气。

"事实上，正是争夺透气孔闹出的动静，才让港口职员发现了偷渡事件。住院后的马孝忠对徐浩然恨之入骨，反倒是入境管理局官员在安抚他，说徐浩然的行为发生在自己生命垂危之际，是无奈之举。可马孝忠根本就听不进去，不停地嚷嚷着'要让他在日本的亲人知道那家伙有多卑鄙'。入境管理局官员还谆谆教诲道：'你还是放过他吧，"紧急避险"不算犯罪。他也很可怜，不是吗？'因为战争被扔在中国，过了六十年都没能回国，走投无路之下，也只能偷渡入境了——普通人不都是这么同情日本遗孤的吗？"

听到这儿，我也恍然大悟了。

"为了获得组织偷渡团伙的信息，我们不停地追问他。刚开始，对偷渡入境相关事宜，马孝忠是守口如瓶的。后来，他突然开口了，说是要给朋友写信，而这个朋友全盲，所以他要写盲文信。"

你的哥哥，杀了人。

对此，我理解错了。俳句暗语所提示的"哥哥"，不是待在岩手县冒名村上龙彦的那个，而是徐浩然。马孝忠不允许独占透气孔，害死了自己的妻子、孩子的徐浩然过上好日子，想方设法地要予以惩罚，所以才想到告发他，好让他的亲人唾弃他这个"杀人犯"。

那么怎么才能让徐浩然在日本的弟弟知道集装箱里所发生的一切呢？苦思冥想之后，马孝忠想到的，就是盲文俳句。于是他就让入境管理局误以为自己是在跟偷渡的同伙联系，将俳句寄往了从徐浩然那里打听来的我的老家。之所以要用暗语，是因为他觉得入境管理局在庇护徐浩然，要是让入境管理局知道了自己的真实目的，自己一定会遭到制止。

我说出以上推理后，巢鸭回答说："是的，你说得没错。如果我们知道了在逃的偷渡客——徐浩然与你是兄弟关系，想必也能猜出隐藏在俳句里的内容了……结果却让你产生了无谓的误解，真的非常抱歉。"

原来岩手县的"哥哥"并未杀过人。我相信了俳句的告发，怀疑有过杀人前科的"哥哥"也杀害了母亲。如今，"哥哥"杀过人这一前提已被彻底推翻了。那么，"哥哥"是否真的杀死了母亲呢？我发现母亲的遗体时，在茶间拿了书信逃跑的徐浩然，又隐瞒了什么呢？

最紧要的部分，我还是一无所知。

来到医院，我马上询问正在做透析的夏帆的情况："感觉怎么样？"

333

"很好啊。"她嘴上这么说,可听得出呼吸还有些困难,"都能下场去踢足球了。是外公你救了我,对吧?"

"嗯,是跟你妈妈一起救的。"

"谢谢!当时我难受极了,以为这下一定完蛋了。没想到还能见到妈妈,真是太好了。"她有气无力地说道。

我伸出手去,摸了摸夏帆的脑袋。

"嗯,你能平安回来,真是太好了。"我突然悲从中来,连声音都略带哽咽了,"对我来说,没有什么比你们更重要,你们是最重要的。"

好不容易说出这句话后,我就陷入了沉默。对话中断了,能听到的,只有透析仪器所发出的机械声。

"爸,"由香里用试探的口吻说道,"其实,我一直有个想法……"

"什么?"

"我们想跟你住在一起。"

这个突如其来的提议刹那间令我的思维瘫痪了。

"不行吗?"

"怎么可能不行呢?"我立刻回答道,"我肯定热烈欢迎啊!你的房间还保持着原样,一直等着你回来住呢。可是……这样好吗?我会不会成为你们的负担呢?"

"也不是为了你。回家后,我就不用付房租了。我去上班的时候,你还能跟夏帆说说话。"

根据女儿羞涩的口吻，我甚至能想象出她那腼腆的模样。

"我也不是什么都不会做的，我能帮外公做好多事呢！"夏帆中气十足地说道，"有外公在，就算妈妈去上班，我也不会寂寞了。"

家人回来了。一束温暖的光，射入了我那孤寂的黑暗世界。

我不由得眼眶发热，一时间说不出话来。为了掩饰自己内心汹涌澎湃的情感，我只好岔开话题。突然，我想起了一件十分重要的事情：我还有一个必须解开的谜团呢。

"哦，对了……"我转向由香里，"我有东西要给你看，是我在造船厂里拍的视频。视频里面的人救过我两次了，可从未说过一句话。这是我偷拍的。"

"是'长腿叔叔[1]'吗？"

"嗯，差不多吧。既然他不让我听到他的声音，说不定是我的熟人啊。"说着，我拿出了手机，"你替我看一下吧。"

在女儿操作手机回放视频时，我默默地等待着。这个隐藏在我的黑暗世界里的"默不作声的恩人"是谁？或许马上就要见分晓了。到底是谁呢，这个跟踪我，在北海道和造船厂两次救了我的性命却一直默不作声的家伙？

"爸，这个视频，我看了……"

---

[1] 美国女作家简·韦伯斯特（1876—1916）创作的小说《长腿叔叔》中的人物，一位资助孤女上大学的不露面的孤儿院董事。

我不禁咽了口唾沫,等她继续说下去。他会是女儿也认识的人吗?

"视频里的人,就是住在岩手县的伯父。"

第二十四章

待在岩手的"哥哥"是我的救命恩人？那个冒充村上龙彦，可能为了霸占遗产而杀死了母亲的家伙？

对"哥哥"来说，想要揭开他真面目的我，应该是个"眼中钉"才是。因为只要我一死，他就能作为村上龙彦无忧无虑地活下去了嘛。他为什么要救我的命呢？母亲生前曾对我提出过忠告，要我别再去调查"哥哥"。难道说"哥哥"虽是个冒牌货，却不是个坏人？

在那北海道的暴风雪中，若没有"哥哥"出手相救，我恐怕是到不了稻田富子家的吧。

想到这儿，我的脊背突然一阵发凉。

我是在"哥哥"的引导下走到稻田富子家的。而稻田富子呢，又极力保证"哥哥"不是冒牌货。要是这一切都是精心安排好的呢？

我遇到的稻田富子，是真正的稻田富子吗？

稻田富子说自己是土生土长的北海道人，后来才移民去了中国东北。那么她说起话来，带有北海道的口音吗？她只在中国生活过几年，回国后也一直生活在北海道，当地的口音不可能消失得无影无踪。

"客官，是从内地来的？"

"客官，你忘了套手套了！"

我和比留间一起坐出租车时，那个司机将本州说成了"内地"，还说了"套手套"；可稻田富子却不是这么说的。她说的是"您刚才戴手套了吗？"和"您从本州大老远地跑了来，就为了这事吗？"。当然了，这些都是细枝末节。再说，也未见得北海道人个个都讲当地的方言。

可是，如果将这一切都当作他们精心安排好的，那就变得顺理成章了。在公民馆与比留间见面时，他曾威胁我说："无论是谁，都有不愿为人所知的过去。怀着半吊子的好奇心而介入过深，可是会惹祸上身的呀。"这表明他毫不掩饰他是"哥哥"的同伙。很明显，他是知道"哥哥"的真面目和过去的。当他得知我要去北海道向稻田富子了解情况时，却主动提出要做我的向导。而他所提供的理由是："警察在调查龙彦……我也想证明龙彦是真的呀。因为我为他回国定居出过力，自然也是有责任的嘛……就弄清真相这一目的而言，我们俩其实是一致的。所以说，我们还是一同去拜访稻田女士吧。"

当时，我虽然对比留间的这套说辞心存疑虑，可苦于没人引领，就答应了他。对，我从那时起，就已经落入他的圈套了。比留间多半与"哥哥"串通一气,安排了一个假的稻田富子,然后将我领到假住址——他朋友家吧——让我听那些早就编好了的、证明"哥哥"是真货的故事。

想必比留间提供给出租车司机的地址也是假的。反正我的眼睛看不见,是无法分辨其住所的真伪的。向导说"是这儿",我只能相信。

在暴风雪中,"默不作声的恩人"救了我的命。想必是"哥哥"为了以防万一而一直跟踪我,而比留间也被蒙在鼓里吧。如此说来,比留间来到假稻田富子家后大吃一惊,并非由于看到我还活着,而是因为看到了按计划不该出现在那儿的"哥哥"吧。

把他们三人看作共犯的话,一切就解释得通了。屋里闯入了一个谜一般的人物——"默不作声的恩人"——也没人跟他说话,估计是因为"哥哥"将手指放在嘴唇上,警示他们"不要跟我说话"吧。

我极力回忆着当时的情形,回忆着稻田富子所说的话是否前后矛盾,是否有非同寻常之处。

有的。我在讲述逃难的情形时说过这样的话:"死亡的阴影一直在身边徘徊。那片枯萎的白桦林,就像从地下伸出的白骨手臂,是吧?"

对此,稻田富子又是怎么回答的呢?她误以为我在说开拓团里的生活情况,所以就如此答道:"……是啊,那片俯瞰着开拓团营地的白桦林,真是阴森恐怖啊……真是要感谢您的母亲啊。

生活那么艰难,她居然还将宝贵的玉米分给我们。"

不对,她说得不对。当时我为什么就没发觉呢?我们一家生活的开拓团四周,全是广袤的农田。即便走上半小时,也没有树林或河流。哪来什么俯瞰开拓团营地的白桦林呢?更何况,我们的田地十分肥沃,且面积很大,雇用了三名苦力来耕种,生活一点儿也不艰难,收获的玉米堆得跟小山似的。

稻田富子像煞有介事地描述的往事,应该是别的开拓团的事情。还有,她对打官司的事却了解得一清二楚。如果说她是"哥哥"从可信赖的、一起打官司的伙伴中选出来的,那就都说得通了。

一切都是为了让我相信"哥哥"是真货。

那么,在造船厂里那一次,"哥哥"为什么要救我呢?只要撒手不管,我这个调查他真实身份的"眼中钉",不就自然消失了吗?

"我说,由香里,"我转向女儿说道,"等夏帆出院后,你陪我去一趟北海道吧。"

第二十五章

北海道

一下出租车,利刃般的寒风就直扑面门。不仅仅是裸露在外的脸,就连喉咙口也受到了从外套衣领处钻入的寒风的攻击。虽说眼下已是四月,可北海道尚在严冬。

我抓着由香里的右胳膊肘,用导盲杖敲打着因融雪而变得湿漉漉的地面,小心翼翼地往前走着。我必须谨慎地移动自己的身体,否则的话,很可能连带着女儿一起摔跤。

我将导盲杖摆动到右侧时,杖头打在了某种柔软的物体上。我知道杖头还将那玩意儿削去了一层,想必是被人推到路旁的积雪吧。

要是我心头所有的疑问、谜团,也能像冰雪一样消融就好了。

"爸,我们到了。"

由香里那踩着积雪的脚步声稍稍远去后,就响起了门铃声。

等了一分钟,又响起了开门声。

"请问您是稻田富子女士吗?"由香里问道。

"是啊,我是稻田。"

老妇人的嗓音让人联想起年轮重重的古树,与上次那个"稻田富子"截然不同。

"我是村上和久,"我自我介绍道,"是村上秀子的儿子。"

"哎呀,你就是当年的那个孩子呀!"稻田富子说道,"今儿可上冻[1]啊!来,来,快进屋吧!"

"打扰了。"负责联系她的由香里说道,"今天劳烦您特意抽出时间接待我们,真是太感谢了。"

"小事一桩,说不上的。"

我在由香里的搀扶下,走进了一个被热气包裹着的空间,时而还能听到火焰的爆裂声。

"今日前来打扰……是想了解一下我哥哥的情况。"我一时不知道该如何开口,踌躇片刻之后,才说道,"是这样的,我哥哥是日本遗孤,早在二十七年前就已经回国定居了。可他或许是个冒牌货。"

"这……这种事情问我,我也说不好呀。"

"这是自然。只是……我听说您是与我母亲在同一时期去的中国东北。所以,我想您应该还记得一些我哥哥的事情。"

---

[1] 原文用的是北海道方言。

随后，我就向她说明了情况：由于"哥哥"拒绝去医院做配型检查，故而我怀疑他跟我们没有血缘关系；在调查他的过程中，我遇到了各种各样的阻挠；我将心中的疑惑告诉母亲后，母亲却说："不能干……不能干这种事！事到如今，还去调查自己的哥哥，绝对不行！"

　　"母亲像是知道'哥哥'是个冒牌货。她明明知道，却还是将他认作亲生儿子，让他归国定居了。这其中的理由，我不得而知。'哥哥'到底是什么人？母亲到底怀着怎样的秘密被人杀死了？"

　　沉默持续着，只听得到像是斟酌着什么似的呼吸声。

　　"村上先生……"稻田富子的口气极为勉强，像是接到了挖掘别人家坟墓的命令似的，"听了你的话，我好像明白秀子隐瞒了什么了。不过，我也不确定。"

　　"请您告诉我，您想到了什么？"

　　"这……由我来说，确实有些难以启齿啊。"

　　"我是为了查明真相才来到这里的。其实，另有一名自称我哥哥的男人偷渡到了日本，也在我跟前露过面了。要是弄清了那个二十七年来一直作为我的哥哥生活在岩手的家伙的真面目，我也就能毫无顾忌地迎接自己的亲哥哥了。"

　　"哥哥？你的哥哥出现了吗？"

　　"是的，从中国来的。"

　　"他真是你哥哥吗？"

"我现在确信无疑。我确实感到——我们是有血缘关系的。我觉得他就是真正的村上龙彦。"

"真伤脑筋啊,我到底该不该说呢……"

"请告诉我吧!我母亲为什么要将那个冒牌货认作亲生儿子?"

"这就跟将睡着的孩子叫醒一样,一旦叫醒了,他就会整夜哭个不停,再也睡不着了。"

莫非她与母亲生前一样,也要对我发出警告?母亲与"哥哥"的过去,到底有着怎样的关系呢?

"悲剧也好,喜剧也好,我就想知道真相。"

这时,我听到了一声重重的叹息声——她像是下定决心了。

"我是在昭和十五年[1]去中国东北的——正好与秀子是在同一时期。我们所居住的小屋紧挨在一起,所以我们一下子就成了好朋友。哦,对了,我们还跟另一位邻居大久保先生一起分吃饭菜呢……"

"前一阵子,我也跟大久保先生见过面了。"

"他还好吗?他被'动员'[2]后就没了音讯,我一直以为他被苏联士兵杀死了呢。"

被"动员"了?这是怎么回事?在黑猫咖啡馆里,大久保可

---

1 即1940年。

2 指应征入伍。

是说，无论是在开拓团，还是在逃难那会儿，他都与我们家在一起呀。这么重要的经历，难道他记错了吗?

"我们生活的那块土地，正如日本政府所宣传的那样，十分肥沃，农作物产量极高。我们也都相信，中国东北有着大片丰饶的田地，我们日本人是为了'五族协和[1]'而辛勤耕种。可是，事实并非如此啊!"她的声音中充满了苦涩，"昭和十六年[2]的某一天，我和秀子，还有……大久保重道先生——他媳妇患热病[3]躺倒了，只能由他来做饭——一起去井台打水，发现那儿有个中国妇女。"

她叹了一口气，下面的话像是很难说出口。"然后呢?"我催促道。

"那个中国妇女……正要将一个婴儿扔到井里，秀子跑过去制止了她。秀子说：'你为什么这样做?'大久保把她这话给翻译了过去。那个中国妇女用充满仇恨的眼神——魔鬼一般的眼神死死地盯着我们，说：'是你们日本人抢了我们的地。你们耕种的土地，原本全是我们中国人的!'简直难以置信，不过想想也对。分配给我们的小屋，分明是有人居住过的，估计是关东军以半买半抢的方式搞来的吧。日本政府宣传说，大片肥沃的土地没

---

[1] 日本在中国东北建立傀儡政权伪满洲国后提出的口号。
[2] 即1941年。
[3] 伤寒、肺炎等发高烧疾病的统称。

人种，可事实根本不是那样。"

"你们也是后来才知道的。相信了这些宣传的移民们，并没有什么罪孽与责任。"

"紧接着，那个中国妇女用因愤怒而发颤的声音，倒出了心中的苦水。她说，由于土地被剥夺，生活日益贫困，养不起两个孩子了，只得杀掉一个。秀子听了大受刺激，她流着眼泪，跪在地上磕头谢罪，嘴里用日语一个劲地说：'对不起！对不起！对不起！都是日本人不好……'接着她又说：'这孩子我来养，等到你们生活宽裕了再还给你们。'"

"莫非岩手的'哥哥'……"

不对……

我突然感到脊背发凉，心脏怦怦直跳，拳心里渗出了令人难受的汗水。她说的是"昭和十六年的某一天"，这跟"哥哥"的年龄对不上。

昭和十六年——不就是我出生的那一年吗？

"莫非是——我？"

"没错。"稻田富子的声调中带着同情与抚慰，"你是秀子的养子，是秀子救下的那个中国妇女的孩子。"

"怎……怎么会……"

"事实如此。秀子收养了那个婴儿，当作自己的孩子抚养着，还一直守着这个秘密。"

原来我不是母亲的亲生儿子。突然，我联想起了那只布谷鸟报时钟。这不跟布谷鸟"寄卵"于别的鸟窝一样吗？而我就是寄生于日本母亲的中国婴儿，我不是日本人。我觉得整个人生都遭到了否定，仿佛脚下的大地裂开了，整个人正在坠向地狱。

右边传来了由香里倒吸凉气的声音。也难怪，我的出身发生了变化，女儿的血统自然也跟着变了。如果时光能够倒退的话，我真希望回到昨天，将女儿留在我家里再独自出门。真不该与她一同来这儿。她会如何接受奔流在自己血管里的鲜血有一半来自中国人这个事实？想必这突如其来的真相，也令她方寸大乱了吧。

忽然，我的右手手背上有了温暖的触感——是由香里的手。比起自身的困惑来，她似乎更担心父亲所受的震撼。

我轻轻地出了一口气。

令我从冲击的后劲中清醒过来的，是第二代遗孤张永贵所说的话。一九四一年五月，他的外祖母病故——据说忌日在十二日，他母亲不知所措时，是我母亲为其操办了整套丧事。

孕妇参加葬礼会难产。

对于家乡的这类老话，母亲向来是严格遵守的。我妻子有孕在身时，母亲就不让她出席伯母的葬礼。母亲还说："我自己怀孕的时候，就从未参加过葬礼。"可要说一九四一年五月的话，不正是她怀着我的时候吗？她又怎么会去给别人操办丧事呢？

唉，我早该察觉到这一矛盾呀！原来那时母亲并未怀孕，自然就能去操办张永贵外祖母的丧事了。

原本是要探寻"哥哥"的来头的，没想到首先搞清楚的是我自己的出身。就跟盲文的凹凸点被翻了个个儿似的，我自己的出身也被彻底翻转了。

事到如今，我终于明白母亲为什么要用怯生生的口吻警告我不能调查了。母亲是想保护我。她唯一的愿望，就是我永远也不知道事情的真相。

然而……我却挖开了坟墓，知道了真相，无可挽回。

第二十六章

岩手

　　离开北海道后,我没有回东京,因为我有话要跟"哥哥"说。如今既然知道了事情的真相,有些事也不能不向他问个明白了。

　　茶间里,我和哥哥面对面坐着。

　　"原来……我竟是养子。"

　　我听到了哥哥用鼻子出气的声音。他那副愁眉苦脸的样子,也浮现在了我的眼前。半响之后,他才从喉咙里挤出极为沉痛的声音:"你……全都知道了。"

　　"在北海道,我见到了真正的稻田富子。"

　　"这样啊。以防万一,我已经要她严守秘密了。不过我也猜得出,她是挡不住你那股子执拗劲的。"

　　"这么说来,哥哥你是早就知道的了。"

　　"这还用问?母亲肚子没大就带了个孩子回来,就算当时被骗过了，长大后还能不明白吗？"

"这就是你拒绝做配型检查的理由？"

哥哥叹了一口气，像是已不打算隐瞒了："一接受检查，就可能暴露我跟你的外孙女没有血缘关系。那样的话，你是养子的事情也就瞒不住了。我要隐瞒的就是这个。我料想到，我们之间并无血缘关系的事情暴露后，医院方面就会怀疑我们的动机，最后极有可能不允许我捐赠肾脏。而配型检查也只能以暴露你的身世而告终。"

"这就是说……反倒是我，才是冒牌货啊。"我不由得发出了自嘲的叹息。

"别说这种丧气话。"哥哥的话语里，饱含着心如刀绞一般的沉痛，"正是因为不想看到你伤心的模样，我才……"

"你才怎样？"

"我才要阻止你到处去调查。"

"哥哥，你是在什么时候发现我在怀疑你的？"

"你刚开始调查时，不是跟矶村先生在日比谷公园里交谈过吗？那时我也在场。因为我看你回老家时的举动有些不对劲，产生了不祥的预感，就跟踪了你。去东京的路费，就是靠卖了那只布谷鸟报时钟才凑齐的。"

这时，我突然想起了一件事。那会儿，我跟矶村说了心中针对"哥哥"的怀疑，并要求他保密之后，身体跟跄了一下，撞到了一个人。我对他道了歉，对方却一声不吭地离去了。我记得自己当时还心想现在的人真没礼貌呢。

"那会儿，我撞到的人，莫非就是……"

"是我。老实说，我真的很着急啊。知道你对我产生怀疑后，我就开始监视你了。这可是为了你好啊。"说到这儿，他弄出了咔嚓一声，过了一会儿，就飘来了一股烟味，"你跟比留间先生也见过面，是吧？在公民馆。"

"那时，你也在一旁？"

"是啊，我就在那个房间里。我十分小心，不敢发出半点儿声响。"

闻到香烟味后，我又想起了一件事。我在那个应该没有第三者在场的会议室闻到的气味，和现在从他身上闻到的气味是一样的。当时，我不动声色地问比留间是否抽烟，他回答"不抽"。那么当时闻到的气味，就是从哥哥身上发出来的了？想想也对，哥哥确实抽烟，在拒绝做肾脏移植手术时，他说过："我的肾脏也不好，我一天要抽十支烟呢。"

"你这么一说，我想起来了，那会儿我闻到你身上的香烟味了。"

"我在外面等你等得心焦，抽光了一盒烟呢。后来我浑身上下好一顿拍打，自以为把烟味都拍掉了呢。"

"比留间先生早就知道我是养子了吗？"

"是啊，因为他在中国见过你的亲哥哥，就是那个叫徐浩然的。"

听稻田富子说，我的亲生父母养不起两个孩子，就想把其中一个，也就是我，扔到井里去。那么，徐浩然就是留下的另一个了？怪不得我见了他觉得十分亲切，原来是这么个缘故。而他之所以自称村上龙彦，就是因为他想冒充日本人取得在留资格[1]吧。

"据说比留间先生表明自己是援助组织的成员后，徐浩然就冒充日本遗孤。比留间先生似乎就是这样认识徐浩然的。听到你要矶村先生介绍遗孤方面的专家后，我就在笔记本上写下比留间先生的名字给他看。因为我觉得比留间先生肯定会帮我的。"

后来比留间对我说："怀着半吊子的好奇心而介入过深，可是会惹祸上身的呀。"现在想来，那并不是阻止我调查哥哥的威胁，而是为我着想才发出的忠告。唉，这叫什么事！原来一切都是我疑神疑鬼所导致的妄想与误解啊！就连比留间与我在暴风雪中失散，也仅仅是他不走运地丢失了手机，回去寻找的缘故吗？

"那时我站在一旁，听你们说话的时候就觉得，比留间先生已经预料到你迟早会查明真相。他不是说过，已经认亲的遗孤，后来却被判定为和'亲人'并无血缘关系，那些人有多么痛苦、伤心吗？他肯定是在向你传递信息：即便知道了真相，家人也还是家人。"

长期生活在没有光明的世界里，就会受到来自四面八方的黑暗的侵蚀，渐渐地不再相信关怀、体贴这样的眼睛看不见的善意

---

[1] 允许持有人长期滞留日本的许可证书，由日本法务省颁发。——编者注

了。想必我在度过孤独人生的过程中，连心中的眼睛也被蒙上了阴翳吧。

"可是……就在我与比留间先生见面的那天，我就差点儿被人推上机动车道。这说明，有人为了隐瞒真相，想谋害我啊。"

沉默片刻过后，哥哥发出了爽朗的笑声："误解，这可是天大的误解了。你说的那个人就是我呀。最近，也不知是为了节约能源还是出于别的目的，很多汽车行驶起来都是静悄悄的，对吧？当时我看到有汽车开来了，可你还要跨出脚步，就想阻止你。我想揪住你的衣领，可就在我伸出手的同时，你突然回过头来了。我心想，你要是问我为什么要跟着你，我可答不上来，于是我就逃走了。其实我很快又回去了，怕你又遇上什么危险。"

原来所谓的"被跟踪"，也是出于我的"迫害妄想"啊！而哥哥所做的一切，都是出于善意。不仅仅是在风雪漫天的北海道，在东葛西的造船厂，也是哥哥那有力的臂膀拯救了我。

"这一切，都是为了保护我吗？"

"我……只希望你作为一个日本人，平平安安地过日子。承受双重身份的苦恼的，有我一个就足够了。"

我也听过许多遗孤的切身感受，深知他们明明是日本人，却在日本受到歧视的痛苦。而哥哥更是亲身经历过，当然更加深有体会。所以他才想竭尽全力地保护我……

哥哥的笑声中也掺杂着苦笑的意味："你看，你不是时不时地说些鄙视中国人的话吗？所以我觉得，你要是知道了自己并非日本人，一定会很痛苦。"

为了深入调查有冒牌货嫌疑的"哥哥"，我确实曾颇具挑衅意味地说过中国人的坏话，而"哥哥"每次都会为了庇护中国人对我的话加以反驳。我总以为这就是他身为冒牌货的证据，觉得正因为"哥哥"是中国人，所以听了这些话才会不高兴。原来不是这么回事。他对我说教，其实是怕我在知道真相后丧失民族认同，内心发生动摇，甚至精神崩溃。

"这……也是母亲毕生的心愿。因为多年来，母亲亲眼看到我回国后所遭受的种种烦恼，就恳求我，千万不要让你知道真相。她知道自己来日无多了，说：'妈妈的遗言，也只有这个了。'所以，不论使用怎样的手段，我也要保守秘密。"

我终于理解，哥哥为什么不辞辛劳一次次地来东京，做出各种各样的布置了："让我去见假冒的稻田女士，也是为了隐瞒真相吧？"

"是啊。因为在为我搓背时，你明明已经发现了我背上的刀伤，可你还是继续怀疑我嘛。"

在特别养护老人公寓见面时，曾根崎是用左手跟我握手的。左撇子抽刀斜砍，伤痕自然是从左肩到右腰的。可见哥哥背上的刀疤并不是假的。

"那……"我探出身子，问道，"那个装砒霜的小瓶又是怎么回事？你说是我拿出去的，撒这样的谎，又有什么意义呢？"

"等等，我没有撒谎。村里有人看到了你——这是事实。村里人也没必要撒谎。我之所以要跟踪你,一方面也是因为担心你会怎么用那些砒霜。"

"右臂上烧伤的伤疤呢?我握住你手臂的时候,没摸到过像是皮肤抽搐般的伤疤呀。"

"你确实提到过,听人说起我有这么个伤疤,是吧?可我从未被烧伤啊。"大久保当时说得很清楚,连哥哥被烧伤时的过程都说得很具体。不过无论是谁,记忆都是有可能出错的。

"你还在怀疑我吗?"

"不。"我答道,"我已经不怀疑了。母亲的死也与你无关,对吧?"

"那是自然。哪有儿子杀死亲生母亲的呢?"

"那你说的'要不是你多管闲事……',又是什么意思呢?"

"我说过这话吗?什么时候说的?"

"在守灵后的宴会上。虽说我当时喝醉了,但我记得很清楚。"

"哦……是在那会儿啊。那是因为你四处调查我,我只得一次次地去东京跟踪你,结果疏忽了对母亲的照料。那就是在话赶话时说的一句气话而已。"

如同日本战败后,中国人救助了日本孤儿,把他们当作自己的孩子抚养成人一样,身为日本人的母亲也救助了中国婴儿,当作自己的孩子抚养成人。那些幼小的生命,正是得益于中日两国富有同情心的人们的救助,才存活了下来。只要遇到的人、相遇的时机稍有差错，我跟哥哥恐怕早就没命了吧。

"我说，和久，如今误会已经解开了，我有个建议……你要不要回老家来？"哥哥的声音里充满了温情，"我们兄弟俩，不住在一起，生活上会有许多不便吧？"

"嗯……其实，由香里和夏帆要回我家来住呢。"

"噢！"哥哥欢快地说道，"是嘛，是这样啊！她们要回来了？那真是太好了！我正为你眼睛看不见而担心呢，这下就好办了。哦，说到夏帆，我的肾脏到底能不能用，还是去检查一下吧。因为事到如今，也没必要隐瞒你的出身了嘛。要是检查出没有血缘关系，就干脆向医生说明实情好了，说不定他们会理解的。"

"谢谢你，哥哥！"我低头行礼，"我也有个建议——与夏帆无关的，哥哥要不要来东京与我们一起生活呢？我家里还有空房间，住在东京，生活上会更方便些，去东京地方法院也更方便了。"

"不，我就守着母亲的坟墓吧。我要继续住在这儿。"

"这样啊，那官司怎么办呢？"

"让政府明白遗孤并不是外国人，而是在战败的混乱期中被抛弃在中国的日本人，希望政府能给那些无奈之下只能靠生活保障金生活的孤儿老年生活保障——当初，我就是为了这个，才一门心思地要跟政府打官司的。可是……之前我也跟你说过了吧？我已经打算放弃了。"

"我是听你说过，但我对你突然改变主意感到难以理解。这到底是为什么呢？"

"我在跟踪你时，也听你说了不少大实话，知道了自己只管问你要钱，给你添了很大的麻烦。所以后来我就改了主意。"

哥哥的话令我又羞又愧。之前，每遇到一位相关人士，我都会说起对"哥哥"的怀疑和不满，并且说得既严厉苛刻，又充满敌意。想必我的一言一语都深深地伤害了哥哥的心。我简直难以想象，一心只想着保护我的哥哥，当时都是以一副怎样的表情站在一旁的。

"我说的那些话，也并非全都出于真心。对你产生怀疑了嘛……负面情绪就极度膨胀了。"我沉吟片刻后，继续说道，"所以……我希望你把官司继续打下去。现在，我能理解你的苦衷了。"

"不，因为生气而负面情绪极度膨胀的，是我啊！我因得不到家人的支持而生气，变得异常执拗与偏激。不过曾根崎先生说的那句话给我的触动很大：'不是要你原谅国家，只是希望你不要忽略了"真正重要的东西"。'他是这么说的吧？"

"诉讼还是应该继续下去。不为泄愤，为了能安度晚年，为了众多遗孤。只要我能帮得上忙，你尽管开口。"

"谢谢你，和久！我只有一个请求。"哥哥稍停了片刻，像是一时难以启齿似的，"母亲的忌日，你回来扫墓吧。儿女不能给父母扫墓，是一种不幸啊。"

哥哥的口吻中透着一股苦涩。生活艰难的他，已经好多年没去给中国的养父扫墓了。

"我说……哥哥，今年我们一起去中国吧，去看望你的养母，去给你的养父上坟。他们把你抚养成人，我还没感谢过他们呢。"

"嗯，好主意啊！"

"对了，我在调查你的时候，遇到了一个名叫张永贵的第二代遗孤。他是在中国东北时同我们在一起的女孩的儿子。你还记得吗？逃难时，她也跟我们在一起。"

"我怎么会忘记呢？当时，她发了高烧，不得已，我们只能把她托付给一对中国夫妇。我说过要保护她，结果却没有做到，我真是太没用了。她回国定居了吗？"

"很遗憾，听说她已在几年前去世了。"

"哦……这样啊。"哥哥的声音十分消沉，"多少年来，我一直想再看她一眼，没法儿如愿了。命运，就是这么残酷啊。"

"你以前爱上她了吗？"

"她是我的初恋。小时候我没能履行自己的诺言，长大后，我倒是在中国找过她，但没找到啊。哦，对了，她是在那边结的婚吗？虽说造化弄人，倘若她后来能获得幸福，我也多少能宽恕自己一些了。希望她过得幸福。"

我突然明白哥哥为什么一直保持独身了。原来他不结婚，并非因为自己是个被人追查的冒牌货，只是为了纯洁的爱恋，以及令他备受煎熬的悔恨。

"……和久，不管你跟我有没有血缘关系，我们都是一家人。你永远是村上家的一员。你听好了，这一点，你绝不能忘记。"

这话从把对自己有救命之恩的中国养父母当作第二父母的哥哥口中说出来，确实具有充分的说服力。

> 养母在我心里的分量还是很重的。她抚养了我几十年，那就是我母亲了。感情胜于血缘嘛。

哥哥之前跟我说过的话，又在我的脑海里苏醒了。"情胜于血"，是啊。当时，我只觉得他把中国的养父母看得比亲生母亲还重，故而十分反感。如今想来，这竟是传递给我的信息。

> 通常来说，比起抛下自己的生母，人都会更看重养育自己几十年的养母吧？

我本以为，在中国东北被河水卷走的"哥哥"是对背着我过河的母亲心怀怨恨，所以才说出"被抛弃"这样的话来。原来并非如此。他说的，其实是我。

哥哥是我的救命恩人，我必须感谢他。逃难途中，要不是他从军刀下救下了我，我早就没命了，想必早就被埋在中国东北的泥土之下，如今已朽烂无迹了吧。虽说针对"哥哥"的调查是因为怀疑而开始的，结果却令人欣慰。因为，虽说它颠覆了我对自己身份的认知，却也令我明白了母亲与哥哥对我的关怀与温情。

我虽为养子，母亲却把我当作亲生儿子来关爱、呵护、养育。确实是"感情胜于血缘"啊。

今生今世，我绝不会忘记母亲和哥哥对我的大恩大德。

第二十七章

东京

很遗憾，哥哥的肾脏不适于做移植手术——虽说与夏帆没有血缘关系这一点倒是没被查出来。

我怀着万分无奈的心情，朝着约好的见面地点——某咖啡馆走去。到那儿一看，大久保重道已经到了。听稻田富子说，她是和我母亲还有大久保三人一起去井台打水时，遇见那个要将婴儿扔到井里的中国妇女的。

"上次……"我颇为谨慎地开了口，"您说了我哥哥被火烧伤，以及您与我们一家一起在中国东北逃难的事，对吧？"

"被火烧伤？这我还是头一回听说。"大久保的声音显得十分惊诧，"还有，您好像有所误解啊。我在被'动员'后就离开开拓团了。"

他这话，与稻田富子所说的倒是一致的。

"您当时被征召入伍了吗？"

"是啊。应该是在昭和十八年[1]吧,我收到了'当地征集令',只好丢下锄头拿起枪,在苏联与中国东北之间的边境附近担任警卫。我们常驻在碉堡里,当时,扛枪的关东军士兵一天天减少,因长年累月手握锄头而满手老茧的农民一天天增多。"

"那是因为关东军偷偷撤退了,是吧?"

"是的。偷听士兵的闲聊后我才知道,我们这些人都是为了瞒过苏联侦察兵的眼睛而被派来凑数的,好让关东军悄悄撤退。说穿了,我们就是戳在碉堡里的稻草人。可苏联兵却不是鸟儿,他们早就看出戳在那里的是稻草人了。所以我们根本不能阻止他们的进攻。后来我们都投降了,被拘押在西伯利亚。所以说,我没有同开拓团的人一起逃难。"

还是有些对不上。或许是我的心理作用吧,我觉得他的声音也有点儿不大对劲……

"上次在咖啡馆里……您隐瞒了我的事,是吧?"

"您说的'我的事',是指什么?"

"就是说,我是中国人的孩子,是母亲收养了我。大久保先生,您是不是怕我伤心,所以隐瞒了?"

"不是,我说了呀。"

"啊,我没听您说过啊?"我战战兢兢地问道,"那次,我们是在黑猫咖啡馆见的面,约好的时间是上午十点半,对吧?"

---

[1] 即1943年。

"是啊,我们见过面呀。"

我也是十点半到的黑猫咖啡馆。可是,我没遇见他。这是怎么回事?无论是语音报时手表还是语音报时座钟,都向我播报了准确时间。那又是为什么?

准确时间?真的准确吗?街面上有的是钟,但我是看不到的。我只能依靠语音报时手表和语音报时座钟。要是这两者不准了,我的时间也就乱套了。

有人拨动了指针。我只能这么认为。要对大久保的手表动手脚恐怕很难,可如果是对我的手表的话……

我整天都戴着手表,只在洗澡和睡觉的时候摘下。想要对我的手表动手脚,就必须潜入我的家中。徐浩然不就藏在我的家里吗?我要是调查出"哥哥"的真相来,他就不好办了,所以他就设法斩断我调查的线索……

"大久保先生,您上次遇见的是别的人吧?"

"不,我记得您的脸。毫无疑问,我就是跟您说的话。"

长相相同?莫非……

细想起来,我的亲生母亲为什么生下我这个做弟弟的呢?被关东军夺去土地,那已经是生我之前好多年的事了。生我之前就已经知道生活艰难,可她还是怀孕了;明知第二个孩子生下来是养不活的,可她依旧怀胎十月。我能想到的理由只有一个——他们以为仅生一个孩子的话还是养得活的,可生下来的却不是一个,而是两个。

同卵双胞胎[1]！

徐浩然并不是比我年长的哥哥，而是与我同龄的哥哥。这么考虑的话，一切就都对得上号了。我之所以听着他的声音觉得亲切，是因为通过别人的嘴巴听到了自己的声音啊。

我回想起了我婴儿时的照片。我的脚踝上系着一根带有乌龟图案的缎带。相册烧毁前，女儿看到它时总觉得不可思议。我以前也以为，这就跟缝在衣服背部的护身符似的，是某种符咒，可事实上，它恐怕是我的生母为了区分双胞胎兄弟而做的记号吧。母亲收养我后，想必也是为了留作纪念，而没将其解下的吧。

对呀！将装有砒霜的小瓶拿出储藏室的，将小瓶埋在石熊神社里的神木根部的，冒充我在黑猫咖啡馆跟大久保见面的，都是我那双胞胎哥哥——徐浩然，不是我！

即便是同卵双胞胎，由于成长环境不同，两人的长相多少也会有点儿差异吧。不过想来也是，看到徐浩然的人都与他素未谋面，因此谁都没有察觉。

上次我在黑猫咖啡馆里与大久保说话时，端来了红茶的女服务生好像颇为困惑，不知道红茶是谁点的。那也是因为我们是双胞胎，以致她分辨不出谁是谁了。那会儿，出于安全方面的考虑，我戴上了帽子与墨镜。正遭到坏人与入境管理局追捕的徐浩

---

[1] 由一个受精卵分裂、发育成的双胞胎，此种双胞胎具有相同的性别和遗传基因型。

然，为了避人耳目，想必也做了类似的装扮吧。

看来，我必须再跟徐浩然见上一面了。

三天后，逃亡中的徐浩然与我联系了。我告诉他，"大和田海运"的那些家伙已经被捕了，现在他是安全的，并提出想跟他见面，地点就在我家。

徐浩然来了之后，我就坐在起居室的沙发上，把我知道的一切都告诉了他：我已经搞清楚待在岩手县的"哥哥"是真村上龙彦了，我也知道徐浩然是我的双胞胎哥哥了……

"哥，你为什么要假冒村上龙彦呢？"

我眼前的黑暗空间被包裹在了沉默之中。身旁传来显得颇为纠结的呼吸声，我的眼前浮现出了他那计划遭到挫败后的懊恼表情。

"我……是中国人，"他的声音中带着自卑的意味，"无论怎么拼命都没法儿留在日本。"

日本人只能将自己的配偶和孩子招来日本定居。这一政策，原则上对父母和兄弟都不适用。因此，我虽拥有日本国籍，却不能让徐浩然取得在留资格。

"我从小就听说有个双胞胎弟弟在日本。为了将来能去日本，我甚至去上了日语学校。不久之后，我遇到了真正的村上龙彦。他把我认作弟弟了，因为长相跟你相同嘛。虽说那会儿距日本战败已有几十年了，但他还依稀记得你的相貌。他以为我跟他一样，也是被日本政府抛弃在中国东北的。可后来经过交谈，他就知道我是那对双胞胎中的哥哥了。那会儿他也回国无望，就经常跟我聊起当年在东北的生活。"

徐浩然以前说过，他将自己的过去全都告诉了一个身为遗孤的朋友，结果被他剥夺了自己作为村上龙彦的人生。而徐浩然在废弃工厂里所说的回忆与我的记忆相一致，我才确信他是我的真哥哥。可事实情况正好相反，正因为真正的哥哥将自己的过去告诉了徐浩然，他才能准确地叙述在中国东北的生活记忆。

"到了二十世纪八十年代，'访日调查'活动开始后，村上龙彦就回国了。我当时真是羡慕死了。"

"是什么促使你偷渡来日本的呢？"

"母亲的去世。母亲死后，我就成了孤身一人，开始对余生感到惶恐不安。于是我就给你的养母写了信。因为地址刻在了柱子上，我早就知道了。"

谜底终于揭开了。原来母亲在开拓团家中的柱子上用中文刻下的信息，是给我生母看的啊。"我们逃回祖国了，地址是这里"——大概就是这个意思吧。

"你寄出信后，母亲是怎样回应的呢？"

"她要我不要声张，想必是想隐瞒你是养子的事吧。"

或许在逃难之前，母亲还是打算日后将我还给生母的，可后来在松花江上，她失去了亲生儿子，而在常年抚养我的过程中，她也已经把我当作亲生儿子了，于是最终没能放我离去吧。

"我……希望在日本生活，所以就假冒了村上龙彦，去跟在中国遇到的日本志愿者比留间商量，结果被他识破了，没有得到他的帮助。无奈之下，只能偷渡入境了。"

"你跟岩手县的'哥哥'就假认亲的事通信联系过，是吧？你们俩是共犯关系吗？"

"不是的。之前我不是也说过吗？一开始，我是委托'蛇头'偷渡的，他们说通过假认亲就能留在日本，我不大相信，于是就想向日本人，也就是你的家人了解一下日本的法律。我给你的'哥哥'写了信，得到的回复却是：'这种歪门邪道是不可能成功的，别干偷渡入境之类的傻事！'于是我就将'蛇头'是诈骗集团的事告诉了其他中国人，跟他们一起逃走了。"

原来"哥哥"把中文信件藏起来，是不想让我知道我还有个中国的双胞胎哥哥啊！想必"哥哥"做梦也没想到，徐浩然会乘坐集装箱船偷渡入境。怪不得他听村民说看到我（其实是徐浩然）拿着装有砒霜的小瓶出去埋掉，就信以为真了。

"你后来一直都装扮成我活动，是吧？害得我受尽怀疑。"

"我也是没办法啊。虽说我已尽量避人耳目了，可要是被人瞧见了，立刻就会暴露。所以我就学着盲人的样子走路。藏在你这儿时，每次出去买吃的，我都是学着你的模样的。"

"你用过我的导盲杖吗？"

"用过，在你睡着的时候借用过。因为便利店半夜三更还开着，什么都卖。"

"你是不是……把导盲杖当拐杖用了?"

"嗯。好脆弱的拐杖,一会儿就断了,吓得我赶紧用胶水粘上……"

我终于明白那根导盲杖为什么会突然折断了。我还怀疑是想妨碍我调查的人做的手脚呢,原来是徐浩然将用来探测前方障碍物的导盲杖用作了拐杖的缘故。

"装扮成盲人,连警察都不来做'职务询问[1]'了。"

"你还在对我的手表动了手脚之后,去见了大久保?"

"是的,因为不想让你知道村上龙彦是真的。听到你打电话说出了见面地点和时间后,我就赶在你前头去赴约了。在你洗澡的时候,我把镇静剂换成了安眠药。"

由香里离家出走前,我的药都由她管理。她在药盒上贴了"镇静剂"和"安眠药"的标签以示区别。由于这些标签都还保留着,想必他轻而易举地就知道哪个盒中放的是什么药了吧。

开始独居生活后,我是根据药盒的形状——三角形还是四方形——来判断药的种类的。而药虽说颜色不同,但都是胶囊剂,只要调换了药盒,我就分辨不出了。原来那天晚上我实际服用的是安眠药,怪不得我那么快就向睡魔屈服了呢。

"把我弄睡着之后,你又调整了钟表吧?"

"嗯,我把它们拨慢了一小时。然后我就假装成你,去咖啡

---

[1] 日本警察依据《警察职务执行法》对行为可疑人员所做的询问。

馆见了大久保。我替你听了大久保的叙述，等他走后……"

"你又假冒成大久保，与晚一个小时到的我见面，是吧？"

"是的。我的右胳膊上有烧伤留下的伤疤，我假冒大久保后跟你说了那伤疤的事，目的是要让你觉得你的哥哥是假村上龙彦，我才是真的。"

与假大久保会面时，我感到某种莫名其妙的亲切。我本以为是因为遇到在中国东北时对自己多加照顾的恩人了，原来是听到了双胞胎哥哥的声音的缘故啊。虽说他故意改变了声调，但我们毕竟是双胞胎，听着还是让人觉得亲切。

"你为了假冒成村上龙彦，用砒霜杀死了我的母亲？"

"没有！我没有杀人！"徐浩然高声说道。

"你当时就在母亲被杀的现场，是吧？还拿了信逃跑了。"

我听到了他内心饱受煎熬的叹息声。从他踌躇之后吐露的心声中，可以一窥他曾有过的纠结。

"确实……我是动过杀心的。因为只要你母亲和你哥哥不在了，我就能成为'村上龙彦'。可就在我琢磨着该怎么下手，并潜入储藏室后，你就进来了。我屏住了呼吸，一动也不敢动，可你却一个踉跄，差点儿撞到我。为了躲避你，我才撞落了架子上的东西。"

我想起来了。当时我就觉得奇怪，明明没撞到架子，东西怎么会掉下来呢？原来是徐浩然撞落的呀。

"为了不被你触碰到，我就躲到了架子背后。不料村上龙彦闯了进来,打落了你手里拿着的小瓶。听他说那里面装的是砒霜,我心想以后可能用得着,就拿走了。那会儿还没有导盲杖,为了假扮盲人,我是用手摸着墙壁走路的。"

"你没给母亲下砒霜吗?"

"没有,绝对没有!"他否定的语气十分强烈,"我确实动过谋杀的念头。所以才从你柜子抽屉里拿了钱,去了岩手县。可那一天……我瞅准了机会溜进去后,却闻到了煤气味。我走进厨房一看,就见你母亲倒在地上。不知道是心脏病发作还是突发中风,总之她已经死了,根本用不着我动手了。我看见煤气炉上坐着个水壶,就关掉了煤气。'只要村上龙彦也消失的话……'我正这么想着,走进茶间后,就看到了一封没写完的信,是写给我的。"

"什么内容?"

"是一封道歉信。你母亲对没能让我们亲兄弟见面深表歉意,一连道歉了好多次。她还说自己生活无忧,要是我生活困难的话,就给我寄钱。可我看到了你们在岩手县的那个寒酸的老家,知道实情并非如此。读了那封信后,我无地自容。所以……我才将你母亲移到被褥上,让她躺好,算是表达我的敬意吧。可就在那时,你闯了进来。"

原来是这么回事啊!想来也是,母亲要是因煤气或砒霜中毒而死,断气前一定会苦苦挣扎,怎么会好好地躺在被窝里呢?怪不得警察在司法解剖后得出的结论是急性心脏病发作呢。因为事实就是如此。

"你埋了那个装砒霜的小瓶,是因为用不着了吗?"

"是的。考虑到随手一扔是很危险的,所以就埋掉了。"

徐浩然的口吻是诚实的、可信的。因为我的DNA跟他的相同,我才会有这样的特殊感觉吗?不管怎样,知道了自己没在失去记忆时杀死自己的母亲,我心中的大石头总算可以放下来了。今后,我可要少服用镇静剂了。既然家人已经失而复得,就没必要依赖药物了嘛。

在岛田谷工厂,他不肯与由香里见面,是因为他考虑到放弃假冒村上龙彦的话,就只能用不正当手段获取留在日本的资格,但又不能确定我是否肯帮忙。而在获得这种确定之前,他不想让人知道他是双胞胎中的哥哥……

总之,徐浩然并不是个天生的坏蛋。

"哥哥……"我颇为慎重地开口道,"我有一事相求。"

终　章

　　白衣飘动之下，一位中年医生在诊疗室的椅子上坐了下来。敲门声过后，门开了，一位资深女护士走了进来。跟在她身后的是一名上了年纪的男性，他左手抓着护士的右胳膊肘，右手握着导盲杖，在亚麻地板上"咚咚咚"地敲打着。

　　"您请坐。"

　　在女护士的引导下，老人抚摩了一下圆椅，坐了下来，将导盲杖横在了大腿上，脸上布满了紧张的神色。

　　见此情形，中年医生决定尽快将结果告诉对方，哪怕提前一秒钟也好。

　　"这次我们做了淋巴细胞毒交叉配合试验。您还记得检查前的说明吗？这是为了确认您外孙女的血液中是否有针对您的淋巴细胞的抗体。"停了一拍之后，他又说，"恭喜您！结果为阴性。村上和久先生，您的肾脏健康状况良好，完全适用于您外孙女的移植手术。"

　　"真的吗？"老人抬起头来，"那就是说，可以移植了？"

"是的，等确定了具体的手术日期，就可以移植了。还有，您的体力如何，可是手术能否成功的关键。所以即便心情紧张，也请您一定要正常饮食。在所有器官移植手术中，肾脏移植的成功率极高。近年来，免疫抑制剂的研究也进展迅速，连排异反应都不用担心了。"

老人只是一个劲地点头，很少开口。虽说上个星期，他倒是连珠炮似的问了一大堆问题："血型不同也不要紧吗？""手术费要多少？""手术前大概要住院几天？""主刀医生做器官移植手术的经验丰富吗？""有没有风险？"

对此，中年医生不厌其烦地向他说明："肾脏移植要做全身麻醉。等您醒来，手术早就已经结束了。比起尸体肾移植来，由亲属提供器官的活体肾移植的肾存活率要高得多。"

"……存活率？"

"这是指手术后器官正常发挥功能的概率。不过，尽管活体肾移植的肾存活率高，十五年后，其功能还是可能会降低到正常水平的百分之五十左右。不过您也不用担心，您外孙女的体力很好，应该能承受大剂量的免疫抑制剂。"

活体肾移植手术的四天之后。

我家的门禁响了。我沿着走廊的墙壁往外走，打开了玄关的大门。

"爸。"由香里说道，"徐伯伯也一起来了。"

这正是我们约好的时间。

"啊，肚子上有种奇妙的感觉啊。"说着，徐浩然像是要强调自己的存在似的，在水泥地上"咚咚"敲了两下。是用我借给他的导盲杖敲的吧。

"也难怪，只剩下一个肾脏了嘛。"

"真是太感谢你了，哥哥。"我朝着眼前的黑暗空间低头致敬，"谢谢你提供肾脏。"

"受人滴水之恩，当以涌泉相报嘛。"徐浩然用流利的中国话说了之后，又用日语解释了一遍，"多亏你在废弃工厂给了我钱包，让我逃离了那些坏蛋的魔爪，我一直想报这个恩。再说，你外孙女遭人绑架而导致肾病恶化，也是因为我，所以我也很想赎罪呀。"

"真是太感谢你了。你是我外孙女的救命恩人啊！"随即，我又转向由香里的方向问道，"夏帆的情况怎么样？"

"为防止感染，正住在单人病房里呢。说是十来天后再转到普通病房去；再过两三个礼拜，就可以出院了。"

"能恢复正常生活吗？"

"出院后再去门诊做检查，如果没有并发症，就可以上学去了。"

"是嘛，太好了！"

由于徐浩然的户籍以及居留资格的问题并未解决，他是不能去医院的。因此他假冒了我，避开夏帆做透析的医院，去另一家医院接受了配型检查。手术前的面谈由我出场，而他接受了检查与手术。为了扮演好视障人士，我还特地教了他导盲杖的使用方法。

检查的结果是，"村上和久"的肾脏完全符合条件。由此可见，虽说我们是同卵双胞胎，内脏器官的好坏程度却并不相同。尽管这种欺骗医生的行为令我内疚，但为了抢救夏帆的生命，我们也顾不了许多了。所幸，直到手术结束都未露馅儿。

下个礼拜，我回了老家，在哥哥的引导下去了墓地。

我闻到了花草与岩石的芳香，听到了小鸟和昆虫的啼鸣——花圃可变为墓地，墓地也能变为花圃，一切都取决于我的想象。凭借着四感所受到的刺激，我能在心中赋予其一定的形象。之前，我一个人孤独地生活着的时候，觉得世上所有声音和气味都是痛苦与恶意的象征，就连人也一样。在我眼里，富有同情心的哥哥是一条快要淹死在法律之海中的愚蠢的老狗，为了安度晚年而抗争着的矶村是一个过热的熔炉，给遗孤提供帮助的比留间是一个手持滴血钢刀的夜叉。其实是我自己将整个世界染成了黑色，将所有人都当作了敌人。

如今，我"看"到了被各色花朵簇拥着的墓碑，"看"到了充满希望之光的广袤而明媚的景色。

我双手合十，默然称谢——

妈妈，感谢您把我当作亲生儿子养育成人。

我怀念着我的母亲。想当年，母亲完全可以背着受伤的亲生儿子，而非我这个中国人的孩子渡过松花江。那样的话，哥哥就不会被河水冲走，而被留在中国的，自然就是我了。可是，母亲却背上了幼小的我。哥哥之所以成为遗孤，其实责任在我，是因为我的存在——作为养子的我的存在，才导致了哥哥的悲剧，不可挽回的悲剧。

我以前根本不关心哥哥内心的痛苦。莫非失去了光明，就连对方的痛苦都看不见了吗？而我在日本的幸福生活，明明是建立在哥哥的牺牲之上的……

住在漆黑一片的世界里，就会觉得空间是无边无际的。然而，真的伸出手臂，就会碰到面前的墙壁或别的障碍物。因此，我一直在空无一物的场所中自行创造出墙壁或别的障碍物，自以为是地觉得自己与家人相隔甚远。这是大错特错的。

而母亲又是怎样的呢？她非但没因为我是养子而对我区别对待，反倒对我比亲生儿子还亲。想来也是，无论我做什么，母亲都会表扬我；只要我有一点点成绩，她都会像自己取得了巨大成就一般兴高采烈……

即便是自己十分困苦的时候，母亲也总是在为我担心，甚至说希望死的时候能带走我的眼病。

我们并无血缘关系，但我们确实是一家人。

我那双胞胎哥哥也找到了呢。虽说他是否能获得居留资格尚未可知，但我会竭尽全力的。放心吧，妈妈！今后，我会和两个哥哥、一个女儿、一个外孙女一起，和和美美地生活下去。我会努力的。所以，您不用再为我担心了，好好地安息吧。

我已经在永远漆黑一片的世界里，感受到了家庭的温暖，感受到了光明。